शोरूम में जननायक

व्यंग्य संग्रह

अंजुमन नवलेखन पुरस्कार-2016 से पुरस्कृत कृति

शोरूम में जननायक

अनूप मणि त्रिपाठी

अंजुमन प्रकाशन
इलाहाबाद

शोरूम में जननायक (व्यंग्य संग्रह)

प्रकाशक : **अंजुमन प्रकाशन**
942, मुट्ठीगंज, इलाहाबाद-3 उत्तर प्रदेश, भारत
website - anjumanpublication.com
E-mail : contact@anjumanpublication.com

आवरण रेखांकन : राजेन्द्र धोड़पकर
आवरण सज्जा : श्री कम्प्यूटर्स, इलाहाबाद
कम्पोजिंग : श्री कम्प्यूटर्स, इलाहाबाद
संस्करण : प्रथम, जनवरी 2017
: द्वितीय, जुलाई 2018
ISBN : 978-93-86027-31-3

मित्रों, आलोचकों, तटस्थों
संघर्षों, बाधाओं, कष्टों

को सादर समर्पित

अनुक्रम

1

दूर देश की बात

प्रजापुर के राजा ने आधी रात को अचानक मंत्री को तलब किया। "ये क्या जनता मेरे बारे में उलूल-जलूल बकती है!" मंत्री देह विमर्श को छोड़कर सीधे राजमहल पहुँचा था। अब उसके सामने विमर्श का नया रसहीन विषय था।

"ये साली नौकरी जो न कराए.." मन में सोचते हुए मंत्री बोला, "लगता है दुश्मनों ने आपके कान भरे हैं दयानिधान!"

"नहीं ऐसी कोई बात नहीं! कल मैंने ख़ुद अपने कानों से सुना है सब!"

राजा कब से अपने कानों से सुनने लगा! वो राजा ही क्या जिसके कान ही न भरे जा सके! मंत्री इधर स्वयं से कह रहा था और उधर राजा आपबीती सुना रहा था। जिसका सारांश यह था कि कल जब वह भेष बदल कर राज्य के पॉश इलाक़े का जायजा ले रहा था, तो कुछ लोग रसरंजन करते हुए राजा की आलोचना कर रहे थे। कह रहे थे कि राजा तो सन्तरी बनने योग्य भी नहीं है। तरह-तरह के मज़ाक बना रहे थे वे।

मंत्री ने कुछ सोचते हुए कहा, "आपने ये बातें कहाँ सुनी राजन!"

राजा आवेग में बोला, "वहीं कॉफ़ी हाउस के पास...और कहाँ..."

"अरे आप भी..." फिर स्वयं को सँभालते हुए बोला, "किनकी बातों में आ गए राजन्! ये बुद्धिजीवी लोग हैं। इनका काम ही है खाट पे बैठे बैठे खोट निकालना।" मंत्री ने विषय को हल्का करने की कोशिश की।

"मगर वे कह रहे थे कि राजा मूढ़ है, उसे साहित्य-वाहित्य का कुछ पता नहीं... कहते हैं कि कैबिनेट में अपराधी, गुंडे भरे पड़े हैं...जो ..." राजा बहुत कुछ कहना चाहता था, मगर उसने अपने को रोक लिया। उसे सारी बातें बताना अपमानजनक लगा।

"कुछ हवा में मुट्ठियाँ लहरा रहे थे, तो कुछ भींची मुट्ठी टेबल पर ज़ोर-ज़ोर से पटक रहे थे! राजा के स्वर में उदासी थी। मंत्री ने राजा के चेहरे को ग़ौर से देखा। वह समझ गया कि राजा ने उनकी बातों को दिल पे ले लिया है। चूँकि राजा ने ये सब बातें स्वयं सुनी थी, लिहाजा उसका आहत होना स्वाभाविक था।

"कुछ बकोगे!" राजा ऊँची आवाज़ में बोला।

"इनको इतना सीरियसली नहीं लेना चाहिए। यह रोज़ रात को मद्यपान करते हैं, फिर अपने ज्ञान का उद्‌गलन करके सो जाते हैं बस!" हालाँकि मंत्री कहना चाहता था कि मूत के सो जाते हैं, मगर डेकोरम के चलते न कह सका।

राजा उँगलियों को हिलाते हुए बोला, "तुम हर साल अपना इंक्रीमेंट ही बढ़वाओगे कि कुछ करोगे भी! अरे कहीं उन्होंने लिख-लिखाकर प्रजा को मेरे खिलाफ़ भड़का दिया! वैसे ही पब्लिक में इन खाट-पकड़ों ने बात उड़ा दी है कि हम किसान विरोधी और उद्योगपति हितैषी हैं... अब मुँह ताकते रहोगे कि कोई तजवीज भी पेश करोगे!" वाक़ई राजा भड़का हुआ था।

"इनके लिखने-लिखाने से कुछ होता तो अब तक राज्य में सौ दफ़े क्रान्ति हो चुकी होती।"

"मगर मैंने देखा वहाँ उनको सुनने के लिए आसपास भीड़ जमा थी!" राजा मंत्री की बातों से संतुष्ट नहीं हुआ।

"सरकार, वे सब भी अपना टाइमपास करने के लिए इनको सुन रहे होंगे। जाहिर है उनके पास मनोरंजन के और दूसरे बेहतर साधन उस वक़्त उपलब्ध नहीं होंगे।"

"फिर भी! पब्लिक का क्या भरोसा कब बहक जाए! क्या याद नहीं तुम्हें, ऐसे ही एक दिन कैसे भावुक हो उसने मुझे सत्ता सौंप दी थी!" आज राजा को न जाने क्या हो गया था। संतुष्ट होने का नाम ही नहीं ले रहा था।

मंत्री बहुत विश्वास से बोला, "इन स्यालों का ख़ुद में तो एका है नहीं, ये प्रजा को क्या एक करेंगे! राजन खाट पर रहने से केवल संतति में वृद्धि होती है या फिर कब्ज़ियत की। सड़क पे ये आने से रहे! फिर कैसी आशंका! अरे सरकार! जैसा आपका भाषण, वैसा इनका लेखन...."

मंत्री कहते-कहते रुक गया। मगर राजा ने बात पकड़ ली। "अभी तुमने क्या कहा! भाषण!" मंत्री को लगा कि चूक हो गई है। वह मन ही मन कोई ठोस बहाना सोचने लगा। तभी राजा अपनी तरफ से बोल उठा, "क्या तुम ये कहना चाहते हो कि उनकी कथनी और करनी में भेद है!"

मंत्री सतर्क होकर बोला, "सरकार, आप को तो पूरे राज्य को सोचना होता है इसलिए थोड़ी-बहुत उन्नीस बीस हो जाती है, मगर ये संस्कृति कर्मी जो हैं...."

"छोड़ो यार! काम ही करना होता तो राजा काहे को बनते मजदूर न बन जाते!" राजा मंत्री की बात काटते हुए बोला।

राजा की बात सुनकर मंत्री की जान में जान आयी। उत्साह से लबरेज हो कर बोला, "अब इन बुद्धिजीवियों का स्तर तो देखिए! वह आपके रस्मी भाषणों में भी मीनमेख निकालते हैं! सोचिए कितने खलिहर हैं ये लोग!" राजा ने मंत्री को घूरा। राजा के कुछ बोलने से पहले मंत्री बोल पड़ा, "राजन! ये स्याले सेमीनार और नार में ही उलझ कर रह गए हैं!"

राजा को इस बात में कुछ मज़ा आया। उसके चेहरे के भावों को पकड़ते हुए मंत्री आगे बोला, "अगर इन सबसे कुछ समय मिला तो इनका बचा-खुचा समय किताबों के लोकार्पण में बीत जाता है। मज़ा तो यह है कि ये अपनी महँगी किताबें

ग़रीब जनता को लोकार्पित करते हैं और स्वयं माँग कर या भेंट स्वरूप मिली हुई किताबें पढ़ते हैं...''

''अच्छा!'' राजा चहका।

मंत्री की नींद अब तक गायब हो चुकी थी। ''सरकार! हमारी योजना-वोजना से पब्लिक को भूले-भटके कुछ फ़ायदा-वायदा हो ही जाता है, मगर इनका लिखा हुआ इन्हीं की बिरादरी ही नहीं पढ़ती तो अवाम क्या पढ़ेगी...''

''लेकिन इनका कुछ करना होगा! अवाम में वहम पैदा करते हैं ये! तुम तो जानते ही हो अपनी छवि को चमकाने के लिए विज्ञापन पर रोज़ करोड़ो रुपये खर्च करता हूँ मैं!'' राजा ने अपना इरादा जता दिया।

''इसका भी उपाय हो जाएगा! आप बस देखते जाइए!''

''पक्का!''

राजा ने शंका प्रकट की।

''कल देखिएगा आप!'' फिर कुछ सोचते हुए मंत्री बोला, ''मेरे पास एक योजना है।''

''कल उसका ब्लूप्रिन्ट मेरे सामने होना चाहिए!'' राजा ने स्पष्ट शब्दों में आदेश दिया। ब्लू शब्द के उच्चारण से ही राजा के शरीर में सनसनी दौड़ गई। ''अच्छा अब जाओ! रानी मिस कॉल पे मिस कॉल दे रही हैं!'' राजा बहाना बनाते हुए बिना वक्त गँवाए सीधे अपने शयन कक्ष की ओर चल पड़ा। उसके क़दम ताल बता रहे थे कि उसके हृदय का तल भावों से भर चुका है और उसकी रगों में रसधार बहने लग गई है। वह अब अपने पत्थर दिल को पिघलाने जा रहा है। मंत्री मुस्कुराता हुआ अपने लिए देह विमर्श की नई योजना बनाते हुए वहाँ से विदा हुआ।

अगले दिन प्रजापुर में बुद्धिजीवियों के बीच हलचल थी। कारण, राज्य की ओर से तरह-तरह पुरस्कारों की ताज़ा-ताज़ा घोषणा हुई थी। पुरस्कारों की कई श्रेणियाँ निर्धारित थीं। तरह-तरह चित्ताकर्षक नाम रखे गए थे। यथा, समाज शिरोमणि, राज्यगौरव, लेखनीभट्ट्ट, क्रांतिदृष्टा, इत्यादि। युवा से लेकर बुजुर्ग

तक, कनिष्ठ से लेकर वरिष्ठ तक। हजार रुपयों से लेकर लाखों रुपयों तक। कहानी से लेकर छंद तक, उपन्यास से लेकर व्यंग्य तक। सारी विधाओं को लपेटा गया था। आदिवासी से लेकर दलित तक, भाषा से लेकर संस्कृति तक। सबकुछ समेटा गया था। सबसे निर्धारित प्रारूप में आवेदन माँगे गए थे। उन आवेदनों को अग्रसारित करने के लिए राज्य पत्रित (पतित पढ़ें) अधिकारी की संस्तुति भी आवश्यक थी। देखते ही देखते आवेदनों की बाढ़ आ गई। कहने-कहलवाने तक का एक लंबा दौर चला। अकेले मंत्री से सोर्स लगवाने दर्जनों लोग रात अँधेरे आए और पौ फटने से पहले ही दबे पाँव निकल गए। न जाने कितने राज्य कर्मचारियों को सहसा ज्ञात हुआ कि उनके रिश्तेदारों में भी लेखक हैं। मंत्री ने स्वयं एक-एक आवेदन का बारीकी से मुआयना किया। इनको लेकर अपने दाएँ हाथ से नुक्ताचीनी भी की। तय समय पर पुरस्कार की तिथि भी घोषित कर दी गई।

आज सम्मानित होने का दिन है...

सभागार खचाखच भरा हुआ लग रहा है, मगर अभी उसके अंदर निश्चित रूप से कुछ और लोग समा सकते हैं, क्योंकि सभागार में समाए लेखक फूले नहीं समा रहे हैं। रोनी सूरत वाले लेखक आज सजे-धजे नजर आ रहे हैं। कुछ को देखकर साफ़ लगता है कि उनका आज राजतिलक है और कुछ को देखकर लगता है कि स्वयं उनका आज तिलक है। कुर्सियों पर लेखकों के नाम लिखे हुए हैं। जाहिर सी बात है कि कुर्सियाँ लेखकों के लिए आरक्षित हैं। इस निश्चिंतता और गौरव के क्षण में बहुतेरे लेखक केवल कुर्सी की फोटू अपने मोबाइल में बार-बार क़ैद कर रहे हैं। साथ में वे एक-दूसरे को देख मुस्कुराते और परस्पर बधाइयाँ देते हुए नज़र आ रहे हैं। "सप्रेम भेंट" की हुई पुस्तकों का परस्पर आदान-प्रदान हो रहा है। जहाँ वे स्वयं घुलमिल रहे हैं, वहीं दूसरे को ऐसा करते देख घालमेल कह रहे हैं। "आप को कौन-सा पुरस्कार मिला है?" एक उदयिमान लेखक ने दूसरे लेखक से पूछा। अस्ल में, उसके पूछने का आशय "कितने" से था। "जी मुझे कमल लेखनी पुरस्कार मिला है और आप को!" दूसरे लेखक ने जवाब देने के साथ सवाल भी पूछा। "मुझे साहित्य उद्‌भट पुरस्कार मिला है। यह सुनते ही दूसरे लेखक का मुँह बन गया, जाहिर था कि पुरस्कार के अंतर्गत मिलने वाली उसकी धनराशि कम थी। "मेरी किताब की चौंतीस जगह समीक्षा हुई है।" पहले

लेखक ने गर्वोन्मुक्त हो बताया। अब दूसरे लेखक की बारी थी, वह बोला, ''मगर पढ़ी तीन-चार ने भी न होगी।'' तभी राजा के आने की मुनादी हुई। सभागार नारों से गूँज उठा। राजा की जयजयकार होने लगी। राजा अपने मंत्री सहित मंचासीन हुआ। सुरक्षाकर्मियों ने उसके इर्द-गिर्द मोर्चा संभाल लिया। अभी राजा अपनी कुर्सी पर बैठा ही था कि एक लेखक मंच की ओर लपका। उसके हाथ में किताब थी। सुरक्षाकर्मियों ने मंच पर जाने से रोक दिया। वह अपनी किताब हवा में लहराते हुए राजा को देने की बात कर रहा था। मंत्री ने हस्तक्षेप किया। ''आप यह किताब मुझे दे दें! सरकार तक पहुँच जाएगी।'' मंत्री ने कहा।

''मगर राजाजी मुझे कैसे पहचानेंगे! मैं स्वयं अपनी किताब अपने करकमलों से उन्हें देना चाहता हूं!''

''देखिए! आपकी देखा-देखी अगर सारे लेखकगण करने लगेंगे, तो मुसीबत हो जाएगी! वैसे भी लेखक की पहचान उसकी रचनाएँ होती हैं!''

''तब हमें यहाँ क्यों बुलाया भई!'' लेखक ने ताव में कहा।

''ठीक है! जब आपको पुरस्कार दिया जाए तब आप अपनी किताब उन्हें दे दीजिएगा! अब तो खुश हैं न! वैसे भी आज आप सब का दिन है!'' यह कहकर मंत्री मुस्कुराया। ''लेकिन अपनी बारी आने तक कृपया आप धीरज धरें!'' यह कहते हुए मंत्री ने खाली कुर्सी की तरफ इशारा किया। देखते ही देखते लेखक महोदय कुर्सी से एकाकार हो गए।

पुरस्कार वितरण का कार्यक्रम शुरू हुआ। सर्वप्रथम राजा के लिए प्रशस्ति गान हुआ। जो कि संचालक के मुखारविंद से वक्तव्य के रूप में बाहर आ रहा था। जिसमें बताया गया कि राजा संस्कृति और साहित्य का रसिया ही नहीं मर्मज्ञ भी है। उसने बचपन में ही एक प्रबंधकाव्य लिख मारा था। दुर्भाग्य से उसकी पाण्डुलिपि कहीं खो गयी। यह पंक्ति सुनकर वहाँ बैठे बहुतेरे लेखकों की देखते ही देखते रोनी सूरत बन गई, मगर अंदर ही अंदर वे खुश हुए। उसके उपरांत एक के बाद एक नाम पुकारे जाने लगे। लेखक आते और राजा के हाथों पुरस्कार पाते। एक लेखिका का नाम पुकारा गया। पुरस्कार ग्रहण करने के बाद वे राजा के कान में कुछ फुसफुसाई। इस दृश्य को देखकर वहाँ उपस्थिति सुरक्षाकर्मियों से

ज्यादा लेखकवृंद सतर्क हो गए। सभागार में सनसनी फैल गई। उससे मंच भी अछूता न रहा। मंत्री भी विस्मित हो गया। उस लेखिका के मुख से आखिर कौन-सी बात राजा के कानों में गई।

राजा ने मंत्री से खुलासा किया, "कह रही थी कि उनके साथ अन्याय हुआ है। उनके योगदान को देखते हुए उनका समुचित सम्मान नहीं किया गया!" मंत्री को जब ये बात पता चली तो वह निराश हुआ। क्योंकि उसकी रसभरी कल्पना को खुरदरे यथार्थ ने रौंद दिया था। इसी क्रम में एक नाम और पुकार गया। एक वयोवृद्ध साहित्यकार मंच पर आए और आते ही राजा के पैरों पर गिर गए।

पहले-पहल राजा को लगा कि किंचित वय के चलते यह साहित्यकार गिर पड़े हैं, मगर जब उनके हाथों ने राजा के पैरों को टटोला तो राजा को घटित होते सत्य का ज्ञान हुआ। राजा ने झट से वयोवद्ध साहित्यकार को उठाया और गले से लगा लिया। यह दृश्य देखकर राजा के प्रजावात्सल्य सूचक नारे सभागार में गूँज गए। छायाकारबंधु झटाझट फोटो उतारने लगे। वे इस स्वर्णिम अवसर को खोना नहीं चाहते थे।

इस दृश्य को देखकर अग्रपंक्ति में बैठे एक बुजुर्गवार साहित्यकार अपने बगलगीर साहित्यकार मित्र से बोले, "स्खलन देखिए!" "मुझे तो शीघ्रपतन होता दिख रहा!" यह कटाक्ष था या मज़ाक!, बुज़ुर्गवार सोचने लगे। उधर मंच पर कुछ और चल रहा था।

"इनको तो लगे हाथों एक पुरस्कार और दे देना चाहिए! आख़िकार एक सच्चा और साहसी साहित्यकार हमें मिला!" मंत्री ने राजा के कान के पास आकर कहा, "जो काम लोग बंद कमरे में करते हैं, वह काम इन्होंने खुलेआम कर दिखाया।" मंत्री ने अपनी बात पूरी की। जिसे सुनकर राजा मुस्कुरा दिया। इसके बाद एक कवि का नाम पुकारा गया। वह झट से मंचासीन हुए। उन्हें देखते हुए मंत्री बोला, "सरकार! ये कहते हैं कि इनकी कविता में आग है!" राजा ने उनको अंगवस्त्र पहनाया। प्रतीक चिन्ह भेंट किया और हाथ मिलाया। उनके जाने के बाद राजा बोला, "यार तुम तो कह रहे थे इनकी कविता में आग है, मगर जब वो मुझसे हाथ मिला रहा था, तो पूरी तरह से ठंडा था।"

"वह क्या है सरकार! इन महाशय ने सारी आग किताबों में उलेड़ दी, सो

इनके अंदर कुछ न बचा।'' यह कहकर मंत्री हँस पड़ा। साथ में राजा भी हँसा। तभी राजा की नजर सामने बैठी अनिंद्य सुंदरी पर पड़ी। राजा ने उसकी ओर लक्ष्य करते हुए मंत्री से पूछा, ''वह कौन है!'' ''वो... वो लेखक की प्रेरणा है सरकार! जो अभी पुरस्कार लेकर गए हैं। इनकी विशेषता यही है कि यह छुपी हुई प्रतिभाओं को तराशते हैं।''

यह सुनकर राजा मुस्कुराए बिना न रह सका। धीरे से बोला, ''इनकी रचना ज़रा हमें भी पढ़ाओ भई!''

''जी सरकार! अगले वर्ष इनको इस उपलब्धि के लिए एक बड़ा पुरस्कार अभी से तय रहा।'' यह कहकर मंत्री ने तुरन्त अपनी कर्त्तव्यपरायणता का परिचय दिया। एक के बाद एक लेखक आते जा रहे थे और राजा के हाथों पुरस्कार पाते जाते। पुरस्कार देते-देते राजा के हाथ और मुस्कुराते-मुस्कुराते उसके जबड़े दर्द करने लगे। वह मंत्री पर कुढ़ते हुए बोला, ''कितनों को बुला लिए हो! मालूम होता है पूरा देश लेखकों से भरा हुआ है!''

तभी साधारण-सा कुर्ता पाजामा पहने खिचड़ी बालों वाला एक लेखक मंच पर आता है। उसे देखते ही मंत्री सतर्क हो गया। ''सरकार! ये वही हैं जिसने हमारी भूमि अधिग्रहण नीति पर किताब लिख कर उस पर ग्रहण लगाने की चेष्टा की थी। आप से निवेदन है कि आप गर्मजोशी से इनसे देर तक हाथ मिलाएँ।'' तब तक वह राजा के पास आ चुका था। राजा ने मंत्री के कहे अनुसार उससे देर तक हाथ मिलाया। छायाकार बंधुओं ने खिचिक-खिचिक इस दृश्य की खूब फोटो उतारी। उसके जाने के बाद राजा ने ऐसा करवाने का कारण पूछा तो मंत्री ने बताया, ''सरकार अगले दिन जब समाचारपत्रों में आपकी और इसकी तस्वीर लोग देखेंगे तो इसकी पक्षधरता को लेकर लोगों का विश्वास डगमगाएगा।''

तभी एक नया नाम पुकारा गया। ''राजन! सरकार जिसे मान्यता दे दे तो आमजन में उसकी मान्यता संदिग्ध हो जाती है।'' यह कहकर मंत्री ने अपनी बात पूरी की। जो नया लेखक मंच पर अभी-अभी आया था, राजा के सामने आते ही नब्बे डिग्री झुक गया। मानो अंग्रेजी का उल्टा ''एल'' हो। उसे देखकर राजा को हँसी आई, मगर उसने स्वयं को रोक लिया। उसके जाने के बाद राजा ने मंत्री से कहा, ''ये लेखक ही था न!''

मंत्री अचकचाया। "मुझे लगता है कि तुमने लिस्ट बनाने में कोताही बरती है।" राजा ने अपनी बात पूरी की।

"ये सब लेखक ही हैं सरकार!" यह कहकर मंत्री ने राजा को आश्वस्त किया। अब एक नये लेखक जोकि आने के क्रम में नये थे, मगर थे पुराने लिक्खाड़, मंच पर आते ही राजा के समर्थन में नारे लगाने लगे। उनका ऐसा करना था कि सभागार नारों से गूँज उठा। पुरस्कार ग्रहण करने के बाद एक बार फिर उन्होंने नारा लगा दिया। उनकी गले की तनी हुई नसें राजा के समर्थन में बहुत देर तक राग दरबारी की तान छेड़ती रहीं। आख़िरकार राजा के सुरक्षाकर्मियों को उनको बाइज़्ज़त मंच से उतारना पड़ा। कार्यक्रम के उत्तरार्द्ध में राजा ने ज़ोरदार भाषण दिया। जिसका सबसे महत्वपूर्ण पक्ष यह था कि अगामी वर्ष से राजा के पिता के नाम से एक नया पुरस्कार शुरू किया जाएगा। जिसकी निर्धारित धनराशि भी अभूतपूर्व होगी। इसी बहाने वह अपने कुश्ती में माहिर पिता की याद को अमर करना चाहता था। इस घोषणा का सभागार में उपस्थिति सभी विद्वज्जन ने करतल ध्वनि से स्वागत किया। तालियाँ लगातार बजती ही जा रही थीं। सामने की ओर संकेत करते हुए मंत्री ने राजा से कहा, "सरकार! जरा देखिए! जो मुट्ठियाँ भिंची-तनी रहती थीं, वे या तो नमस्कार कर रही हैं या तालियाँ बजा रही हैं।"

कमाल का दृश्य था! पुरस्कार बाँटे जा रहे थे और लेखकवृंद समझ रहे थे कि उन्हें पुरस्कृत किया जा रहा है।

पुनश्च इस आयोजन के बाद राजा भेष बदलकर फिर घूमा। मगर इस बार उसे अपने मंत्री को तलब करने की जरूरत नहीं पड़ी। अब बुद्धिजीवी लोग पुरस्कार की पात्रता, अपात्रता, धनराशि को लेकर कॉफी हाउस की बहस में मुब्तिला थे। कॉफी हाउस में आग लगी हुई थी और देश का माहौल शांत था।

2

आयोगः दवा भी और मर्ज़ भी!

हमारा देश कई प्रधान देश है। कृषि प्रधान तो था ही। क्रिकेट प्रधान तो है ही। होते-होते देश अब आयोग प्रधान भी हो गया है। देश की आने और जाने वाली सरकारें करें भी तो क्या करें। वो सरकार ही क्या, जो अपने कार्यकाल में आयोग का योगासन न करे। बिना आयोग के सरकारें नहीं चला करती क्योंकि-

आयोग बेरोज़गारी दूर करने का साधन - देश को आयोग की बहुत आवश्यकता है, जहाँ बेरोज़गारी इतनी भयावह हो। सरकार, आयोग का गठन कर एक तरह से बेरोजगारी कम करती है। आयोग रिटायर व्यक्ति को काम देता है।

आयोग एक चलचित्र - जिसमें सरकार रूपी डायरेक्टर के इशारे पर अध्यक्ष नाम का अभिनेता "सच्चाई सबके सामने लायी जाएगी!" का डॉयलाग मारता है और विपक्ष नाम का विरोधी, डॉयलाग सुन अट्टहास करता है। जनता किसी सुखद अंत की मीठी उम्मीद लिए, जिसे अंत तक देखा करती है।

आयोग अवकाश पुनः प्राप्ति का एक फरमान - उनके लिए जो

पुराने-घुटे-उच्च, अवकाश प्राप्त अधिकारी हैं, जिन्हें अनुभवी और दक्ष भी कहा जा सकता है, जो अपने घरों में बैठे-बैठे बोर हो रहे हैं। उनसे सरकार कहती है- आओ! जब बैठना ही है, तो हमारे आयोग में आकर बैठो न भाई।

आयोग एक च्यवनप्राश - आयोग बैठने के नाम से, कितने क़ब्र में पाँव लटकाए अधिकारी उठ कर बैठ जाते हैं। जो बैठे रहते हैं, वे चलने लगते हैं। जो चलते हैं, वे दौड़ने लगते हैं। एक बार आयोग में घुसने पर उनकी बढ़ती उम्र मानो थम-सी जाती है।

आयोग एक रामबाण - प्रजातंत्र की व्याधि को भेदने, ज्वलंत मुद्दे की हवा निकालने, अप्रिय स्थिति को टालने, वर्तमान में सच्चाई से फ़िलहाल बचने, विपक्ष का मुँह बंद करने के लिए, बैठा दो आयोग। सब का उपचार हो जाएगा।

आयोग एक कछुआ - कई आयोग देश में बैठे तो बैठे रह गए। कुछ हिम्मत करके चले, भले ही मंथर गति से, तो मंजिल तक नहीं पहुँचे। कुछ जैसे-तैसे पहुँचे, तो उनकी रपट को सरकार ने पढ़ा ही नहीं। कुछ रपटों को जैसे-तैसे सरकार ने पढ़ा, तो उन पर अमल किया नहीं। कुछ रपटों पर अमल करना चाहा, मगर रपट कुछ जमी नहीं। कुल मिलाकर अपनी मंथर गति से प्रजातंत्र को परिपक्व कर रहा है आयोग।

आयोग एक नाव - जब-जब सरकार भँवर में होती है, तो वो आयोग नाम की नाव चलाती है। वो नाव अपनी रपट की पतवार से सरकार को सुविधाजनक स्थिति में खे कर ले आता है। क्योंकि जो रपट सरकार का बेड़ा पार लगाती है, उस रपट को मानने या न मानने की सुविधा सरकार के पास होती है।

आयोग एक चिमटा - सरकार जिससे पकड़कर सच को झाड़ कर उठाती है। क्योंकि नंगें हाथों से पकड़ेगी, तो उसके हाथ जलने का ख़तरा बना रहता है। कमबख़्त, सच है ही ऐसी चीज! वो इस चिमटे से अपने चूल्हे की आग को दूसरे के चूल्हे में डाल सकती है। दूसरे चूल्हे की आग से अपना चूल्हा भी जला सकती है।

आयोग एक खेल - गंभीर मुद्दों पर खेला जाने वाला एक खुल्लम-खुल्ला खेल। जिसे सरकार और विपक्ष एक दूसरे के साथ खेलते हैं। सत्तारूढ़

दल जब कोई आयोग गठित करता है, तो विपक्ष उस पर और उसकी रपट पर सवाल खड़े करता है। और वहीं विपक्ष जब सरकार में आती है, किसी आयोग का गठन करती है, तो वो विपक्ष, जो कभी सरकार थी, वो आयोग और उसकी रपट पर सवाल उठाता है। आयोग-आयोग का खेल सरकार पक्ष-विपक्षी दल खेल-खेल में खेलते रहते हैं! मगर हाँ, संजीदा हो कर।

आयोग एक फुंकनी - सरकार जिससे जनता के करोड़ों रुपये, उस सच को जानने में फूँकती है, जिसे जनता पहले से एक दमड़ी खर्च किए बिना ही जानती और समझती है।

आयोग एक ड्रा टेस्ट मैच - जनता प्रतीक्षारत। देखे क्या परिणाम आता है! परिणाम आने पर ही तो पता चलेगा, कौन सही कौन गलत! अव्वल रिजल्ट आता नहीं। रिजल्ट आता भी है, तो पता चलता है कि सरकार ने उसे सार्वजनिक नहीं किया। अक्सर परिणाम की ड्रा वाली नियति होती है।

आयोग एक अजीब-सी कश्मकश - गठित करो तो मुसीबत, न करो तो मुसीबत। रपट आए तो भूचाल, न आए तो बवंडर। कार्यकाल बढ़ाओ, तो सवाल। समय से पहले भंग करो, तो बवाल। इनको अध्यक्ष बनाया, तो उधर स्यापा। उनको सदस्य बनाया, तो इधर शोर-शराबा। कुल मिलाकर आयोग सबको खुश न करने वाला, सबको कुछ न कुछ देने वाला कोई अजब-सा सरकारी शै है।

आयोग एक ठण्डा बस्ता - जिसमें तत्कालीन आक्रोश जो उबाल मारता है, को डाला जाता है। जब तक इसमें से कुछ निकलता है, तब तक सब कुछ जानने का जोश ठण्डा पड़ जाता है। क्या हुआ था! क्यों हुआ था! किसने किया था! कैसे किया था! जैसे सवाल "जो होना था, सो हो गया" में बदल जाता है।

आयोग एक कब्जियत - जिसमें से बहुत कुछ नहीं, बहुत जोर लगाने पर कुछ निकलता है। मगर वह कुछ किसी को संतुष्टि नहीं देता।

आयोग एक कब्रिस्तान - जिसमें तत्कालिक मुद्दों को गाड़ा जाता है, ताकि समय आने पर उन गड़े मुद्दों को उखाड़ा जा सके।

आयोग एक पहल - जो शुरू तो होता है एक पहल के रूप में, मगर ख़त्म होता है एक पहेली बन।

3

कबीर, मुनादी और बिल्ली

भिनसहरे-भिनसहरे कबीर अभी "जो घर फूँके आपनो" की मुनादी करने वाले थे कि एक बिल्ली उनका रास्ता काट गई। गर्भणी की चाल-सी चलती बिल्ली उन्हें देख मुस्कुरायी।

"हज को जा रही हो!" कबीर ने पूछा।

"नहीं तो!" बिल्ली ने डकार ली।

"नौ सौ चूहे खाने का तुम्हारा कोटा अभी पूरा नहीं हुआ क्या!"

"नौ सौ चूहे खा चुकी हूँ... और खाकर हजम भी कर चुकी हूँ।"

"फिर तो परम्परा के अनुसार तुम्हें हज को जाना चाहिए ..." कबीर ने तर्क दिया।

"बात सही है, मगर मैं अभी नौ हजार चूहे और खाना चाहती हूँ...वह भी निर्बाध रूप से..." यह कहते हुए बिल्ली की लार उसके पँजों पर टपक पड़ी।

“बाप रे! नौ सौ चूहे खाकर मन नहीं भरा तेरा...” कबीर अचरज से भर गए।

जवाब में बिल्ली ने “न” कह कर बहुत मासूमियत से अपना सिर हिला दिया। कबीर सकपका गए। समझ में नहीं आ रहा था कि आगे क्या बोलें। बिल्ली को टालने की गरज से बोले, “जाओ फिर जहाँ जा रही थी। देर हो रही होगी तुम्हें..” फिर न जाने क्या सोचते हुए बोल पड़े, “वैसे तुम जा कहाँ रही हो...”

“राजनीति में..” बिल्ली अपने होठों पर जुबान फेरती हुयी बोली।

बिल्ली को पीछे छोड़ कबीर आगे चले...

“जो घर फूँके आपनो चले हमारे साथ!” यह मुनादी कबीर ने भिनसहरे ही की थी, पर सुबह से दोपहर हो गई, दोपहर से साँझ, साँझ से रात। कबीर अपनी लुकाटी लिए चौराहे पर अकेले खड़े रहे, मगर कोई वॉलेंटियर नहीं आया। फिर उन्होंने अकेले ही चलने का फ़ैसला किया।

अभी उन्होंने चलने के लिए अगला पाँव बढ़ाया ही था कि तभी पीछे से एक व्यक्ति भागते हुए उनकी ओर आया। और बोला, “चलिए! मैं चलता हूँ आपके साथ!” कबीर बहुत खुश हुए। मन ही मन सोचे कि चलो कम से कम एक तो आया। एक से भले दो। बूँद-बूँद से ही सागर भरता है। इसी प्रकार के मोटिवेशनल थॉट उनके मन में आने लगे।

जब दोनों साथ चलने लगे, तब कबीर ने पूछा, “तुमने आने में बहुत समय लिया...”

“वह क्या है सर! औपचारिकता में थोड़ी देर हो गई।”

“कैसी औपचारिकता!” कबीर चौंके।

“आप तो जानते है आजकल कितना पेपरवर्क होता है। घर फूँकने से पहले उसका बीमा करवाने में समय लग गया...” कबीर चुप। वे संज्ञाशून्य वाली स्थिति में पहुँच गए।

वॉलेंटियर ने उनकी हालत देखी तो बोला, “डोंट वरी सर! मेरा हाउस भी फुँक जाएगा, हाँ मगर उसमें कुछ समय लगेगा। अभी आग लगा दूंगा तो कंपनी

वालों को शक हो जाएगा...एक फूटी कौड़ी भी नहीं मिलेगी!'' वॉलेंटियर ने कुछ दूर चलने के बाद कबीर से वापस जाने की आज्ञा माँगी। कबीर कुछ नहीं बोले। बोलते तो तब, जब वह सदमे से उबर पाते। वॉलेंटियर, ''गुड नाइट! सच ए वंडरफुल मीटिंग!'' कह कर वापस चला गया। उसने यह भी बताया कि अगर कबीर ''जो घर फूँको आपनो'' वाला स्लोगन नहीं कहते, तो यह ''फ़ैंटास्टिक आइडिया'' उसके दिमाग में कभी घर न करता। कबीर उसकी यादों की राख लिए चलते रहे।

आज नया दिन था। नयी सुबह थी। नयी जगह थी। कबीर ने फिर मुनादी की ''जो घर फूँको आपनो, चले हमारे साथ'' अभी कबीर के मुँह से बात निकली ही थी कि दर्जनों लोग उनकी तरफ आते दिखे। कबीर की खुशी का ठिकाना न रहा। वह पिछली घटना को भूल गए। लोगों का जत्था उनके पास पहुँच चुका था। अभी कबीर कुछ पूछते कि उनमें से एक बोला, ''कहाँ चलना है बाबा! बताईए!''

कबीर ने उनके चेहरों को देखा। सब लटके-उदास थे। उन्हें देख कबीर बोले, ''आत्मोत्सर्ग से बढ़कर कुछ नहीं मित्र! अच्छे कार्य हेतु हम प्रस्थान कर रहे हैं, उत्साह से करना चाहिए!''

''हम में कैसे उत्साह का संचार हो सकता है बाबा!'' उनमें से एक ने कहा।

''क्यों!'' कबीर ने बिना लाग-लपेट के पूछ लिया। कबीर का नेचर ही ऐसा था।

''बाबा, हमारे घर फूँक दिए गए हैं...पूरी की पूरी बस्ती ही...'' यह कहते-कहते उस व्यक्ति का गला भर आया।

''क्यों? क्या हुआ?'' कबीर ने व्यथित होकर पूछा।

''बाबा! हम दलित हैं न!'' इस बात पर कबीर की समझ में ही नहीं आ रहा था कि वे कैसे रिएक्ट करें।

''बाबा! हमारा बिटवा काहे नाहीं घोड़ी पे बैठकर अपनी शादी में जा सकत

है! हमारे ज़माने में न सही, पर आज के ज़माने भी ऐसा...'' कहते-कहते वहाँ खड़े झुकी कमर वाले बूढ़े की आँखें डबडबा गईं। आँखें तो कबीर की भी डबडबा गईं थी, पर उन्होंने किसी बहाने उन्हें छुपा लिया। कबीर समझ चुके थे कि ये जो लोग हैं वालेंटियर नहीं, हालात के मारे मजबूर लोग हैं। मुख्यधारा से कटे हुए। इन्हें तो अपना घर भी फूँकने की जरूरत नहीं है। ये लोग तो मुझसे भी प्रतिकूल परिस्थितियों में जीते हैं। कबीर ने उन सभी को वापस जाने के लिए कह दिया। साथ में यह भी आश्वासन दिया कि वे उनके हक़ में आवाज उठाते रहेंगे। ''तुम सारे भी आवाज़ उठाओ, भागो नहीं सामना करो!'' कबीर बोले। वे सब डरे-सहमे वापस लौटने लगे। थोड़ी ही देर में जत्था वापस लौट चुका था...

जत्थे को पीछे छोड़ भारी मन से कबीर आगे बढ़े...

थोड़ी दूर चलने के बाद, राह के दोनों ओर उन्हें कई बड़ी-बड़ी होर्डिंग और पोस्टर दिखे। सभी होर्डिंग और पोस्टर में चश्मा लगाए एक प्रखर व्यक्ति की ही तस्वीर छपी हुयी थी। चलते-चलते उन्हें थकान महसूस हुयी। उन्होंने नज़र दौड़ाई, तो पास में ही एक चाय का ठीहा दिखा। कबीर उसी ओर हो लिए। थोड़ी देर बाद ही कबीर के सामने चाय हाजिर थी। कबीर चाय पीने लगे। सामने देखा तो, वहाँ एक अख़बार पड़ा हुआ था। उस अख़बार में भी उसी प्रखर व्यक्ति की तस्वीर छपी थी, जिसे कुछ देर पहले वे होर्डिंग और पोस्टर में देख कर आए थें। तभी साथ बैठे व्यक्ति ने चाय पीते हुए वह अख़बार बाँचा, ''बाबा साहब भीमराव अम्बेडकर जयन्ती पर सभी देशवासियों को बधाई!!! कृतज्ञ राष्ट्र उनको शत् शत् नमन करता है।''

ये सुनते ही चाय वाला बोला, ''भइया ये कल का अख़बार है, आज का अख़बार ये रहा...''

''यहाँ अख़बार ही बासी होते हैं खबरें नहीं!'' यह कहते कबीर उठ खड़े हुए।

कबीर आधी चाय और बासी अख़बार छोड़ आगे बढ़े...

कबीर का हृदय विदीर्ण हो चुका था। वे मन ही मन सोचने लगे कि घर फूँकने वाली मुनादी की जगह कोई और मुनादी करेंगे। लेकिन कौन सी! अभी

वह तय नहीं कर पा रहे थे। थोड़ी देर चलने और सोचने के बाद वह इस नतीजे पर पहुँचे कि, *"काकर पाथर जोरि के, मस्जिद लियो चुनाय, ता चढ़ि मुल्ला बांग दे का बहरो भयो खुदाय"* वाली मुनादी ही ठीक रहेगी। वैसे भी, कबीर को मिले अब तक के अनुभव ने उनको यह बता दिया था कि यहाँ लोग दूसरे के घर को फूँकने में ज़्यादा इंट्रेस्ट रखते हैं, परायी आग में ही अपनी रोटी सेंकने के हैबिचुअल हो चुके हैं। ऐसे में घर फूँकने वाली मुनादी करना ठीक नहीं। अतः काफी सोचने के बाद कबीर ने *"ता चढ़ मुल्ला बांग दे, का बहरो भयो खुदाय"* वाली मुनादी करने की ठानी। अब आदत तो आदत ठहरी! चलते हुए कबीर के मुँह से बेसाख्ता निकल पड़ा *"जो घर फूँके आपनो"*

"अबे यो क्या कह रिया है!" एक व्यक्ति ने कबीर को टोका। जिधर से यह आवाज़ आयी थी, कबीर ने उस तरफ देखा। उन्हें काफी भीड़ दिखी। कारों की लंबी श्रृंखला दिखी। कारों के अलावा उन्हें मोटरसाइकिलों का झुंड दिखा जैसे जंगल में जंगली भैंसों का होता है। एक लहीम-शहीम व्यक्ति उनकी तरफ आता दिखा। कबीर को उत्सुकता हुयी। उन्होंने उस व्यक्ति से पूछा, " क्यों भाई। यहाँ क्या हो रहा है!"

"अबे क्या विदेशी है? वह व्यक्ति बोला। "हूँ" कहकर कबीर ने अपना सिर हिला दिया।

"मिजे पता था...नई तो तुम बाबा रामधारी के बारे में ज़रूर जानते!"

"इतनी भीड़... शोर-शराबा क्यों है!" कबीर ने पूछा।

"अरे चाचा भीड़ का क्या है...भीड़ तो रोज़ ही लगी रैवै है!" उस व्यक्ति ने बताया।

"अच्छा!" कबीर को अचरज हुआ।

"हाँ मगर, आज कुछ जादै है, वो क्या है... आज के दिन ही बाबा लोगों की घर वापसी करावे हैं और साथ दिव्य प्रसाद भी बाँटे हैं"

कबीर दिव्य प्रसाद से ज़्यादा घर वापसी के बारे में सोचने लगे। कहाँ तो वे घर फूँकने की बात कर रहे थे, कहाँ तो यहाँ घर वापसी की बात हो रही है। कबीर इस उलटबाँसी को समझने का प्रयास करने लगे। सहसा उन्हें कुछ याद आया।

"क्या उन सभी दलित भाइयों के घर बन गए जिनकी बस्ती फूँकी गई थी!" कबीर ने उत्साह से पूछा।

"मीजे तो यो लग रिया है चाचा सुबह-सुबह ही चढ़ा ली दिखे!" ये कहकर उस व्यक्ति ने कबीर को घूरा। कबीर अचकचा-से गए। उन्हें लगा कि शायद उन्होंने यहाँ पर बे-लगन की शहनाई बजा दी है। ख़ुद को सँभालते हुए बोले, "फिर ये घर वापसी क्या होता है!"

इस सवाल पर उस व्यक्ति ने कबीर को कुछ अजब ही ढंग से देखा। और खीझते हुए बोला, "अबे घोंचू है क्या! जो अपना धरम छोड़ के दूसरे धरम में चले जावे हैं, उनई फिर उनके पुराने धरम में मिलाने को ही घर वापसी कहवे हैं। समझ गया या ना!"

"तो इसे धर्म वापसी कहना चाहिए न, फिर घर वापसी क्यों कहते हो!" कबीर तपाक से बोल पड़े। उनका नेचर ही ऐसा ठहरा। बिना किसी लाग-लपेट के, सीधे-सीधे मुद्दे की बात करना। कबीर की निरन्तर अनप्रैक्टिकल बातें सुन अब उस व्यक्ति का सब्र चुकने के कगार पर आ पहुँचा था। उसकी भाव-भंगिमा स्पष्ट कहने लगी थी। अब उस व्यक्ति ने हिंसा का सहारा न लेकर कबीर से अपना पिंड छुड़ाना ही बेहतर समझा। कबीर अभी भी उसके उत्तर की प्रतीक्षा में उसका मुँह ताक रहे थे।

वह व्यक्ति बोला "चाचा! जाओ तुम भी लग जाओ लैन में... सुबह तीन बजे लैन में लगा था, तब जाकै नंबर आया।" यह कहते हुए वह आगे बढ़ गया।

"पर मैंने देखा है कि अभी थोड़ी देर पहले वह सज्जन जो आए थे, वे तो प्रसाद लेकर जा रहे हैं!" कबीर ने एक के पीछे एक जाती हुयी चार चमचमाती कारों की ओर इशारा किया।

"अच्छा वो... वो भूतपूर्व मंत्री है, वी आई पी के लिये अलग इंतजाम होवे है यहाँ! अब जाओ टैम न बरबाद करो!" यह कह उस व्यक्ति ने अपने चलने की गति बढ़ा दी। कबीर ने उस जगह को ध्यानपूर्वक देखा। वह सोचने लगे कि वह व्यक्ति किसे आश्रम बता रहा है। उन्होंने चारों तरफ अपनी नजरें भी दौड़ायी, मगर अपना उत्तर वह न पा सके। वे दौड़ कर उस व्यक्ति के पास पहुँचे और

बोले, "जाते-जाते तनिक एक बात स्पष्ट करते जाओ भाई! कृपया यह बताओ वह आश्रम कहाँ है, जिसका वर्णन अभी थोड़ी देर पहले तुमने किया था!"

"अरे बावले वो क्या है! " उस व्यक्ति ने एक हाथ उठाकर उस ओर इशारा किया, जहाँ वह और कबीर थोड़ी देर पहले खड़े थे और दूसरे हाथ से कुछ संकेत किया। जिसका आशय यह था कि कबीर को अब एक चपेट खाने के लिए तैयार रहना चाहिए।

कबीर को कुछ समझ में नहीं आया। बस इतना ही बोले, "यदि आश्रम यह है, तो महल कैसा होता है!"

"बावला है क्या!" कहकर वह व्यक्ति तेजी से आगे बढ़ गया। कबीर कुछ देर वहीं खड़े आश्रम को खोजते रहे, मगर उन्हें वह कहीं नहीं दिखा। आखिर थक-हार के वे आगे चल दिए।

इस बार कबीर सतर्क थे अतः *"काकर पाथर जोरि के मस्जिद लियो चुनाय, ता चढ़ मुल्ला बांग दे का बहरो भयो खुदाय"* की मुनादी करते हुए आगे बढ़ने लगे। मुनादी करते हुए एक जगह उनके क़दम ख़ुद-ब-ख़ुद ठिठक-से गए। जहाँ रुके वहाँ एक भव्य बँगला था। जिसे देख *"साँई इतना दीजिए की जगह साँई कितना दीजिए"* बरबस ही उनके मुँह से निकल गया। कबीर ने किसी तरह स्वयं को सँभाला। मन ही मन अभी-अभी होने वाले पाप का प्रायश्चित करने लगे। बँगले के सामने दो-चार दरबान खड़े थे। बँगले को देखकर कबीर को उस आश्रम की याद आयी जिसका जिक्र उस व्यक्ति ने किया था। कबीर मन ही मन दोनों की तुलना करने लगे। साथ में जोर-जोर से मुनादी भी करने लगे। तभी एक दरबान ने उन्हें *"आगे बढ़ो"* की सख़्त हिदायत दी। इस बार कबीर कुछ ज़्यादा ही तेज़ आवाज़ में बोले। सारे दरबान उनकी ओर लपके। तभी उस बँगले से एक अधेड़ बाहर निकला और तुरन्त ही उसने अपने दरबानों को रुक जाने के लिए कहा। कबीर को वह अधेड़ जाना-पहचाना लगा। कबीर को याद आया कि उन्होंने इस अधेड़ को दिव्य प्रसाद वाली जगह पर देखा था। कबीर ने निर्भय होकर फिर मुनादी की। वह अधेड़ पास आ कर सीधे उनके चरणों में गिर पड़ा।

कबीर अचकचा कर बोले, "उठो भाई! मैं किसी को शिष्य नहीं बनाता!"

सष्टांग प्रणाम करने के बाद वह अधेड़ उठा। कबीर को भावपूरित नेत्रों से देखते हुए बोला, "आह! कितने उच्च विचार हैं आपके! मैं तो इनको सुन कर धन्य हो गया!"

यह सुनकर कबीर जोश में आ गए फिर ज़ोर से बोले, " काकर पाथर जोरि के..."

इस बात पर उस अधेड़ व्यक्ति ने उनकी भूरि-भूरि प्रशंसा की और बोला, "आप अपना यह संदेश अधिक से अधिक लोगों तक पहुँचायें, समाज का कल्याण होगा।"

कबीर को यह सुझाव भाया। कबीर ने अब उसकी ओर विशेष ध्यान दिया। देखने में कोमल-सा, बोलने में नरम जिसे मुहावरे में कहें तो जब बोले तो फूल झड़े वाली बात। "फिर मुझे इसके लिए क्या करना चाहिए!" कबीर ने पूछा।

"आप सोशल मीडिया पे सक्रिय हैं कि नहीं!" कबीर के चेहरे पर आए भावों को देखकर वह अधेड़ व्यक्ति समझ गया कि इनको इस बारे में कोई आइडिया नहीं है। "फिर आप ऐसा करें! आप अपना संदेश जनसंख्या बाहुल्य की दृष्टि से सम्पन्न क्षेत्र में दें, तो बेहतर होगा! यह कहते हुए उसने कबीर का हाथ पकड़ लिया और कबीर "मैं राम की कुतिया" की भाँति उसके पीछे-पीछे चल दिए।

अब कबीर उस अधेड़ के बताए हुए स्थान पर मुनादी करते हुए घूम रहे हैं। आबादी के हिसाब से काफी सघन। एक पुरानी बस्ती। बेतरतीब गलियाँ। अस्त-व्यस्त मकान। विभिन्न तबकों-धर्मों के मानने वाले अनुयायियों के जगह-जगह धार्मिक स्थल। अभी कबीर ने दो या तीन बार ही *"काकर पाथर जोरि के..."* कहा ही था कि वहाँ तरह-तरह की आवाज़ें सुनाई देनी लगीं। लोग चिल्लाने लगे। पत्थर चलने लगे। एक सन्नाता हुआ पत्थर उनके सिर के पास से निकला। जल्द ही चीखने की आवाज़ें भी आने लगीं। अफरा-तफरी मच गई। गोलियाँ चलने लगीं। तलवारें लहराने लगीं। लोग इधर-उधर बदहवास भागते दिखे। कबीर अभी कुछ समझ पाते कि उन्हें तभी नाली में खून बहता हुआ दिखा, जिसे देख कबीर भक से उल्टी कर अचेत हो गए।

कबीर ने होश में आते ही "मैं कहाँ हूँ!" नहीं बोला जैसा कि हिंदी फिल्मों

का दस्तूर है। कबीर ने अपने चारों ओर नज़र घुमायी। गंदी दीवारें। एक आदमी मैले-कुचैले कपड़ों में उनके पास लेटा हुआ था। कबीर उठ के बैठ गए। सामने उनको सलाखें नजर आयी और उसके पीछे उन्हें पुलिस वाले दिखे। कबीर ने पुलिसवालों से पूछा, "मैं यहाँ कैसे!"

"चुप कर! दंगा कराता है! वो भी ऐसे टैम पर..." इसके साथ पुलिस वाले के मुँह से दो-चार गालियाँ प्रकट हुईं। उसका यह रूप देखकर कबीर सहम गए। कबीर ने सारा माजरा समझने की कोशिश की। कबीर गंदी फर्श को एक टक देख रहे थे कि उनका ध्यान पास वाले व्यक्ति पर गया। "तुम यहाँ कैसे!" कबीर ने पूछा।

"चुप कर! नहीं तो यहीं पे ठोक देगा तुमको!" वह व्यक्ति बोला।

"क्रोधित क्यों होते हो भाई!" कबीर ने मनुहार की।

"ऐ भाई नहीं बोलने का! अपुन कोई भाई-वाई नहीं है! समझा क्या! अपुन टपोरी है टपोरी! वह व्यक्ति भड़का।

"ठीक है टपोरी भाई! आप ये तो बतायें कि हुआ क्या!" कबीर अपने साथ हुआ सारा मामला शीघ्रातिशीघ्र समझना चाहते थे। इसलिए शिष्टाचारवश किसी को भाई क्यों न बोला जाए, वह इस गुत्थी को सुलझाने के पीछे नहीं पड़े।

"हुआ क्या! अरे साला तुम्हारी वजह से अपुन भी इधर फँस गया!"

"मेरी वजह से!" कबीर ने अनभिज्ञता दिखाई।

"हाँ तुम्हारी वजह से! तुमको कबीरा के साथ इस लफड़े से पहले मैंने देखा था, इसलिए साले ने मुझे भी फँसा दिया।"

"कौन कबीरा! कौन साला!" कबीर ने पूछा।

"अरे वही जो कार में बैठा कर तुमको शूकर बस्ती लाया था, जहाँ पर तुम लोगों को भड़का रहा था!" टपोरी ने अपने दाँत पीसते हुए कहा।

"ओह! तो उस अधेड़ व्यक्ति का नाम कबीरा है! मैं भी कितना अबोध हूँ कि उसका नाम तक नहीं पूछा!" कबीर सोचने लगे। उनकी नज़र उस पुलिस वाले पर पड़ी जिसने कबीर से बहुत सख़्त लहजे में बात की थी। "अच्छा एक

बात बताओ! वो भी ऐसे टैम पर...का क्या मतलब! जो थोड़ी देर पहले इन सज्जन ने मुझसे कहा!'' कबीर ने उस पुलिस वाले को दिखाते हुए पूछा।

''सज्जन!'' यह बोलते वक़्त टपोरी की आवाज़ बदल गई।

कबीर सहजभाव से बोले, ''हाँ वही सज्जन!''

''क्या आदमी है तुम! अरे बाबा! चुनाव का बखत है न!'' कबीर को काटो तो खून नहीं। वह टपोरी फिर बोला, '' तुमको चुनाव के बखत ऐसा नहीं बोलने का माँगता! तुम्हारी वजह से दर्जनों जानें चली गईं! रोकड़ा कमाने के वास्ते और भी तो धन्धे हैं मैन!''

''धन्धे!'' कबीर बोले।

''तू तो गया अब! मौका-ए-वारदात से तेरी लाठी भी बरामद हुयी जिस पे तेरी उँगलियों के निशान होंगे ही होंगे! टपोरी ने कबीर को डराते हुए कहा।

''भाई वह लाठी नहीं लुकाटी है...'' कबीर ने सफाई दी।

''ऐ चलो! तुम्हारी जमानत हो चुकी है।'' तभी पुलिस वाले की कड़क आवाज़ गूँजी। उसका इशारा टपोरी की तरफ था।

उसे जाता देख कबीर बोले, ''मुझे भी निकालो यहाँ से! यहाँ बहुत घुटन है!''

''ऐ तेरी जमानत अभी नहीं हुयी है!'' पुलिस वाले ने घूरते हुए कहा।

''मेरी जमानत कब होगी!'' कबीर ने पूछा।

''जब कोई लेगा, तभी तो होगी! पुलिसवाले ने लॉकअप बंद करते हुए कहा। कबीर *''धीरे-धीरे रे मना, धीरे सब कुछ होय''* की माला जपते रहे। माला जपते-जपते उनकी काया क्षीण हो गई, मगर उनकी जमानत लेने कोई नहीं आया।

आज सुनवाई के बाद, फाइनली कबीर को जेल में शिफ़्ट किया जा रहा है। रास्ते में पुलिस वाले वैन में बात कर रहे थे कि कबीरा चुनाव जीत गया है और विरोधी पार्टी की जमानत तक जब्त हो गई है। इस बार तो उसका मुख्यमंत्री बनना तय है। यह सुनते ही सहसा कबीर को, वह नौ सौ चूहे खाने वाली बिल्ली,

जो मुनादी के दौरान सबसे पहले मिली थी, याद आ गई। साथ में याद आयी टपोरी की *"दर्जनों मरे हैं"* वाली बात। "बिल्ली ने कहा था कि उसे हजारों चूहे और खाने हैं, अभी तो दर्जनों ही हुए हैं..." यह ख़्याल आते ही कबीर के सीने में हूक-सी उठी। उन्होंने पुलिसवालों से सीने में दर्द होने की शिकायत की। यह सुनते ही सारे पुलिसवाले हँस पड़े। कबीर को कुछ समझ में नहीं आया। उनमें से एक बोला, "लो इनके भी सीने में दर्द होने लगा... ससुर ये भी *भी.आई.पी.* हो गए हैं.." ये कहकर वह हँस पड़ा।

तब दूसरे पुलिस वाले ने डपटा, "चुपचाप बैठा रह! नहीं तो पूरे बदन में दर्द होना शुरू करा देंगे! बड़ा आया *भी.आई.पी.* की औलाद..." "अबे तू भी चुनाव लड़, नेता बन, फिर ले असली लोकतंत्र का मजा!"

उनमें से एक बोला। "का पांडे जी! ये तो आग लगाने में ही अपने हाथ जला बैठा, ई का खाक़ इलेक्शन जीतेगा!"

गाली देने वाला सिपाही हिक़ारत से बोला। "सही कह रहे आप! ऐसे अनाड़ी के हाथों प्रजातन्त्र तो आत्महत्या ही कर लेगा..." वहाँ बैठे एक भारी भरकम पुलिस वाले का यह कहना ही था कि सारे पुलिस वाले ठठा कर हँसे। चुप रहना कबीर का नेचर नहीं था फिर भी वे चुप रहे। वह इसलिए कि वह मन ही मन वस्तुस्थिति का विश्लेषण कर सकें, ताकि इस सिचुवेशन पर कोई नया दोहा लिख सकें। जब तक कबीर कुछ गुनते तब तक जेल आ चुकी थी।

इस समय कबीर चक्की पीस रहे हैं। पीसते-पीसते मुनादी भी कर रहे हैं। वह यह कि *"पाहन पूजे हरि मिलै, तो मैं पूजूँ पहार, ताते तो चाकी भली, पीसि खाय संसार"!* "जिसे सुनकर क़ैदी हँस रहे हैं। बहुतेरे कैदियों का मत है कि सज़ा मिलने के बाद भी ये बंदा जरा भी नहीं सुधरा... तो वहीं कुछ क़ैदी उन पर हमला करने की फिराक़ में हैं, क्योंकि कबीर के मुनादी करते रहने से जेल में रहने के बावजूद भी उनकी धार्मिक भावनाएँ आहत हो रही थीं। जिसकी सूचना बंदीरक्षकों ने जेलर साहब को पहले ही दे दी थी।

जेलर साहब ने कबीर को अंडा सेल में शिफ़्ट करने का नया आदेश दे दिया है। आज सुबह हस्ताक्षर करते हुए बोले, "ऐसे नहीं मानेगा...बहुत सख़्त जान है... कसम से... साला ये तो जेल में भी दंगा करवा के मानेगा!"

4

आज़ाद रौशनी का बंधक सफ़र

देश आज़ाद हुआ और मध्य रात्रि को रौशनी निकल पड़ी गाँव की ओर। अभी कुछ दूर ही पहुँची थी कि एक खद्दरधारी ने उसे टोका, "अरे इत्ती रात को कहाँ भागी जा रही है?" रौशनी ने बताया कि वह गाँव जा रही है। खद्दरधारी हँसा। बोला, "पगली कहीं की! इधर किधर से जा रही?" वह बोली, "तो फिर किधर से जाऊँ!" खद्दरधारी फिर हँसा। बोला, " अगर सही-सलामत वहाँ पहुँचना चाहती है, तो हाईवे पकड़।" रौशनी चुपचाप खड़ी रही। जैसे वह दिग्भ्रमित हो गई हो। खद्दरधारी बोला, "चल मेरे घर चल। इतनी रात को कहीं चोर-उच्चके मिल गए तो! सुबह अपने ड्राइवर से कहकर तुझे गाँव छुड़वा दूँगा।" रौशनी आश्वस्त हो गयी। वह खद्दरधारी के साथ हो ली। खद्दरधारी का घर देखने में साधारण ही था और घर वाले भी। घर पहुँचने पर उसकी खूब आवभगत हुयी। यह देख वह अभिभूत हुयी। वह उसके घर में पसर गई। थकी थी; सो गहरी नींद आयी। वह देर तक सोती रही। उसे किसी ने जगाया नहीं। जब वह जगी तो उसे लगा जैसे सदियों बाद उठी हो। उसने

खद्‌दरधारी को ढूँढ़ा, पर वह नहीं मिला। उसने घरवालों से पूछा तो पता चला कि वह इस वक़्त कैबिनेट मीटिंग में है। रौशनी भारी मन से अपने गंतव्य के लिए चली। चलते वक़्त उसने खद्‌दरधारी के घर को मुड़कर देखा। उसे सहसा विश्वास नहीं हुआ। उसका घर अब बँगले जैसा दिखता था। और वहाँ रौशनी इतनी थी कि रौशनी की आँखें भी चौंधिया गईं।

वह आगे चली। अभी कुछ दूर ही चली होगी कि एक फर्राटा भरती हूटर बजाती कार ने उसे ओवर टेक किया। कुछ दूर जाकर कार रुक गई। सूट-बूट पहने व्यक्ति ने उससे पूछा, "कहाँ जाना है मिस आपको? रौशनी ने कार में बैठे व्यक्ति को ग़ौर से देखा। देखने में वह पढ़ा-लिखा, रौबदार दिखता था, जैसे कोई लाटसाहब। रौशनी बोली, "गाँव जा रही हूँ सर।" वह माथे पर बल देता हुआ बोला, "आई. सी. ऐसे तो आपको वहाँ पहुँचने में काफी समय लग जाएगा आपको। आईए गाड़ी में बैठ जाईए। आप वहाँ जल्दी पहुँच जाएंगी।" रौशनी उसकी गाड़ी में बैठ गई। कुछ देर चलने के बाद कार एक जगह रुक गई। रौशनी ने झाँक कर देखा। उसकी बेचैनी को समझ कार सवार बोला, "आप घबराईए नहीं। यह मेरा ऑफिस है। कुछ ज़रूरी फाइल निपटा लूँ, फिर आराम से चलते हैं।" रौशनी वहीं बैठ कर काम ख़त्म होने का इंतजार करने लगी। सारा दिन बैठे-बैठे वह बोर हो गई। रौशनी ने उन्हें याद दिलाना चाहा कि उनको उसे गाँव छोड़ने के लिए चलना है। मगर वह ऐसा न कर सकी, क्योंकि साहब के मातहतों ने उसे साहब से मिलने नहीं दिया। रौशनी ने सोचा क्यों न वह बिन बताए ही वहाँ से निकल जाए। मौका लगते ही उसने ऐसा ही किया।

रौशनी ने फिर अपनी राह पकड़ी। इस बार उसने सोचा, वह मुख्य मार्ग से न जाकर पगडंडी से होकर जाएगी। उसने ऐसा ही किया। कुछ दूर चलने के बाद उसे गाँव दिखने लगा। उसकी चाल स्वतः तेज़ हो गई। तभी उसकी नज़र वीराने में बने एक बड़े फार्म हाउस पर पड़ी। जहाँ से कुछ लोगों की ज़ोर-ज़ोर से आवाज़ें आ रही थीं। उनकी बातों में 'कमीशन" 'ठेका" 'साला" 'हरामी" शब्दों की भरमार थी। रौशनी जैसे ही फार्म हाउस के पास से गुजरी कि एक कड़क आवाज़ आयी, 'कौन है वहाँ?" 'मैं... मैं रौशनी" रौशनी ने काँपते स्वर में कहा। तब तक आवाज़ देने वाला रौशनी के पास आ चुका था। उसने रौशनी को घूरा। रौशनी अपने को जितना समेट सकती थी, उतना समेटा। वह मुस्कुराते हुए

बोला, "इतनी रात को कहाँ चली छमकछल्लो!" 'गाँव...'' रौशनी बस इतना ही कह पायी थी कि उसने रौशनी का हाथ पकड़ा और अंदर खींच लिया। रौशनी चिल्लाई, मगर उसकी आवाज़ घुट कर रह गई। सुबह होते ही उन्होंने रौशनी को छोड़ दिया। वह किसी तरह से गाँव पहुँची। वहाँ पहुँच कर रौशनी के पैर ज़ोर से काँपने लगे। इसकी वजह उसे मिले हुए ताजे ज़ख़्म नहीं थे, बल्कि उसकी यह सोच थी कि उसके पहुँचते ही गाँव वाले उसका ज़ोरदार स्वागत करेंगे। इस इकलौती सोच ने ही रौशनी के पूरे बदन में खुशी की लहर दौड़ा दी थी, जिसका सूचकयंत्र उसके पैर बन गए थे। मगर ऐसा कुछ न हुआ। वहाँ पहुँचने पर गाँव वाले उसे एकटक देखते रहे।

गाँव वालों ने उससे पूछा, "तुम कौन हो?" रौशनी भौचक रह गई। इन्हें मेरा ही तो इंतज़ार था, फिर ये ऐसी बात क्यों कर रहे हैं? आख़िर इस सवाल का क्या मतलब? वास्तविकता यह थी कि वह बूढ़ी लग रही थी। गाँव पहुँचने की क़वायद में उसका नूर कितना छीज चुका है, उसे ख़ुद ही नहीं मालूम था। अब वो थी तो रौशनी, मगर फ़ीकी।

आज भी देश के बहुतेरे गाँव उसी फ़ीकी रौशनी की कहानी सुनाते हैं।

5

अयोध्या की रामकहानी

कथा-1

प्रभु श्री राम, सीता मइया, लक्ष्मण अयोध्या के बॉर्डर पर खड़े थे। अयोध्या को देखते ही प्रभु राम ने अपने मन ही मन कहा, *"अति प्रिय मोह इंहा के बासी, मम धामदा पुरी सुखरासी।"* खड़े-खड़े काफ़ी वक़्त गुजर गया, परन्तु कोई अयोध्यावासी उनकी अगुवायी के लिए उपस्थित नहीं हुआ। प्रभु राम के मन में न जाने कितने प्रश्न नाग की भाँति फन उठाने लगे। प्रश्नाकुल तो जगत जननी सीता जी भी हुयीं। परन्तु वह स्थिर बनी रहीं। "कहाँ गए सारे अयोध्यावासी!" प्रभु राम ने लक्ष्मण से प्रश्न नहीं किया था। वह तो स्वयं से बोले थे। परन्तु अनुज लक्ष्मण ने सुन ही लिया। लम्बे-लम्बे डग भरते हुए लक्ष्मण एक किशोर की ओर लपके, जिसकी चाल को देखकर लगता था कि वह बहुत जल्दी में है। लक्ष्मण ने उसे रोकते हुए पूछा, "आज यहाँ इतना सन्नाटा क्यों है? " "टीवी पर क्रिकेट का मैच चल रहा है न!" यह कहते हुए किशोर फुर्ती से निकल लिया।

कथा-2

"लो आ गई अपनी नगरी!" मर्यादा पुरूषोत्तम राम बोले।"

क्या अपनी प्यारी अयोध्या नगरी आ गई!" लक्ष्मण ने आश्चर्य प्रकट करते हुए कहा।

"आ तो गई, परन्तु दिखती नहीं!" सीता मइया को भी अचरज हुआ।

"आप सबको आश्चर्य क्यों कर हो रहा है?" प्रभु राम बोले।

"भइया यदि अयोध्या नगरी आ गई है, जैसा कि आप कह भी रहे हैं, तो कृपया बतायेंगे कि यहाँ इतना अँधेरा क्यों है!"

"बिजली कटौती..." यह आवाज़ नीचे पड़े शिलाखंड से आयी थी, जिस पर प्रभु श्रीराम ने अपने चरण जमाए थे। कारण बताकर उस शिलाखंड ने लक्ष्मण की जिज्ञासा शांत करने की चेष्टा की। परन्तु लक्ष्मण शांत होने के बजाए क्रोधित हो गए, उत्तेजना में बोले, "अविश्वसनीय! प्रभु राम की नगरी अँधेरे में?"

शिलाखंड अपना मुँह टेढ़ा करके सीधे लक्ष्मण की ओर मुखातिब हुई, तब तक प्रभु राम ने अपने श्रीचरण हटा लिए थे। वह बोली, "अयोध्या भगवान राम की नगरी है, मगर भइया कोई प्रदेश की राजधानी तो है नहीं... और न ही किसी प्रधानमंत्री या मुख्यमंत्री जैसे किसी वी.आई.पी. का गृह जनपद या चुनाव क्षेत्र, जहाँ चौबीसों घण्टे अबाध विद्युत की आपूर्ति हो।" यह सुनते ही लक्ष्मण शिला की भाँति जड़ हो गए।

कथा-3

अयोध्या में कुछ दूर चलने के बाद प्रभु राम सहित सीता मइया के पाँव ठिठक गए, यद्यपि लक्ष्मण के कदमों ने अपेक्षाकृत कुछ दूरी तय कर ली थी। तीनों को यकायक किसी नेता का भाषण सुनाई दिया। जो कह रहा था,

"रामलला का मंदिर यहीं बनायेंगे..." तीनों चरण रज उड़ाते हुए उसी दिशा की ओर अग्रसर हुए, जिधर से आवाज़ आ रही थी। तभी ठोकर लगने से सीता मइया का संतुलन बिगड़ गया। प्रभु राम ने अविलंब उनको सँभाल लिया। वे गिरने से तो बच गईं, परन्तु पैर की मोच से न बच सकीं। "रामलला का मंदिर यहीं बनायेंगे ..." की स्वरलहरियों ने पुनः तीनों के कानों में दस्तक दी।, "पहले ठीक-ठाक सड़क तो बनवाओ!" यहाँ-वहाँ बिखरे ढेलों में से एक को ठोकर मारते हुए लक्ष्मण बोले।

कथा-4

कुछ जगह जलते दीये देखकर लक्ष्मण पुलकित हो उठे। बोले, "चलो, हमारे आने की खुशी में किसी ने मुँह मीठा नहीं करवाया तो न सही। मगर कुछ लोगों ने घी के दीये तो जलाए!"

"दीये तो प्रत्येक घर की देहरी पर जलने चाहिए थे। ऐसा भेदभाव क्यों!" मइया सीता ने पूछा।

लक्ष्मण ने दीये के पास जाकर दीये को ध्यानपूर्वक देखा। दीये में घी नहीं कड़ू का तेल था। चलो मिठाई न सही! घी न सही! कड़ू का तेल ही सही! लक्ष्मण ने अपने मन को तसल्ली दी। "परन्तु दीये तो हर घर में जलने चाहिए थे!" लक्ष्मण ने प्रभु राम से पूछा।

प्रभु राम भी इसका कारण समझ नहीं पा रहे थे। तभी वहाँ बैठे चिलम खींचते हुए एक शहरी से लक्ष्मण जी ने इसका सबब पूछा तो वह बोला, "हम दिया क्या जलाएँ महाराज... महँगाई हमको ही स्वाहा किए जा रही है!"

"मिष्ठान, घी, कड़ू तेल के क्या दाम हैं?" लक्ष्मण सहसा पूछ बैठे। उस शहरी ने इन चीजों के जो दाम बताए उसे सुन कर लक्ष्मण के मुँह का स्वाद कसैला हो गया। और उन्हें अपना बदन तपता-सा लगा। लगा कि तीव्र ज्वर उनके बदन को भस्म कर देगा। इतनी ज़ोर की तो मेघनाद की शक्ति भी न लगी थी! लक्ष्मण खड़े-खड़े सोचते रहे।

कथा-5

चलते-चलते मइया सीता, अनुज लक्ष्मण के साथ प्रभु राम उस जगह आ पहुँचे थे, जो इस समय भी गुलजार था। धड़ाक! एक व्यक्ति लक्ष्मण से टकराया। उसके मुँह से शराब का भभका निकला। लक्ष्मण ने भक से मुँह फेर लिया। वह व्यक्ति लड़खड़ाते हुए नाली से गले जा मिला। लक्ष्मण तुरन्त ही नाली की छत्रछाया से उसको पृथक करने का उपक्रम करने लगे। इस दृश्य को वहाँ बैठे-खड़े-लेटे लोगों ने देखा। उनमें से एक बोला, "सुबह को राम-राम और शाम को सौ ग्राम।"

कथा-6

इस समय प्रभु राम को अति आश्चर्य हो रहा है। यह देखकर कि प्राथमिक विद्यालय में शादी हो रही है। गुरुकुल में गृहस्थ आश्रम की आगामी व्यवस्था की जा रही है। एक छोटे से शिक्षालय ने सीता स्वयंवर की यादें ताजा कर दीं। वहाँ से आगे चले। कुछ देर चलने के बाद एक सिपाही अपशब्द कहते हुए रिक्शे वाले को मारता दिखा। लक्ष्मण क्रोधित हो कर उस पर बाण चलाने ही वाले थे कि प्रभु राम ने रोक दिया। तत्पश्चात् लक्ष्मण ने बिना कुछ-सुने पुलिस वाले का हाथ पकड़ लिया।

सिपाही ने पूछा, "आप कौन हैं!" तू-तड़ाक, अबे-तबे, ऐसी-तैसी करने वाले सिपाही के बोलने का लहजा यकायक काफी नर्म हो गया और उसने शिष्टता का आचरण किया। आश्चर्य! घोर आश्चर्य! अचानक हुए इस हृदय परिवर्तन को लक्ष्मण समझ न पाए। मगर सिपाही बखूबी समझ गया था कि हो न हो उसका हाथ पकड़ने वाला व्यक्ति सत्ता पक्ष से अवश्य जुड़ा होगा। वरना किसी की क्या मजाल...

कथा-7

चलते-चलते मइया सीता को प्यास लग आयी। तीनों सरयू की तरफ बढ़ चले। घाट पर पहुँचते ही लक्ष्मण ने अँजुरी से झट मुँह में जल भर लिया। दूसरे ही पल भक्क से उलट दिया। मइया सीता जो जल ग्रहण करने जा ही रही थीं कि यकायक ठहर गईं।

"क्या हुआ लक्ष्मण! सब कुशल तो है!" प्रभु राम गुरु-गम्भीर स्वर में बोले।

लक्ष्मण नाक-मुँह सिकोड़ते हुए बोले, "प्रतीत होता है भइया कि मैंने अपना हाथ किसी नाले में डाल दिया हो।"

"ऐसा भी तो हो सकता है कि अँधेरे में हमें दिखा न हो और हमने नाले को ही नदी समझ लिया।" मइया सीता बोलीं।

"किंचित उत्कट प्यास के चलते हमें दिशाभ्रम हो गया हो!" लक्ष्मण ने अपना मत प्रस्तुत किया।

"संभव है! संभव है! प्रातःकाल सूरज के उजाले में हम सरयू को खोजेंगे।" यह कहते हुए प्रभु राम की दोनों आँखों के कोर नम हो गए।

कथा-8

"अरे, उसे कोई बचाए!" सीता मइया चीखीं। एक प्रसूता जिला चिकित्सालय के बाहर तड़प रही थी, जिसे देखकर ही सीता मइया चीखी थीं। आसपास घूमते कुत्तों को खदेड़ते हुए लक्ष्मण विद्युत गति से चिकित्सालय में दाख़िल हो गए। वहाँ के वार्डबॉय को, जो कि अधेड़ था, सारी स्थितियों से अवगत कराया। लक्ष्मण जी को उस समय बहुत आश्चर्य हुआ, जब यह जाना कि वह बंदा प्रसूता की स्थिति से अनभिज्ञ नहीं है।

"अब किस बात का विलम्ब!" लक्ष्मण बोले।

“अरे डॉक्टर साहब हैं नहीं!”

“कब आएंगे!”

“कुछ कह नहीं सकते!”

“तब तक तो कोई वैकल्पिक व्यवस्था करिए!”

“बेड खाली नहीं है!”

“ऐसे तो वह मर जाएगी!”

“आप कौन हैं उसके”

“मैं...मैं...”

लक्ष्मण बस इतना ही बोल थे कि वार्डबॉय उन पर गहरी दृष्टि डालते हुए बोला, ” कुछ लाए हो!”

“देखिए आप व्यर्थ समय नष्ट कर रहे हैं! कहीं कोई अनिष्ट हो गया तो!”

“नासै रोग हरै सब पीरा, जपत निरंतर हनुमत वीरा!” यह कह कर वार्डबॉय इत्मीनान से आगे निकल गया।

6

भाँति-भाँति के भूत

एक वीराने खंडहर को इन्हें अपना आशियाना बनाए अभी ज़्यादा दिन नहीं बीते थे कि एक भूमाफिया की नजर इस खंडहर पर पड़ गई। शुरू-शुरू में जब ये ताज़ा-ताज़ा भूत बने, तो पीपल के पेड़ पर लटके, जैसा कि भूतों की परम्परा रही है, मगर शनिवार को भारी तादाद में लोग उस पीपल को पूजते, दिया-अगरबत्ती जलाते जिससे दोनों भूतों की प्राइवेसी भंग होती थी। मगर इससे भी बड़ी मुसीबत यह थी कि उनमें से एक भूत को धुएँ से एलर्जी होती थी। बाद में वहाँ पर एक ओझा भी बैठने लगा, जो भूत उतारने के लिए बाक़ायदा भभूत बँटाने लगा। फिर इन्हें रोज़ ही उसके मुख से अपने नाम की गालियाँ सुनने को मिलने लगीं। अतः विवश होकर इन्होंने पीपल को त्याग कर वट वृक्ष को अपना ठिकाना बनाया। मगर वहाँ भी इन्हें चैन नहीं मिला। साल में कम से कम एक बार सुहागिनें वटसावित्री की पूजा करने वहाँ आतीं। फिर इन्होंने लटकने के लिए बबूल का पेड़ चुना, मगर यह ठिकाना भी निरापद नहीं रहा। लोग दातून के लिए सुबह-सुबह उसकी डालियाँ तोड़ते। इसके उपरान्त इन्होंने अपना आशियाना

बनाने के लिए कई पेड़ों का चयन किया, मगर अधिकांश पेड़ देर-सवेर काट दिए जाते। इसलिए तंग आकर इन्होंने इस खंडहर को चुना था, मगर देखो इनकी किस्मत! अब बेचारे भूत फिर भटक रहे हैं अपने लिए एक अदद सुरक्षित स्थान ढूँढ़ने के लिए।

जैसे भाँति-भाँति के लोग होते हैं, वैसे ही भाँति-भाँति के भूत। इसलिए एक भूत गंभीर है तो दूसरा हँसोड़। दोनों भूत बने कैसे? इसकी कोई अभूतपूर्व घटना नहीं है। एक को कोलेस्ट्राल की अधिकता ने बनाया तो दूसरे को सड़क पर लावारिस पड़े केले के छिलके ने। दोनों भूतों का नेचर अलग था, मगर दोनों की समस्या एक ही थी। दोनों का टाइमपास नहीं होता था। प्रायः टाइम पास करने के लिए वे खंडहर की खिड़की से आने-जाने वाले राहगीरों को देखा करते थे। गंभीर भूत का तो इतने में काम चल जाता था, मगर हँसोड़ भूत का दिल नहीं भरता था। इसलिए अक्सर शहर के चक्कर मार आता। वहाँ पर किसी सिनेमा में जाकर भूतों पर बनी पिक्चर देखता। मगर पिक्चर देखने के बाद उसकी एक शिकायत रहती कि फिल्मों में भूतों की इमेज प्रायः अच्छी क्यों नहीं दिखाई जाती है। कभी-कभी अपनी बोरियत दूर करने के लिए तो हद कर देता। वह तरह-तरह की आवाज़ें निकालता, जिसे सुन राहगीर डर जाते और उसका मूड फ्रेश हो जाता, मगर यह सब देखकर गंभीर भूत और गंभीर हो जाता। फिर वह गंभीर भूत के मूड को हल्का करने के लिए कहता, "बताओ! भूतनी के इंसान हो कर भूत से डरते हैं! अरे, कभी हम भी इंसान थे यार!"

आज गए थे दोनों अपने लिए नये आशियाने की खोज में। इसलिए थके हुए हैं। काफी देर से दोनों चुपचाप खंडहर की खिड़की पर बैठे हुए हैं। कई घण्टे हो गए, मगर वहाँ से कोई गुजरा नहीं। अब वे बोर हो रहे हैं। यूँ तो खंडहर सुनसान इलाके में है, फिर भी वहाँ से गुजरने वाले राहगीरों की संख्या कम नहीं कही जा सकती थी। बैठे-बैठे हँसोड़ भूत बोर हो गया, मन बहलाने के लिए वह कहीं जाने की सोचने लगा, तभी हवा के एक तेज झोंके के साथ लहराता हुआ अख़बार का एक टुकड़ा उससे टकराया। वह उस टुकड़े को उठाकर पढ़ने लगा। उसे पढ़ते ही वह जोर से हँसा। वह हँसते ही जा रहा था। गंभीर भूत ने मन ही मन सोचा कि ऐसा कौन सा चुटकला पढ़ लिया है इसने! उसकी हँसी की तीव्रता से खंडहर हिलने लगा। एक बार को ऐसा लगा कि कहीं पूरा खंडहर ही धड़ाम से

गिर न जाए। मगर उसकी हँसी रोके न रुकती थी। हँसोड़ भूत स्वभाव से हँसोड़ था ही, लेकिन अब ऐसा भी क्या! हँसी का रहस्य जाने के लिए गंभीर भूत ने अख़बार उसके हाथों से छीन लिया। जब उसने वह ख़बर पढ़ी तो समझ पाया कि क्यों हँसोड़ भूत के सिर पर हँसी का भूत सवार हो गया है। गंभीर भूत के लिए यह असहनीय था। वह बोला, "तुम ऐसी गम्भीर बात पर हँस कैसे सकते हो? मरे हुए लोगों के नाम से पेंशन जारी हो रही है। यह तो धाँधली है।"

हँसोड़ भूत ने किसी तरह से अपनी हँसी रोकी और बोला, "नहीं...इसे कहते हैं योजना का फली...भूत... होना।" यह कहकर हँसोड़ भूत खीं खीं कर फिर हँसने लगा। उसी वक़्त वहाँ से गुजरने वाले एक राहगीर ने जब उसके हँसने की आवाज़ सुनी तो गिरते-पड़ते भागा। जिसे देख हँसते-हँसते हँसोड़ भूत बोला, "लगता है कि हँसते-हँसते आज मैं फिर से मर जाऊँगा!"

उसका यह कहना था कि गंभीर भूत की दबी हुयी पीड़ा घनीभूत हो गई। वह अतिगंभीर होकर बोला, "मर कर भी चैन कहाँ मिला? भूत होकर भी हम तो एक अदद आशियाने के लिए भटक रहे हैं।"

हँसोड़ भूत की यकायक हँसी थम गई। बोला, "यार फिर भी हम अच्छे है, वहाँ तो जीते जी कितने भटक रहे हैं।"

"हाँ मगर उनके पास अपनी काया तो है... काश हम भी..." गंभीर भूत ने यह कह कर लंबी साँस खींची।

हँसोड़ भूत बोला "भूतकाल को भूल जाओ दोस्त... वैसे देखा जाए तो हम जिस देश के भूत है वहाँ के अधिकांश जन हमारे जैसे ही हैं, कोई ख़ास फ़र्क़ नहीं है, हम में और उन में...!

"फ़र्क़ कैसे नहीं है.. माना कि उनकी आत्मा भी बेचैन है, मगर उनके पैर सीधे और हमारे पैर उल्टे हैं, देखता नहीं..." अपने पैर दिखाते हुए गंभीर भूत बोला।

"अगर मैंने सिद्ध कर दिया हमारे और उनके बीच कोई मूलभूत अंतर नहीं है तो..." हँसोड़ भूत किसी दार्शनिक की तरह बोला। "तो... जो तू बोल..." गंभीर भूत उचक कर बोला।

“फिर मेरे साथ तू भी खूब हँसेगा!” हँसोड़ भूत एक आँख दबाकर बोला।

“ठीक है, पहले तू सिद्ध कर!” गंभीर भूत ने चुनौती दी।

फिर क्या था! हँसोड़ भूत गंभीर भूत का हाथ पकड़ कर हवा में साँय-साँय उड़ने लगा। उड़ने से पहले उसने गंभीर भूत की आँखों पर काली पट्टी बाँध दी थी। थोड़ी देर उड़ने के बाद एक जगह रुक कर हँसोड़ भूत बोला, ” शांत हो कर सब कुछ सुनता जा!” गंभीर भूत ने ऐसा ही किया। वह चुपचाप खड़े होकर सुनने लगा;

“चले आते हो मुँह उठाए मेरे पास... मेरे पास और दूसरा काम नहीं है क्या, हूँ... कल आना”

“कल-कल करके आज महीनों हो गए मालिक!”

“है कि नहीं है!”

“बिना चढ़ावा चढ़ाए काम नहीं होगा! इतने दिनों से भटक रहा हूँ”

“किसी से कहलवाओ न!”

“हद है यार, इत्ते से काम के लिए एड़ियाँ घिस गईं”

“ले लो... ले लो...बड़े बाबू, भागते भूत की लँगोटी ही सही!”

“लातों के भूत बातों से नहीं मानेंगे!”

अब गंभीर भूत से रहा नहीं गया। झट से उसने अपनी आँखों से काली पट्टी उतार दी। उसने खुद को विकास भवन में पाया। उसने वहाँ जो देखा तो सहसा विश्वास नहीं हुआ। वहाँ से बहुत सारे लोग उल्टे पाँव लौट रहे थे। हँसोड़ भूत बिना हँसते हुए बोला, “माना हमारे पाँव उल्टे हैं, मगर यहाँ तो रोज न जाने कितने उल्टे पाँव लौटाए जाते हैं। तभी तो हम जैसे भूतों को पेंशन मिलती है और अपने जीते जी आम आदमी को अपने हक़-हक़ूक के लिए भूत बन कर भटकना पड़ता है।” अब कही जाकर गंभीर भूत को आधारभूत बात समझ में आयी। मगर शांत रहने की बजाए वह पहले से ज़्यादा गंभीर हो गया, क्योंकि उसे अब नयी बात परेशान कर रही थी।

“आज से हम एक नया काम शुरू करेंगे, जिससे हमें बोरियत नहीं

होगी।'' वापस लौटते वक़्त हँसोड़ भूत बोला। गंभीर भूत को सहसा झटका लगा।

''आज से हम लेखन करेंगे!'' हँसोड़ भूत ने नये काम का खुलासा किया।

''अब क्या नया भूत सवार हो गया तेरे सर पे!'' गंभीर भूत ने उसे अचरज से देखते हुए कहा।

''हमारा तो हक़ बनता है!''

''क्यों तंग कर रहा है मेरे भाई!'' गंभीर भूत ने चिढ़ते हुए कहा।

''क्यों जब जीवित मनुष्य अपने जीते जी ''घोस्ट राइटिंग'' कर सकते हैं, तब हमारा तो घोस्ट होकर लिखना बनता है न!'' यह कहकर हँसोड़ भूत हँस पड़ा। गंभीर भूत ने भी हँसने की भरपूर कोशिश की, मगर वह नाकाम रहा।

''अबे हँसता क्यों नहीं है? अब क्या ग़म है? तू तो शर्त भी हार चुका है...'' हँसोड़ भूत ने गंभीर भूत के गंभीर बने रहने को प्रश्नांकित किया।

यह सच है कि अब गंभीर भूत को अपने भूत होने का दुख नहीं था, परन्तु जीते जी उसको जीवित भूत क्यों नहीं दिखे? अब यह सवाल उसको हँसने से लगातार रोक रहा था। मगर इन सब बातों से बेपरवाह हँसोड़ भूत शर्त जीतने की खुशी से अभिभूत था। अब गंभीर भूत उससे क्या कहता?

7

गर आदमी हो तो क्या आदमी हो?

"आज केवल आदमी होने से काम नहीं चलता है।"

"दद्दा, मुझे लगता है आदमी होना ही बड़ी बात है।"

"अगर आदमी होना ही बड़ी बात होती तो, आदमी को मयस्सर नहीं है इन्सां होना, ग़ालिब ने फिर क्यों कहा!"

"आदमी और इंसान एक ही बात है!"

"तुम भ्रमित हो! फ़र्क़ है!"

"अगर फ़र्क़ होगा भी तो रत्ती भर होगा!"

"नहीं, ज़मीन आसमान का फ़र्क़ है!"

"चलिए तो एक पल को मान लेते हैं कि दोनों एक ही हैं... तो!"

"तो फिर मैं कहना चाहूँगा कि मात्र आदमी होने से काम नहीं चलता।"

"हम सारे अगर मुक़म्मल आदमी हो जाएँ, तो फिर आप क्या कहेंगे?"

"तभी तो कहा गया है, आदमी गलतियों का पुतला है। आदमी से जुड़ा मुक़म्मल शब्द एक यूटोपिया... एक छलावा है..."

"लेकिन..."

"जो बात मैं कह रहा हूँ, थोड़ा टेक्निकल है।"

"मुझे तो कॉम्प्लीकेटेड लग रही है!"

"एक बात बताओ!"

"पूछिए!"

"पुरुष कितने प्रकार के होते हैं!"

"तीन प्रकार के"

"कौन-कौन से!"

"प्रथम पुरुष, उत्तम पुरुष, मध्यम पुरुष"

"और विकास पुरुष, लौह पुरुष भूल गए!"

"अरे!"

"हा हा हा... नहीं तुमने बिल्कुल ठीक बताया है। मैं तो मज़ाक कर रहा था। माफ़ करना, मैं राजनीतिक बातें करने लगा..."

"क्या दद्दा! आप भी न..."

"अब बताओ, पुत्र कितने प्रकार के होते हैं!"

"दो....जैविक पुत्र, दत्तक पुत्र"

"एक और होता है!"

"कौन सा।"

"मानस पुत्र"

"यह कैसा पुत्र!"

"जो आपका जैविक पुत्र न हो, मगर आप कि विचारधारा-सोच से एकमत

हो! आपके विचारों का संवाहक हो!''

''दद्दा एक पुत्र और होता है!''

''कौन-सा!''

''धरती पुत्र!''

''बहुत सही! अब तुम राजनीतिक बातें करने लगे!''

''हा हा हा''

''मेरी बात ध्यान से सुनो!''

''जी!''

''जीवन के व्याकरण में आदमी से अपना आदमी बनना ही उत्तम पुरुष की निशानी है और यह मार्ग मध्य मार्ग कहलाता है। इस मध्य मार्ग पर चलना ही समझदारी प्लस व्यवहारिकता कहलाती है। ''

''मध्य मार्ग!''

''अर्थात् जीवन के अन्तःकरण में अंतकरण एक फ़ालतू शब्द है। आदि-इत्यादि-वगैरह की तरह।''

''आप की बात कुछ-कुछ समझ में आ रही है..''

''देखो बहुत मौक़े से याद आया!''

''क्या दद्दा!''

''फिल्मों में तुमने हीरो-हीरोइनों को गॉड फ़ादर-गॉड फ़ादर कहते सुना होगा!''

''हाँ अक्सर...''

''बहुत अच्छे! गॉड फ़ादर माने क्या!''

''माने जो आपको अवसर दे, जो आपका कैरियर, ज़िंदगी बनाए!''

''तो जिनके गॉड फ़ादर होते हैं, क्या उनके फ़ादर नहीं होते होंगे!''

"होते होंगे!"

"लेकिन काम कौन आ रहा? एक अनजाना आदमी, जो आपका बाप नहीं है, मगर उसका स्टेटस देखो!"

"दद्दा समझा नहीं!"

"तुमने अपने फादर को कभी गॉड कहा!"

"सच बोलूँ तो नहीं! मगर वह मेरे लिए भगवान सरीखे हैं!"

"हम को मत सिखाओ! कभी सार्वजनिकरूप से अपने फादर को गॉड कहा!"

"नहीं!"

"देखो यहाँ जैसे एक बाप से काम नहीं चलता, इसी तरह से मात्र आदमी होने से काम नहीं चलता..."

"यानी किसिम-किसिम के आदमी..."

"हाँ मगर, अपना आदमी, आदमी की एक खास किसिम होती है।"

"पैदाइशी!"

"नहीं। विकसित करनी पड़ती है।"

"अच्छा!"

"तुम गहरे उतर रहे हो!"

"आप भी तो बहुत गहरे हैं!"

"तभी तुम्हें गहरी बात बता रहा हूँ।"

"बताईए-बताईए"

"जो काम दे, जिससे काम निकले... इसे यूँ समझो... जिससे काम मिलना है, जिससे काम निकलवाना हो, कैसे निकलवाओगे!

"क़ाबिलियत के दम पे दद्दा!"

"ओय क़ाबिलियत का दम भरने वाले! जीवन में जाति, धर्म, क्षेत्र, वर्ण न जाने कितने पेंच फँसते हैं, इन्हीं पेंचों को ढीला करने के लिए ...छोड़ो! एक जवाब दो!"

"पूछें दद्दा"

"दो समान क़ाबिलियत के दावेदार आ जाएँ तो तुम किसको मौक़ा दोगे!"

"आप ने तो फँसा दिया!"

"क्या सौ फीसदी निष्पक्षता संभव है!"

"शायद नहीं"

"कोई सौ फीसदी संतोषी हो सकता है!"

"नहीं"

"अब फ़र्ज़ करो! तुम में क़ाबिलियत नहीं है, तो तुम दूसरे को कैसे रोकोगे! तुम दौड़ने में फिसड्डी हो तो रेस कैसे जीतोगे!"

"लँगड़ी लगाकर!"

"यह नकारात्मक भाव है।"

"फिर दद्दा आप ही बताएँ!"

"इत्ती देर से समझा रहा हूँ... कैसा आदमी है?"

"क्या दद्दा!!!"

"अबे, अपना आदमी बन कर घोंचू।"

8

एक अदद आत्मा की खोज

"एक आत्मा और होनी चाहिए...", चित्रगुप्त ने गिनते हुए कहा।

"यह झंझट तो परसाई के काल से चला आ रहा है!" यह बड़बड़ाते हुए यमराज निकल पड़े। निकले तो सीधे धरती लोक पर ही दिखे। जहाँ आकर रुके, वहाँ एक आलीशान बँगला था। बँगला ऐसा कि स्वर्गलोक के क्वार्टर भी देखें तो शरमा जाए। वहाँ एक लम्बी कतार लगी हुयी थी। यमराज ने आव देखा न ताव, घुस गए उस बँगले में। और अरेरेरे... का शोर उनके पीछे-पीछे।।

"अंदर घुसे कैसे? अप्वॉइन्मेंट लिया था!"

"भला मुझे क्या ज़रूरत?"

"खूब कही, आप क्या कहीं के लाटसाहब हैं?"

इतने में यमराज का पारा चढ़ गया। उन्होंने बिना समय गँवाए अपना परिचय दिया।

"मैं यमराज हूँ।"

“तो मैं क्या करूं? आई हैव नथिंग टू डू विद यमराज...ओ. के.!”

“करूंगा तो मैं। चलो, यमलोक चलो।”

“जाते हो या... यमराज हैं...! बेवड़ा कहीं का!!!”

यह सुनकर यमराज तिलमिला गए। वे क्या जानें कि इस कलियुग में हर बात पर सबूत देना होता है। सच को तो शर्तिया ही। यमराज ने अपना असली रूप दिखाते हुए जैसे ही उसका हाथ पकड़ा वह व्यक्ति बोला, “आप एक नहीं कई आत्मा ले जा रहे हैं प्रभु!” बहसबाजी में यमराज का अनुभव काफी कटु रहा है। उन्हें अचानक सावित्री याद आ गई। यमराज ने चुप रहने में ही अपनी भलाई समझी। जिस व्यक्ति की आत्मा का हरण किया जा रहा था, वह व्यक्ति आगे बोला, “मैं एक डॉक्टर हूँ। आप देखते नहीं मेरी क्लीनिक में कितनी लम्बी लाइन लगी हुयी है, इसमें से कुछ की हालत बड़ी नाजुक है। अगर उन्हें तुरंत इलाज नहीं मिला, तो वे भगवान को असमय ही प्यारे हो जाएंगे।” यह सुनते ही यमराज अचकचा गए। उनकी पकड़ ढीली पड़ गई। उन्होंने एक दृष्टि मरीजों की ओर मारी। सभी के सभी उनको बेचारे ही दिखे। वह मन ही मन बोले, “कह तो यह ठीक ही रहा, अगर इसकी आत्मा का हरण कर लिया, तो यहाँ से एक दो आत्माओं की फ्री डिलवरी यमलोक में हो जाएगी और आजकल मिलावट के इस दौर में ऐसे ही ओवर टाइम करना पड़ रहा है!” अंततोगत्वा यमराज ने चिकित्सक की आत्मा हरण करने का विचार त्याग दिया।

इस समय यमराज अपना कोटा पूरा करने के लिए एक दूसरे व्यक्ति की आत्मा हरण करने जा रहे हैं...

“चलो वत्स!” “कौन है बे?” अन्दाज़-ए-गुफ़्तगू देख यमराज डर गए। साहस जुटाकर बोले, “मैं तुम्हें अपने साथ यमलोक ले जाने के लिए आया हूँ।” यह सुनते ही वह आदमी ठट्ठा मार कर हँसा। बोला, “अबे लोगों को यमलोक मैं भेजता हूँ। यहाँ का यमराज मैं हूँ। तू कौन है बे?”

यमराज को सहसा विश्वास नहीं हुआ। वह सोच में पड़ गए कि क्या उनके अलावा भूलोक पर कोई और भी यमराज रहता है। वह अभी सोच ही रहे थे कि सहसा उन्हें एहसास हुआ कि उनका गला किसी के भारी हाथ से भारी दबाव में

है। हाथ धरने वाले ने पूछा, ''क्यों बे! किस गैंग का आदमी है तू? मुझे मारने की किसने सुपारी दी है तुझे! जल्दी बता नहीं तो...''

''नहीं तो क्या...'' यमराज घुटी-घुटी आवाज़ में बोले।

''जल्दी बता साले! नहीं तो इनकाउंटर के लिए तैयार हो जा...'' यमराज को लगा अब एक पल भी गँवाना उनकी सेहत के लिए ठीक न होगा। वे तत्काल बोले, ''मैं यमराज हूँ...यमराज...''

''हरामी! यमराज है तू! अभी बताता हूँ कौन है असली यमराज...'' इसी संवाद के साथ ही उनका गला और कस गया। आँखों के आगे अँधेरा छाने लगा। यमराज को लगा कि अब वो टें बोलने ही वाले हैं। ऐसे चुप रहने से तो बात नहीं बनने वाली। झट उन्होंने अपना ओरिजनल रूप दिखाया।

अब दृश्य बदल चुका था...

यमराज ने अपनी पकड़ मजबूत की और उसकी आत्मा के हरण को उद्धत हुए कि वह व्यक्ति बोल पड़ा, ''ऐसा मत करो...'' यमराज ने अनसुना कर दिया। ''अभी मैं एक ईनामी अपराधी का इनकाउंटर करने जा रहा था कि आप आ गए। अगर आप कुछ पल की मोहलत दें, तो उसका इनकाउंटर किए देता हूँ। उसके मरने से समाज का भी भला होगा और आपकी समस्या का समाधान भी हो जाएगा।'' पुलिस वाले ने एक साँस में यमराज के समक्ष प्रस्ताव रख दिया। यह सुन यमराज रुक गए। यमराज गिड़गिड़ाने से प्रभावित नहीं होते हैं, जैसा कि उनका रिकार्ड कहता है, मगर तर्क का बहुत सम्मान करते हैं। वही सावित्री वाला मामला। सो, यमराज चल पड़े दरोगा के साथ मुठभेड़ वाली जगह पर। मुठभेड़ हुयी दरोगा घायल हो गया और अपराधी भाग गया। चूँकि यह असली वाली मुठभेड थी, इसलिए ऐसा हो गया। दरोगा की हालत देख यमराज का मूड खराब हो गया। वह मन ही मन बोले, ''गोली मारो इस दरोगा को! कहीं और से आत्मा का प्रबंध कर लिया जाएगा।'' जाते हुए बोले।'' सुनो तीरंदाज़! कम से कम निशाना साधना तो सीख लो! क्यों खाकी की झाँकी निकाल रहे हो!''

अब वे फिर से एक अदद आत्मा की खोज में है...

अभी वह इधर-उधर देख ही रहे थे कि एक अजीब-सा आदमी आता दिखाई दिया। यमराज अनिर्णय के शिकार हो गए कि उसे संदिग्ध कहें या मज़ेदार टाइप। इस बार यमराज ने सीधे अपना परिचय दिया और असली रूप दिखाया। ताकि अनावश्यक संवाद और समय की बर्बादी से बचा जा सके। यमराज ने अपना शिकंजा कस दिया। वह व्यक्ति बोला, "आप यमराज हैं, आप मानेंगे तो नहीं। अगर हुजूर आज्ञा दें तो कुछ अर्ज करूँ!" यमराज शांत रहे। यमराज के कुछ न कहने से उस व्यक्ति ने उनकी अप्रत्यक्ष सहमति समझी। वह बोला, "मी लार्ड अगर आप मुझे ले गए तो बड़ा अनर्थ हो जाएगा।" यह सुनते ही यमराज की पकड़ कुछ ढीली हो गई। "आज मेरे क्लाइंट के मुकदमे की सुनवाई लगी हुयी है। अगर आज मैं कोर्ट नहीं जा पाया तो, वह सपरिवार आत्महत्या कर लेगा..." यमराज की पकड़ अब पूरी तरह से छूट चुकी थी। उस व्यक्ति ने पहले गहरी साँस ली जिसे अंग्रेजी में साइ ऑफ़ रिलीफ़ कहा जाता है, फिर बोला, "आज कितने दिनों बाद मेरे क्लाइंट के मुक़दमें की तारीख़ आयी है, अगर आज उसकी सुनवाई नहीं हो सकी तो न जाने फिर कब तारीख मिले। इसी एक मुक़दमे पर ही उसने अपना सबकुछ दाँव पर लगा दिया। अब कहीं आज भी फ़ैसला नहीं आया तो... " वह बोलता ही जा रहा था। इस बात से अनजान की यमराज कब के वहाँ से पलायन कर चुके हैं।

अब वे फिर से एक अदद आत्मा की खोज में नई राह में निकल चुके हैं...

इस बार यमराज का सिर पूरी तरह से घूम गया है। वह इधर-उधर घूम रहे हैं। उन्हें अपने भैंसे की याद आयी। याद आना लाजमी था, क्योंकि आगे और घूमने से उनके पाँव ने साफ़-साफ़ जवाब दे दिया है। भैंसे को अपने साथ न लाने कि वजह यहाँ लगने वाला ट्रैफिक जाम था। अब भैंसे की सवारी करना उनकी मजबूरी ठहरी। इधर भैंसे की याद आयी कि भैंसा हाजिर। जैसे हाईप्रोफाइल वाले लोगों के साथ इस देश में होता है। उनके लिए सुविधाएँ बाट जोहती है और विस्थापितों के लिए उपेक्षा का अभेद्य बाँध होता है। यमराज ने भैंसे के ऊपर जमने में तनिक भी देर नहीं की। यमराज मन ही मन भन्नाए जा रहे थे। भैंसा उनकी मानसिक स्थिति को तुरन्त भांप गया। अनुभव इसी को कहते हैं। एक कुशल मुलाजिम वह होता है, जो साहब के चेहेरे पर भाव आने से पहले ही जान ले कि साहब को हल्के होने के लिए शौचालय की दरकार है। भैंसा बोला, "यदि

आप इसी तरह से सबके कारण सुनने लग जाएंगे, तो आत्मा का हरण नहीं हो सकेगा। आज का मानव चतुर नहीं अति चतुर है श्रीमान वह कोई न कोई बहाना बनाएगा ही बनाएगा...''

अब यहाँ पर आपके मन में यह प्रश्न हिलोर मार रहा होगा कि यह सब भैंसे को कैसे मालूम? पता नहीं आपका कभी सरकारी ड्राइवर से साबका पड़ा है कि नहीं! वे अपने साहब के राज़ उनकी मिसेज से ज़्यादा जानते हैं, ठीक उसी तरह से यह भैंसा भी जान गया कि क्या-क्या गुल खिले हैं अभी तक उसके बगैर। यमराज अपने हिचकोले खाते नितम्बों का संतुलन साधते हुए बोले, ''... लेकिन अभी तक जितनों ने कारण बताए हैं, वे वास्तविक थे। कोई बहानेबाजी नहीं थी...''

''हूँ... चाहे जो भी हो आगे से किसी की कोई बात सुननी ही नहीं है आपको... प्रतीत होता है कि सावित्री वाले केस से आपने कोई सीख नहीं ली! सीधे आत्मा को हस्तगत करिए और निकलिए इस नरक...'' भैंसे ने अपना आदेश रूपी सुझाव दिया। उसका आत्मविश्वास देखकर यमराज को बहुत संबल मिला। उनका मन कर रहा था कि वह उतर कर उसकी बलइयाँ ले लें, पर निगोड़े प्रोटोकाल को भी तो मेनटेन करना था। चलते-चलते सूर्य अस्त तो भैंसा पस्त एवं यमराज त्रस्त हो चुके थे कि तभी...

कोई कराह रहा था। कराहने की आवाज सुन कर भैंसे के कदम ठिठक गए। कराहने की आवाज एक मड़ई से आ रही थी। वह व्यक्ति बार-बार कराहता और कहता कि हे भगवान मुझे यहाँ से ले चलो। मुझे मुक्ति दो भगवान! मुझे मुक्ति दो! यह सुनकर यमराज की खुशी का ठिकाना नहीं रहा। उन्हें तो जैसे मुँह माँगी मुराद मिल गई हो। भैंसा खुशी से बोला, ''आपकी तो लॉटरी लग गई लॉटरी!'' उसका ऐसा कहना बिल्कुल तर्कसंगत था। कहाँ एक अदद आत्मा के लिए यमराज कब से भटक रहे थे, तो कहाँ यह व्यक्ति स्वयं ही अपनी आत्मा के हरण की गुहार लगा रहा था। ''आह! सारी दौड़धूप का अंत। क्या बात है!'' यमराज ये कहते हुए प्रफुल्लितभाव से मड़ई के अंदर प्रवेश करते हैं। आगे क्या हुआ? प्रस्तुत है भैंसे द्वारा आँखों देखा हाल-

''उठो, चलो!''

"न हम उठ सकत है, न ही चल सकत है, जान्यो"

"तुम्हारी यह हालत कैसे हुयी?"

अचानक यह प्रश्न यमराज के मुँह से छटक पड़ा है, चूँकि इतनी देर से इंसानों के सोहबत में रहे थे, तो अधिक बात करने की प्रवृत्ति का आ जाना स्वाभाविक ही है। अब वह बूढ़ा अपनी राम कहानी बताने जा रहा है।

"एक तो बीमारी तिस पर महँगाई बाबू जी... बुझात नहीं कि दवाई खाए या खाना। एक नामी डाक्टर से दिखावा ऊ कहत है कि ठीक हो जाई, ठीक हो जाई। हमरी बीमारी तो ठीक नहीं हुयी, हाँ ऊ जरूर धन्नासेठ बना जात है ससुरा। बीमारी का चक्कर में जमीन बिक गई। एक घर रहा, वहू गिरवी रखेक पड़ा। काहे के वकील बाबू की फीस का इंतजाम भी करेक रहे ना। ऊ का है कि हमरा लरिका का दरोगा एक झूठे केस में फंसा दियस है, वही कि खातिर..." अपनी कहानी सुनाते-सुनाते वह रुक गया है। वह न रुका होता, अगर उसे अचानक जोर की खाँसी न आयी होती। बस यमराज ने इस मौके का फायदा उठाया और अपने आने का मकसद और अपना असली रूप दिखा दिया है। देखते ही वह यमराज के कदमों पर गिर पड़ा है।

"चलिए प्रभु, कब से आपही का बाट जोहा जात रहे। ले चलल जाए इस नरक से! मुक्ति दीजिए!"

यमराज अचानक से उठ गए हैं और वहाँ से बिना आत्मा के खाली हाथ बाहर आ गए हैं। वह आदमी पीछे से "मुझे मुक्ति चाहिए! मुझे मुक्ति चाहिए! चिल्ला रहा है। परन्तु यमराज ने अनुसना कर दिया है। इसी के साथ आँखों देखा हाल का सजीव प्रसारण समाप्त होता है।

बूढ़े को तिल-तिल मरता छोड़ यमराज बहुत दूर निकल आए ... इस समय यमराज कुछ सोच रहे हैं और भैंसा यह सोच रहा था कि यमराज सर क्या सोच रहे हैं। किसी प्रभावशाली व्यक्ति के आप जब कृपापात्र बनते हैं तो अक्सर ऐसा ही करना पड़ता है। यहाँ तो मुलाजिम की सारी ऊर्जा इसी में चुक जाती है। भैंसा यमराज को खुश करने की गरज से बोला, "वह आम आदमी है, यदि उसे हम इतनी आसानी से ले जाने लगे तो यह दुनिया कैसे चलेगी। यदि उसे इतनी जल्दी

मुक्ति मिल गई, तो बाक़ियों की तरक़्क़ी का क्या होगा!'' यमराज ने भैंसे को देखा। उनके देखने के अंदाज़ से भैंसा समझ गया कि उसके द्वारा फेंकी गई गोटी सही नहीं बैठी। उसने चुप रहने में ही अपनी भलाई समझी।

थोड़ी देर बाद यमराज गहरी साँस फेंकते हुए बोले, ''जानते हो इतनी बुरी स्थिति होने के बाद भी उस व्यक्ति के मैंने प्राण क्यों नहीं हरे?''

''प्रभु की माया प्रभु ही जानें!'' भैंसे ने अपने चमड़े जैसी मोटामोटी बात कहकर अपनी जान छुड़ाई। लेकिन उसने मन ही मन कहा कि आप क्रूर हैं और क्या।

यमराज दृढ़ स्वर में बोले, ''लड़ते-लड़ते मर जाने में ही मुक्ति है भैंसे...''

''सही कहा प्रभु! सही कहा!'' भैंसे के कहने का अंदाज़ कुछ ऐसा था जैसे कि उसके पीठ से टनों बोझा उतर गया हो।

सुबह हो चुकी है। भैंसा प्रसन्नचित्त होकर गाता जा रहा-आम आदमी में बहोत शक्ति है/लड़ते रहने में ही उसकी मुक्ति है...

यमराज द्वारा एक अदद आत्मा की खोज फ़िलहाल जारी है...

९

जय कन्हैया लाल की!

नाले के किनारे बना एक वृद्धाश्रम जो अपने नाम के अनुरूप वृद्ध दिख रहा था। दीवारों के रंग यहाँ रहने वाली महिलाओं के जीवन की तरह फ़ीके पड़ चुके थे। इस की जर्जर काया बताती है कि इसको बनवाने की श्रद्धा सिर्फ़ माया में ही बसती है। आश्रम की छत बारिश में भले ही टपकती हो, मगर छत अभी तक टपकी नहीं है, यहाँ रहने वाली महिलाओं के लिए यह हर्ष का विषय है। हालाँकि इसे बने अभी अधिक वर्ष नहीं हुए हैं। कल आश्रम में रहने एक नयी महिला आयी है। वही महिला रात को बाहर अहाते में आकर बेंच पर बैठ गयी है, जहाँ पर पहले से एक वृद्ध महिला बैठी हुयी है।

"आप यहाँ कब से हैं?"

"यही कोई पाँच साल से!"

"मैं तो यहाँ पर कल आयी हूँ..."

"अच्छा!"

“पर मेरा मन नहीं लग रहा यहाँ पर...”

“अभी नई नई आई हो न इसलिए!”

“आप का मन लगता है यहाँ!”

“ये कोई अपना घर थोड़े है जो मन लगेगा!... पर लगाना पड़ता है!”

“तो क्या आप भी मेरी तरह अकेली है! आप का कोई भी नहीं!”

“नहीं-नहीं... एक बेटा है, एक पोता है...बहू है...”

“फिर आप...यहाँ ....”

“क्या बताया जाए! बेटे को फुर्सत ही नहीं मिलती काम से... और बहू हर समय मुझसे लड़ने में व्यस्त रहती थी, एक दिन तंग आकर बेचारा गोपाल यहाँ मुझे छोड़ गया...”

“जी गोपाल आपके बेटे का नाम?”

“हाँ, जन्माष्टमी को हुआ था, इसलिए इन्होंने ही रखा था... मगर क्या पता था कि बहू पूतना मिल जाएगी!”

“आप अपनी बहू को समझाती नहीं!”

“कितनी बार कोई समझाए? स्वभाव कहाँ बदलता है? अब देखो न! मेरा बेटा बिना पूजा-पाठ किए पानी तक नहीं पीता और बहू... सुबह हुयी नहीं कि सीधे किचन में...बिना चाय पीये उसकी नींद नहीं खुलती है!”

“चलिए माना आपके बस की बात नहीं, मगर आपका बेटा तो अपनी पत्नी को समझा सकता है न?”

“मैं कोई ख़ून-खराबा नहीं चाहती थी, सो मैंने ही उससे कहा कि मुझे किसी वृद्धाश्रम में छोड़ आ...”

“ख़ून-खराबा...”

“अरे तुम मेरे गोपाल को नहीं जानती! उसका ख़ून बहुत गर्म है... अगर उसे लगता है कुछ भी गलत हो रहा है, तो उसे रोकने के लिए वह किसी भी हद तक जा सकता है..”

“मानना पड़ेगा आपके आज्ञाकारी बेटे को! आपने घर छोड़ने को कहा और उसने झट से आपकी आज्ञा का पालन कर दिया...”

“और क्या करता बेचारा? वो रोज़-रोज़ घर के झगड़े निपटाता कि बाहर का अपना कामकाज देखता! वैसे भी यहाँ क्या कमी है मुझे?”

“यहाँ का खाना कितना ख़राब है!”

“हाथ की बात है! हो सकता है कल ख़राब बन गया हो!”

“यहाँ गंदगी भी तो बहुत है! और नाले से आती बदबू...”

“धीरे-धीरे सब चीजों की आदत हो जाएगी...”

यह सुनकर नयी सदस्या चुप हो जाती है। वो आश्रम को निहारने लगती है। मगर वहाँ ऐसा कुछ भी नहीं था जो उसका ध्यान आकर्षित करता। जल्दी ही उसकी आँखें थक जाती है।

“चलिए, थोड़ा टहला जाए!”

“अरे नहीं, मेरे पैरों में बहुत दर्द होता है..”

“क्या दिक्कत है?”

“बुढ़ापा ही दिक्कत है, पर डॉक्टर कहते हैं कि गठिया है”

“तब तो चलने फिरने में बहुत दिक्कत होती होगी?”

“हूं मुझे गठरी समझो, जहाँ बैठ गई वहाँ बैठ गई!”

“आप का बेटा मिलने आता है?”

“आता है न! जब समय मिलता है, तब आता है”

“पिछली बार कब आया था?”

“क्यों?”

“नहीं ऐसे ही पूछा बस!”

“अरे बहुत व्यस्त रहता है वो! बेचारे को समय कहाँ मिलता है! पिछली बार बाहर ही बाहर मुझसे मिलने चला आया था, घर जाकर पोते तक को लाने

का समय न था उसके पास!''

''पिछली बार कब?''

''पिछली जन्माष्टमी को आया था!''

''अरे!!! आज भी जन्माष्टमी है! एक साल हो गए!''

''हाँ, इसलिए सुबह से बाहर बेंच पर बैठी हूँ, मगर लगता है समय नहीं मिला...''

''मानना पड़ेगा आपको!''

''क्या?''

''बिल्कुल गऊ हैं आप...वैसे, करता क्या है आपका बेटा?''

''किसी गौ रक्षक दल का मुखिया बताता है अपने को...''

तभी पास से आती ''जय कन्हैया लाल की'' गूँज से आश्रम गुन्जायमान हो जाता है और बातों का क्रम टूट जाता है।

10

देश एक खेत

राजनीति में कई लोग इन्हें दिग्गज मानते हैं, मगर मेरे लिए वे मात्र गज हैं। नापने वाला नहीं, चरने वाला गज। नेता और वोटर के अलावा हँसी-ठिठोली का रिश्ता भी है उनसे हमारा। आज शाम कचौड़ी की दुकान पर भेंट हो गई। उन्होंने मुझे देखा और उन्हें अपनी तरफ देखते हुए मैंने एक सवाल उनकी तरफ उछाल दिया।

"आख़िर कितना खाएंगे?"

"यह सवाल ही अप्रासंगिक है।" वे मुस्कुराए।

"तो क्या आप यूँ ही बेधड़क दिन-रात खाते रहेंगे?"

"जिसका जो काम है, वो तो करेगा ही। यह तुम जैसों की अज्ञानता है कि इसे स्वाभाविक नहीं मानते। जब स्वभाविक नहीं मानोगे, तो अस्वाभाविक लगेगा ही। और जब अस्वाभाविक लगेगा, तो हो-हल्ला मचाओगे ही।" यह कहते हुए उन्होंने मेरे कंधे पर अपना हाथ रख दिया।

"आपके चरने की कोई सीमा है कि नहीं?" मैंने उनके दूसरे हाथ को देखा। उनकी उँगलियाँ जैसे अँगूठियों से बाहर आने को बेताब लग रही थीं।

"चरना! खाने से अब तुम चरने पर आ गए! बहुत खूब! यह वाला शब्द मुझे व्यक्तिगत रूप से भी पसन्द है। हूँ... मैं फिर इसे तुम्हारी अज्ञानता कहूँगा। देखो तो सृष्टि में मानव की उत्पति ही चरने के लिए ही हुयी है। श्रेष्ठ मानव वही है, जो भी मिले उसे झट कचर-कचर चर जाए। बिना नाक-मुँह सिकोड़े।"

"अब ऐसा भी क्या चरना, हाजमे के साथ पूरा सिस्टम ही चरमरा जाए!"

"लगता है कि तुम्हारी अक़्ल घास चरने गई है! आज मैं फुरसत से हूँ, चलो तुम्हारी अज्ञानता दूर ही किए देता हूँ।"

"लगता है चर चुके हैं.. आज का कोटा पूरा हो गया!" ये सुनते ही वह ठठाकर हँसे। मेरे कंधे कुछ और नीचे झुके।

"ठीक पकड़ा है, अभी चर के ही आ रहा हूँ। तुम मेरे आत्मीय हो इसलिए तुम्हें कुछ आवश्यक बातें समझा देता हूँ, तब तक चरा हुआ हजम भी हो जाएगा। जानते हो सृष्टि इसलिए ही बनी है कि उसमें चरा जाए। वरना चराचर जगत नहीं कहा जाता।"

"क्या मतलब!"

"चराचर मतलब चरा कर... चर...चर...पगले! पूरे जगत को चर। अगर जगत चरने वाली वस्तु न होती तो उसके आगे चराचर नहीं लगाया जाता। जानते हो, हमारे शास्त्रों में चरैवेति-चरैवेति कहा गया है। लगे हाथों इसका मतलब भी समझा देता हूँ! तुम तो जानते ही हो एक जमाने में मैं टीचर हुआ करता था।" यह कहते हुए वे दूर कहीं देखने लगे।

"चरैवेति-चरैवेति..."

"जानते हो इसका मतलब!" उन्होंने मेरी आँखों में झाँका। फिर बोले, "अरे तुम कैसे जानोगे? समझाता हूँ! चरते-चरते आगे बढ़ो। जहाँ चर चुके, जो चर चुके हो, केवल वही चरने योग्य नहीं था, यहीं मत रुको, आगे बढ़ो और भी चरने के मौक़े-क्षेत्र हैं।"

"अपने खेत को छोड़कर दूसरों की भी फ़सल को चर जाना क्या अत्याचार

नहीं है? इसे क्या कहेगें आप?''

''इसे भी तुम्हारी अज्ञानता कहूँगा। लगता है इस टॉपिक पर एक पूरा लेक्चर देना पड़ेगा! चलो दे ही देते हैं! आज मैं बहुत अच्छे मूड में हूँ।''

''जी बताएँ!''

''बात समझो तुम! थलचर, जलचर, नभचर, निशाचर, उभयचर, अगोचर... इनके बाद में यह चर क्यों लगा है? जो थल में चरे, वो थल चर। जो रात में चरे, वो निशाचर। जो नभ में चरे, वो नभचर, जो जल में चरे, वो जलचर। कहने का मतलब यह है कि जो जहाँ हो वहीं चरे। उसकी पहचान इसी में है। उसका अस्तिव चरने में ही है। और हम तो मनुष्य हैं, सभी प्राणियों में श्रेष्ठ। जब वे चर सकते हैं, तो भला हम क्यों नहीं! एक बात और, एक चरने वाले का टाइप अगोचर होता है; जो चरते हैं, मगर चरते हुए दिखते नहीं है। चाहे आप उनके पीछे जितने भी गुप्तचर लगा दीजिए।''

उनके चर...चर... से मेरा भेजा पंक्चर हो गया। मन में आया कि उन्हें सनीचर! पिसाचर! से संबोधित करूँ।

''खच्चर! खच्चर के बाद भी तो चर है, क्या कहेगें आप?'' यह सुनते ही उन्होंने अपना हाथ मेरे कंधों से झट हटा लिया। वे कुछ सोचने लगे। मैं उन्हें बचने का कोई मौक़ा नहीं देना चाहता था।

''क्या सोच रहें हैं? आप और आपके सहचर बंधुओं ने चरखा वाले देश को खाचर वाला देश बना दिया है... क्या कभी चरने के बाद या चरने से पहले सोचा है आपने!''

''चरने के लिए क्या सोचना! चरो! कचर-कचर! पचर-पचर! खूब चरो! तुमको अभी समझाया न कि हम चरने के लिए ही बने हैं। जो चरने में कमजोर होता है, उसको ही लचर कहा जाता है... यहाँ तो चरने वालों की ही चर्चा होती है! हाँ एक बात और... जो चर नहीं पाते, उनके घर में फर्नीचर तक नहीं होता और वे ही तुम्हारे चरखे वाले देश... जी हाँ... चरखे वाले देश में फटीचर कहलाते हैं।''

मुझे लगा कि ''चर'' को लेकर उनसे मैं जीत नहीं पाऊंगा। मुझे ''खाने''

पर ही आना होगा।

"आप सब कुछ खाते हैं!" शायद वे मेरी कमज़ोरी तड़ गए।

वे मुस्कुराए। "अबोध हो! वरना यह सवाल ही नहीं करते। भारतीय राजनीति का इतिहास देखो। अगर इतिहास नहीं तो वर्तमान देखने का तनिक कष्ट कर लो। तुम्हें तुम्हारे समस्त प्रश्नों के उत्तर मिल जाएंगे।" उन्होंने यह कहते हुए फिर मेरे कंधे पर अपना हाथ रख दिया। उन्हें बिना सहारे के खड़े होने में दिक्कत होती है। कभी वे नारे के सहारे खड़े होते हैं, तो कभी वादे के सहारे। फ़िलवक़्त तो खड़े होने के लिए मेरे कंधों का सहारा ले रहे थे।

"आप के खाने की भूख असीमित क्यों है? आप जीने के लिए खाइए न! यही बहुत है! मगर आप इतना-इतना खाते हैं कि विदेशी बैंकों तक में आप के खाते हैं!"

"ओ हो हो...अज्ञानी! हम जीतने के लिए खाते हैं न कि जीने के लिए। आमजन तो जीने के लिए खाता है। हमें तो चुनाव जीतना होता है इसलिए जो भी मिल जाता है, खाते हैं। बिना खाए-खिलाए चुनाव नहीं जीते जाते। देखो मंगलग्रह के प्राणी! हमारा खाना प्राकृतिक है। सो नेचुरल...वोट माँगा तो कसमें खायीं, जब भाषण दिया, तो भेजा खाया, कुर्सी मिली तो शपथ खायी, कुर्सी पर बैठे जब, तो जो-जो हाथ लगा, वो-वो खाया, कुर्सी से उतरे तो फिर सिर खाने आ गए..." यह कहकर फिच्च से हँसे। फिर बोले, "तुम बस यह समझ लो कि हमारे खाने से रिश्ता कुछ ऐसा है जैसे कि सरकारी विभाग का एप्लीकेशन से और चापलूसी का प्रमोशन से। क्या समझे? अब तो समझ गए होगे! सविस्तार समझाया है।"

मैं मुँह की खा चुका था और वे कचौड़ी को खाने को बैठ गए। अब उनसे शास्त्रार्थ करने की तनिक भी शक्ति शेष नहीं थी। मैंने अपनी समस्त बची-खुची शक्तियों को समेटते हुए पूछा, "भगवान के लिए आप यह बताइए, आप क्या नहीं खाते?"

"तरस"

यह कहकर वे बड़े चाव से कचौड़ी खाने लगे।

11

शीत लहर

शीतलहर जम-जमकर पैर जमाकर चल रही है और हम चलते हुए भी जमे जा रहे हैं। हाथ-पैर तो सुन्न हैं। रगों में दौड़ने वाला लहू भी जम-सा गया है। दाँत किटकिटाते हैं, तो भान होता है कि मौसम के इस क़हर में अभी ज़िंदा हैं हम। ऐसे माहौल में घर से बाहर निकलने को जी नहीं करता। अजी घर की छोड़िए रजाई से निकलने का जी नहीं करता। रजाई में ऐसे दुबके हैं जैसे शेर को देखकर कोई मेमना। ऐसे में उन चोरों को प्रणाम करने का दिल करता है, जो इस सर्द रात में अपने हुनर को धार देने में लगे हुए हैं। यहाँ तो हाल यह है कि चोर चोरी करने आए तो पहली और अंतिम इच्छा यही होगी कि वह रजाई छोड़ जाए। फ़िलहाल, घर में क़ैद रहने से भी राहत नहीं। बाहर मौसम का क़हर, तो मन के अंदर आशंकाओं के बादल फटने से बाज नहीं आते हैं। कल तो छुट्टी मार दी, मगर आज नहीं चलेगा! बाहर निकलना ही पड़ेगा, नहीं निकले तो मालिक नौकरी से निकाल देगा। तो निकले हैं साहब इस गलन में अपना तन गलाने को।

फ़िलहाल, बाहर निकला हूँ। देखता हूँ कि आम आदमी सिकुड़ा-सिकुड़ा

चल रहा है। इस देश में आम आदमी तन कर कब चला है! आज़ादी के पहले की बात कुछ और थी। तब अंग्रेजों को देश से बाहर खदेड़ने का उसके सीने में जोश उबाल मारा करता था। वैसे, यह दृश्य आज का नहीं है, आज़ादी के कुछेक वर्षों के बाद से ही है, फ़िलहाल अभी इस दृश्य की जननी शीतलहर बनी हुयी है। जेब में हाथ डाले काँपते-काँपते सी... सी... करते शीत लहर से मुकाबला करते हुए चल रहा हूँ मैं। जेब में हाथ डालने से ठंड कहाँ भागने वाली। मेरी ही तरह इस वक़्त बहुतेरे अपने जेबों में हाथ डाले हुए हैं। ऐसा करने से प्रत्यक्षरूप से एक फायदा नज़र आता है। किसी की जेब नहीं कटेगी। वाक़ई क्या ऐसा है? तो सुन लें, जेब में हाथ डालने से न ठंड भागेगी, न जेब कटने से बचेगी बन्धु। हम अपनी जेब में कितनी भी देर तक हाथ डाले रहे, मगर जेबकतरों की चोरी अपना कमाल दिखा ही देगी। अपनी जेब में आपका हाथ धरा का धरा रह जाएगा और महँगाई आपकी जेब काट जाएगी। और रही बात ठंड से बचने की। ठंड से बचना है तो जेब भारी होनी चाहिए या दूसरे के जेब में हाथ डालने की आदत होनी चाहिए। जिनके जेब में गर्मी है उसके गिरेबान में शीतलहर जल्दी अपना हाथ नहीं डालती। शीतलहर है या हमारे देश की पुलिस!

फ़िलहाल, इतना लपेटा हूँ, मगर शीतलहर न जाने कहाँ से सेंध मार दे रही है। अपनी हड्डियों तक उसकी पहुँच महसूस कर रहा हूँ। जैसे-जैसे पारा लुढ़क रहा है, वैसे-वैसे कितने इहलोक से परलोक की ओर लुढ़के जा रहे है। ऐसे में सोचता हूँ कि इन हिलती-डुलती गठरियों का क्या होगा, जिन्हें मैं अपने सामने देख रहा हूँ? कभी देखा है आप ने हिलती-डुलती गठरियों को? ये गठरियाँ फुटपाथ पर जमे बेघर लोग हैं, जिनकी ताक में शीतलहर उनके आस-पास ही लहरा रही है। ऐसा लगता है कि वे हिल-डुल कर शीतलहर को पास फटकने नहीं देंगे। सारी गठरियों की यही तमन्ना है कि किसी तरह यह वाली सर्दी पार हो जाए बस। मगर कहीं ऐसा होता है? बेघर-निराश्रितों की उम्मीदें इतनी जल्दी परवान चढ़ती हैं क्या? यह गठरियाँ क्या नहीं जानतीं कि शीतलहर का अनुभव सदियों का है और इनके जीवन का अनुभव कुछ वर्षों का? हिलती-डुलती गठरियाँ कब शांत हो जाएं, कहा नहीं जा सकता। पर यह पक्के तौर कहा जा सकता है कि उनके शांत होने के बाद उनके पास से वोटर कार्ड न निकलेगा। फ़िलहाल, अपने जीवन से लड़ने वाले ठंड से भी पूरी शिद्दत से लोहा ले रहे

हैं।

अब सवाल उठ रहे हैं कि शहर में रैन बसरों का बसेरा कहाँ है? चौराहों पर जलते अलाव कहाँ हैं? भ्रष्टाचार का कोहरा इतना घना हो गया है कि कुछ दिखता ही नहीं। देखने की विशेष कोशिश करने पर अस्पष्ट-सा कुछ दिखता है। एक कोहरे के कारण आवागमन बाधित है, तो दूसरे कोहरे के कारण आमजन तक जाने वाली योजनाओं का मार्ग अवरुद्ध है। फ़िलहाल, अलाव शहर के पॉश इलाक़े में जल रहे हैं। साहबों को इसकी ज़रूरत है। तापने के लिए नहीं, वे तो रम पीकर सर्दी का लुत्फ ले रहे। उनकी सेवा में जो अमला है, उसके जिंदा रहने के लिए अलाव ज़रूरी है, ताकि साहब की सेवा में किसी प्रकार का विघ्न न पड़े। अलाव तापने के अलावा उनके पास और कोई चारा नहीं। साहब की रम तो उन्हें मिलने से रही।

तापमान गिर रहा है। बर्फ़ीली हवाएँ चल रही हैं। मौसम ने अपना असर दिखाने में कोई कसर छोड़ी नहीं है। इस ठंड में आम के पेड़ तक बौरा गए हैं। उनमें समय से पहले बौर आ गए हैं। कड़ाके और कड़के दोनों समानार्थी शब्द मालूम होते है इस मौसम में। शीतलहर से बचने के लिए कुछ ज़िंदा लाशें रैन बसेरों की खोज में है। घने कोहरा के बावजूद फ़िलहाल कुछ रैनबसेरे दिख रहे हैं। वहाँ रह कर वे दोहरी लड़ाई लड़ रहे हैं। वहाँ ऐसी अमानुषीय स्थितियाँ फैली पड़ी हैं कि वहाँ बसेरा करने वालों को ख़ुद को इंसान कहने में घिन आए। तब और, जब यह पता चलता है कि चिड़ियाघर में वन्य जीवों के लिए ठंड से बचाने के लिए हीटर जलाए गए है। फ़िलहाल, रैन बसेरों में उनके हाड़ काँप रहे हैं और शीतलहर ललचाई नज़रों से देख रही है उन्हें।

क़ानून है, साहब है, महक़मा है, प्रावधान है, साधन है। फिर भी... फिर भी ठंड से इतनी मौतें? यहाँ ऐसा ही होता है। जिन ज़िम्मेदारों को चुल्लूभर पानी में डूब कर मर जाना चाहिए, वे कुंभ स्नान को जाते हैं। यह सच है, संविधान ग़रीब-गुरबों को जीने की गारन्टी देता है। मगर संविधान ख़ुद आकर इस शीतलहर में उनका हाल देख ले, तो शायद ख़ुदकुशी कर ले। शीतलहर का बस संविधान के ऊपर नहीं चलता। फ़िलहाल संविधान सहित ग़रीब-गुरबों को मारने का काम ज़िम्मेदार कर रहे हैं। प्रशासन को न जाने कब से जुलाब लगी हुयी है।

सारा अमला मल त्यागने में लगा है, अमल दूर की कौड़ी है। वैसे भी दो कौड़ी के लोगों के लिए पहले से डिहाइड्रेशन के मारे प्रशासन को दौड़ने में दिक्कत होगी। वीभत्सरस बहा करता है बारहों मास यहाँ। ज़रा सी प्राकृतिक आपदा हमारे (?) शासन-प्रशासन को नंगा कर देती है। मौसम के इस प्रकोप में कई नंगे नरकंकालों को फिलहाल कंबल मिलने का इंतज़ार है।

सुना है, ठिठुर-ठिठुर कर हुयी मौतों के बाद प्रशासन हरकत में आया है। मगर इसमें भी कुछ लोगों को संदेह है। उनका मानना है कि इन मौतों के बाद होने वाले विलाप-शोर-शराबे के कारण सरकार हरकत में आयी है। जो भी हो, हमें यक़ीन है, इस शीतलहर में चिरनिद्रा सोने वालों का बलिदान व्यर्थ नहीं जाएगा। इस शीतलहर से अब फ़िलहाल कुछ जान जाने से बच जाएंगी, क्योंकि प्रशासन को हरकत करके इस बात का सबूत भी देना है कि भले ही उसे मृतप्रायः समझा जाए, मगर वह अभी पूरी तरह से मरा नहीं। इसकी प्रेरणा उसे त्रासदी से मिलती है या त्रासदी के लिए आवन्टित धन से! पता नहीं!

फ़िलहाल, शीतलहर चल रही है......

12

उधर बना और देखो! देखो! इधर ढहा

धूम-धड़ाम!!! अभी-अभी जो आवाज़ आयी है, वो एक पुल गिरने की है। वैसे जनहित में तो यही है कि पुल बनते-बनते ही ढहें, ताकि जान-माल का नुक्सान कम हो। पुल बनकर या बनते ही टूटें तो नुकसान कहीं अधिक होता है। आयोग तो बैठता ही है, साथ में लागत भी अधिक बैठती है। पुल के चिंतन में अब मैं गहरे उतर रहा हूँ।

पुल क्यों बनते हैं! यह वाला पुल तो जनता के नाम पर बनाया गया था, मगर कह नहीं सकते कि वाक़ई जनता के लिए ही बनाया गया था। मगर गिरा है यक़ीनन जनता के लिए ही। गिर कर इसने उन सभी घोषणाओं-दावों की पोल खोल दी, जो इसके उद्घाटन के समय की गई थीं। जब यह ताज़ा-ताज़ा जनता के लिए खोला गया था, तब मंत्री और उनके निकटस्थ (अफसर भी) यह नहीं जानते थे कि साला यह पुल ईमानदार निकलेगा और अपने साथ की गई धाँधलियों को वह ज़्यादा दिनों तक बर्दाश्त नहीं करेगा। इसने जनता की तरफदारी की और मिलावट-कमीशन से बने अपने वजूद को धूल में मिला

दिया। अब पुल तो अपने साथ किए गए अत्याचार को ज़्यादा दिनों तक नहीं सहते हैं, पर सवाल यह है कि क्या पब्लिक इन गिरते पुलों से कोई प्रेरणा लेती है!

पुल क्या करता है? पुल दो जगहों को जोड़ता है। मगर क्या भारत में ऐसा ही है! मालूम हो "पुल" का अंग्रेजी माने खींचना होता है। और खींचना हमारा राष्ट्रीय कर्म है। आप चाहे तो कर्म के साथ-साथ धर्म भी जोड़ लें। खींचने का हमारे यहाँ क्या महत्त्व होता है, उसका बोध हमें बाल्यावस्था में ही करा दिया जाता है, जब पाठशाला में मास्साब घड़ी-घड़ी कान खींचकर हमें अनुशासन का पाठ पढ़ाते हैं। संसद-विधानसभा में एक दूसरे की टाँग खींचते माननीयों को सारा देश देखता है। नेता अपना भाषण इतना खींच सकता है कि जनता खीझ जाए। तो पुल जितने दिन चल जाए उसे यूँ समझना चाहिए कि उस बेचारे ने इतने दिनों तक ख़ुद को किसी तरह से खींच लिया। अतः पुल दो बिंदुओं के बीच ख़ुद को खींचता रहता है।

पुल के साथ क्या चलता है? अपनी कविता में कवि नरेश सक्सेना कहते हैं कि पुल पार होने से केवल पुल पार होता है, नदी नहीं। मगर यहाँ तो सही सलामत पुल पार कर लें, तो लगता है कि भवसागर को पार कर लिया। माना कि वह अत्याधुनिक तकनीक से बना है, उसमें उच्च भौतिकी ज्ञान के साथ विदेशी मशीनों की मदद ली गई है, मगर दोस्त दिल ये कैसे भूल जाए, इन सबका इस्तेमाल करने वाला इंजीनियर, ठेकेदार विशुद्ध भारतीय हैं। पुल पार करते वक़्त दिल ऐसे धड़धड़ाता है, जैसे ट्रेन द्वारा किसी नदी पर बने पुल को पार करते समय आता हुआ वो नाद। कमाल है, आज भी ट्रेन अंग्रेजों के ज़माने के पुल से निरापद ऐसे गुजर जाती है। जैसे दुष्यंत की ग़ज़ल का मिसरा, *'तू किसी रेल सी गुज़रती है, मैं किसी पुल सा थरथराता हूँ।'* जबकि वे पुल जो वर्षों पहले बने हैं। पुरानी तकनीक से बने हैं। वे पुल जितना भी काँपें-थरथराएँ मगर गिरते नहीं हैं। शायद इसका कारण यह हो कि अंग्रेज बहादुरों ने केवल इसे अपने लिए ही बनाया हो। और आज जब पुल अपने बनाते हैं, अपनों के लिए बनाते हैं, अपनों के द्वारा बनाए जाते हैं, तब ढह जाते हैं।

पुल क्यों गिरते है? पुल गिरते इसलिए हैं क्योंकि वे बनते हैं। न बनते, न

गिरते। जब पुल गिरते है तब क्यों बनते हैं? क्योंकि बिना पुल के हमारा काम नहीं चलता। भगवान राम तक को भी रावण को हराने के लिए पुल का सहारा लेना पड़ा। कहते है कि नासा के उपग्रहों ने उसी पुल के अवशेषों को खोज लिया है। अवशेष का शेष मिला होगा, अवश्य मिला होगा। यह मैं पूरे यकीन से कह सकता हूँ। यहाँ कोई भक्ति या श्रद्धा वाला मामला नहीं है। ऐसा कहने के पीछे मेरे पास एक ठोस आधार है, क्योंकि पुल बनवाने के लिए भगवान राम ने कोई टेंडर नहीं निकाला था। और न ही बनने से पहले यह कहा कि इस पुल के बन जाने से 'विकास' होगा। प्रभु राम के जमाने के पुल का अवशेष आज भी मिल रहा है, मगर आज कलियुग में बने शानदार पुलों का कलियुग में ही राम नाम सत्य हो रहा है।

गिरता हुआ पुल क्या सिखाता है? जब कहीं कोई पुल गिरता है, तो इस बात की फिर से तस्दीक हो जाती है कि हवाई पुल बनाने में पूरी दुनिया में हमारा कोई सानी नहीं। जो टिकाऊ, लोहालाट पुल चाहते हैं, उनके लिए तो बस यही कहा जा सकता है, फैशन के दौर में गारन्टी की इच्छा न करें। यहाँ ग़लती से फैशन बोल गया, क्योंकि अकसर दुकानों में यही लिखा हुआ देखा है। पाठक मुझे माफ़ करें। अब पूरा वाक्य आपको देता हूँ - करप्शन के दौर में गारन्टी की इच्छा न करें।

सहसा, पुल से जुड़ी एक अतिरोचक बात याद आयी है। अंग्रेजों के टाइम पर पुल बनाने से पहले किसी न किसी की बलि दी जाती थी। ताकि पुल सुरक्षित और लंबी आयु को प्राप्त हो। परम्परा वही है, मगर रूप-स्वरूप थोड़ा बदल गया है। आज पुल बनने से पहले बलि नहीं दी जाती है, बल्कि बनने के बाद बलि ली जाती है। खोखली नीयत की बिना पर पुख़्ता काम को हम उसकी बुलंदी पर देखना चाहते हैं। कैसी मीठी नींद है हमारी...?

13

सुर्खियों की शोखियाँ

सम्पादक के कमरे में गहमागहमी है। किसी बात को लेकर सम्पादक महोदय भड़के हुए थे। कमरे के बाहर उनके बोलों के दहकते शोले उड़ रहे थे। जिसकी तपिश मैं महसूस कर रहा था। अभी मैं सम्पादक महोदय के केबिन तक पहुँचा ही था कि उनकी गरजदार आवाज़ मेरे कानों से टकरायी, "तुमने पत्रकारिता का कोर्स किया है कि घास काटी है!" यह सुनकर एक पल को मैं ठिठका। सोचा की लौट जाऊँ। फिर सोचा कि अख़बार में तो यह रोज का खटराग है। यह सोचते हुए मेरी इंट्री उनके चैंबर में हुयी। मुझे देखते हुए उन्होंने आँखों से बैठने का इशारा किया। अभी मैं सीट पर जमा भी नहीं था कि वे फटे, नहीं-नहीं फूटे" यार, इस ख़बर में ऐसा क्या है कि प्रथम पृष्ठ की लीड होनी चाहिए।"

सम्पादक महोदय जिससे मुखातिब थे, उस बंदे से मेरा कोई परिचय नहीं था। उसके विषय में बस मैं इतना जानता था कि आजकल अखबार का पहला पन्ना उसकी ही सरपरस्ती में बनता है और वह बंदा उनके दूर का कोई रिश्तेदार है। वह बोला, "सर! किसान ने ख़ुदक़ुशी की है।" सम्पादक महोदय तपाक से

बोले, “अरे यार! यहाँ तो रोज़ ही किसान मरते रहते हैं।”

“पर सर! उसने पूरे परिवार के साथ आत्महत्या की है!”

“तो!”

“सर उसके साथ उसकी बीवी, एक पाँच साल की बच्ची और...!”

“कहाँ किसान और कहाँ मंत्री की बीवी!” सम्पादक महोदय उसकी बात काटते हुए बोले। मैं चुपचाप मेज पर फैले हुए अख़बार में मुँह गड़ाए कबूतर की तरह इधर-उधर अपनी आँखें मटका रहा था यानी पढ़ने का अभिनय कर रहा था।

“यार, यहाँ एक मंत्री की बीवी ने ख़ुदकुशी की है। यही लीड बननी चाहिए न!” यह कहकर सम्पादक महोदय अपनी मेल चेक करने लगे।

“सर वो...”

“अरे भई कुत्ता आदमी को काटे तो ख़बर नहीं है, आदमी कुत्ते को काटे ख़बर है। सीधा सा फंडा है।” वे मेल चेक करते हुए बोले।

“सर! किसान अपने पूरे परिवार के साथ रेल के आगे कट गया....”

“क्या फितूर है! किसान की लाश क्या फाइव स्टार में मिली है? क्या किसान कोई सेलिब्रेटी है?” अब वे मेल नहीं अपने सामने खड़े हुए एक “मेल” को देख रहे थे। जो मेरे हिसाब से खड़ा था, मगर उनके हिसाब से अड़ा था। सेलिब्रटी! सेलिब्रेटी! सेलिब्रटी! मन ही मन तीन बार इस शब्द का मैंने उच्चारण किया।

“सर! कोई ख़ुद को तो मार सकता है, मगर अपने परिवार को भी मार दे, तो मुझे लगता है कि यह एक गम्भीर और महत्वपूर्ण ख़बर है...”

“लोग सनसनी पढ़ना चाहते हैं!” वे दो टूक बोले।

“सर इस ख़बर से मेरे रोंगटे खड़े हो गये! रूह काँप गई!”

“रूह यू मीन टू से...आत्मा!”

“यस सर!”

“उँहूँ! भावुकता का पत्रकारिता जगत में कोई काम नहीं। जाओ साहित्यकार बनो!” यह कहकर वे फिर से अपने कम्प्यूटर में कुछ देखने लगे।

“सर पत्रकारिता भी तो जल्दी में लिखा हुआ एक प्रकार का साहित्य है!”

"ओफ्! जिस्ख़बर में रहस्य, उत्सुकता और रोमांच हो उसे प्राथमिकता देनी चाहिए कि नहीं! हैंए! फिर तो इसमें लव, सेक्स, धोखा वाला एंगल भी है। मंत्री महोदय की दिवंगत पत्नी ने मरने से पहले उन पर बेवफ़ाई का इल्जाम लगाया था। पता है न?" यह कहते हुए मेरी तरफ देख कर वे मुस्कुराए। उनको मुस्कुराता देख मैं भी कुछ इस अदा से मुस्कुराया कि उन्हें लगे कि बातों ही बातों में क्या दूर की कौड़ी लाए हैं वे।

इस गरमा-गरम बहस के बीच मेरे लिए चाय आ चुकी थी। उन्होंने कप को और मुझको लगभग एक साथ देखा। मैं उनके देखने का मंतव्य समझकर चुपचाप चाय पीने लगा। चाय पीते वक्त मुझे महसूस हुआ कि उनकी बहस के मुकाबले मेरी चाय ठंडी है।

"ऐसे नहीं चलेगा! सोचता हूँ तुम्हें कोई और ज़िम्मेदारी दी जाए!" सम्पादक महोदय कड़के।

"माफ़ कीजिए सर, मंत्री जी की पत्नी की ख़ुदक़ुशी वाली ख़बर को किसान की आत्महत्या वाली ख़बर से अधिक कैसे तरजीह दी जा सकती है! वह भी जब उसने परिवार सहित..." कहते-कहते वह रुक गया,

"बहुत खूब! अब तुम मुझको पत्रकारिता करना सिखाओगे?" सम्पादक महोदय हवा में कुछ अजब ढंग से हाथ हिलाते हुए बोले।

"नहीं सर मैं तो बस यह कह रहा था कि..."

"जी-जी कृपया आप सविस्तार मुझे निर्देशित करने का कष्ट करें कि लीड क्या होगी?" यह कहते हुए बड़े नाटकीय अंदाज़ से वे अपनी मेज पर झुक गए। उनकी मुद्रा को देख मुझे इंडियन एयरलाइन्स के महाराजा की याद आ गई।

"सर आप तो मुझे शर्मिंदा कर रहे हैं।" बंदे को देखकर स्पष्ट था कि सम्पादक महोदय की इस भंगिमा से वह असहज हो गया है।

"बताओ, नहीं तो कल से मत आना!" सम्पादक महोदय अब अपने मूलरूप में थे।

मेरी चाय खत्म हो चुकी थी। लेकिन उन दोनों की बातें ख़त्म होने का नाम ही नहीं ले रही थीं। उधर पेज छूटना था और इधर इन दोनों के बजाय मेरे पसीने छूट रहे थे। मगर यहाँ तो बातों का सिरा बुरी तरह से उलझा पड़ा था... उनके

बीच में बोलना मैंने मुनासिब नहीं समझा। मेज पर झुक कर अखबार पढ़ने का अभिनय करते हुए उनकी बातें उन पर जाहिर किए बगैर मैं सुनता जा रहा था।

"सर! उस किसान का सपरिवार आत्महत्या करना बहुत विचारणीय और गंभीर मुद्दा है।"

"अभी मैंने आप से निवेदन किया कि यदि आप सविस्तार बताएंगे तो कृपा होगी।" सम्पादक महोदय फिर अभिनय करते हुए बोले।

"क्या सर... प्लीज ऐसा न कहें!"

"आगे बोलो!" वह कड़के।

"सर! कृषिप्रधान देश में किसान को ब्लैक में खाद खरीदनी पड़ती है। उसके लिए लाठी तक खानी पड़ती है। इसने भी खरीदा ... इसने भी लाठी खायी थी..." कहते-कहते उसकी आवाज अवरुद्ध हो गई।

"कन्टीन्यू... कन्टीन्यू... रुको मत!" सम्पादक महोदय के बोलने में व्यंजना थी। वह साँस खींचते हुए बोला,

"सर, अभी इसको अपनी पिछली फसल का बकाया भुगतान भी नहीं मिला और मौजूदा तैयार फसल खेत में खड़ी थी। सरकार और मिल मालिकों में अभी वार्ता ही चल रही है। कर्ज़ में डूबे किसान ने अंत में हारकर परिवार समेत जान दे दी।"

"एक आम किसान के बेवकूफी में किए गए इस कृत्य को कैसे फर्स्ट लीड बनाई जा सकती है, मेरी तो समझ से परे है!" संपादक महोदय अपना हाथ मेज पर पटकते हुए बोले।

"सही कह रहे हैं सर, मगर उसको ऐसी बेवकूफी करने को बाध्य किया किसने?"

इस बीच मैं सोच रहा था कि अगर यह बंदा सम्पादक महोदय का रिश्तेदार न होता तो क्या इस तरह से अपने सम्पादक से बहस कर सकता था! "सर, जिस प्रकार से मंत्री जी की दिवगंत पत्नी के साथ मंत्री जी की प्रोफाइल जुड़ी हुई है, ठीक उसी तरह से इस किसान के साथ हमारे देश की पूरी कृषि नीति जुड़ी है। "उसने पूरे आत्मविश्वास से यह बात कही।"

"अरे यार! यह तो वही बात हुई कि मेरे मुर्गे की तीन टांग!" फिर सम्पादक

महोदय आगे बोले, "मेरे गणेश शंकर विद्यार्थी! एक बात बताओ! यहाँ तो किसान रोज़ मरते रहते हैं। हैं न!"

"जी सर"

"और मंत्री की बीवी! क्या मंत्री की बीवी रोज़-रोज़ सुसाइड करती हैं...बोलो!" पहली बार उसने मेरी तरफ देखा और मैंने एक दर्शक की भाँति उसे। "तो, जो ख़बर दुर्लभ से दुर्लभतम है, उसे प्रमुखता दी जाएगी कि नहीं! हैंय!" यह कहते हुए इस बार सम्पादक महोदय ने मेरी तरफ अपनी नजरें घुमायी। गोकि उन्होंने कोई हीरे जैसी बात कह दी है, मगर उनके सामने जो बंदा खड़ा है, वह यह बात समझ ही नहीं रहा, क्योंकि वह जौहरी नहीं है। "मेरा तो बस इतना कहना है कि सर अगर किसान वाली ख़बर अभी प्रमुखता से उठायी जाए, तो सम्भव है कि नीतिनियन्ता कुछ चेतें और भविष्य में कई किसानों की जान जाने से बच जाये!" "दस-पंद्रह किसान एक साथ सामूहिक आत्महत्या करते तो..ओ..." यह कहते हुए सम्पादक महोदय की आँखों की पुतलियाँ सिकुड़ गईं। फिर कुछ सोचते हुए बोले, "रुक जाओ! आग फैलने दो अभी!" "सर मुझे लगता है कि अब ख़बरों में भी आरक्षण की व्यवस्था लागू होनी चाहिए!" यह सुनते ही सम्पादक महोदय उसे एकटक देखने लगे। मैंने देखा कि वह बंदा आवेग में काँप रहा था। कुछ पल के लिए केबिन में शांति छा गयी। मैंने महसूस किया कि मैं वहाँ दालभात में मूसलचंद हूँ। और यह बात बड़ी देर बाद मैंने महसूस की। सम्भव है सम्पादक महोदय की मित्रता इसकी एक वजह हो। जो भी हो, अब वहाँ से टलने में मैंने अपनी भलाई समझी। फिर आने की बात कहकर मैं वहाँ से निकल आया।

आज भोर से ही अख़बार का इंतज़ार कर रहा हूँ। पता नहीं क्यों मुझे ऐसा लगता है कि अख़बार की सेकेण्ड लीड मीडिया का ही नहीं, बल्कि देश के आने वाले कल का भविष्य भी तय करेगी। सेकेण्ड लीड क्या होगी? ख़बर की मौत होगी या मौत की ख़बर? फ़िलहाल अख़बार अभी मेरे हाथ नहीं आया है...

14

कोने से हाशिये तक!

दृश्य-एक

लड़के के पिता जी के मित्र आए हुए थे। अब वे जा रहे हैं। लड़के के पिता जी ने "उधर से" जाने से मना कर दिया और कहा, "इधर से जाईएगा।" क्योंकि उधर वाली रोड बहुत ख़राब है। जो आए थे, उन्होंने अक्षरशः ऐसा ही किया और होने वाली असुविधा से बच गए। यह लड़का भी उस तरफ जाने से बचता है। जब कभी उस तरफ से निकलता, तो सब को कोसते हुए। जिन-जिन को इस हालत के लिए ज़िम्मेदार समझता है उन सभी को। महीनों से ख़राब है उधर वाली सड़क। उस पर अब अजनबी ही चलते हैं। आसपास के रहने वाले लोग भूले से भी उधर से नहीं निकलते या फिर भूले से ही उधर निकलते हैं। फ़िलहाल लड़के ने, उसके पिता जी ने और आसपास रहने वालों ने अपना रास्ता बदल लिया है। और वह सड़क अपनी बेनूरी पर आँसू बहा रही है।

दृश्य-दो

झक सफेद खादी के कुर्ते में जो इस मुहल्ले में खड़ा है, वह चुनाव लड़ रहा है। मोहल्ले के सारे लोग उनकी कथनी-करनी से अच्छी तरह से परिचित हैं। वह चुनाव जीतने की तैयारी में जमकर लगा हुआ है, लिहाजा वह पैसे और शराब भी बँटवा रहा है। इस मुहल्ले के सयाने लोगों का कहना है कि अब चुनाव जीतने के बाद कौन पहचानता है। तो क्यों न चुनाव परिणाम आने से पहले, उसके एवज में प्रत्याशी की अंटी से कुछ झटक ही लिया जाए! इसलिए प्रत्याशी के पैसे से, जिसे कुछ लोग *हराम की* कह रहे हैं, जमकर शराब पी रहे हैं। भले ही वह शराब अप्रत्यक्ष रूप से लोकतंत्र को पी रही है। मगर इन लोगों के लिए यह लोकतंत्र का डैमेज कंट्रोल जैसा है।

दृश्य-तीन

एक गृहिणी बहुत गर्व से बता रही है कि उसका दूधवाला दूध में पानी के अलावा और कुछ नहीं मिलाता। ऐसा नहीं कि उसे अपने दूध वाले से शिकायत नहीं, मगर वह अंदर ही अंदर संतुष्ट भी है। जिस हिसाब से जहरीला कृत्रिम दूध आजकल बनाया जा रहा है, उससे तो यह दूध गनीमत है। चलो, पानी वाले दूध को पीने से नुक्सान तो नहीं होगा। वह यह सोचकर संतुष्ट है और दूधवाला पानी मिलाकर। आशा नाम की इस गृहिणी ने 'शुद्ध' की आशा ही छोड़ दी है।

दृश्य-चार

राशन की दुकान पर लगा हुआ है महावीर। आज दुकान कई दिनों के बाद खुली है। एक अच्छी बात और है कि राशन की दुकान पर गेहूँ का स्टाक उपलब्ध है, और इससे अच्छी बात यह कि वह बँट भी रहा है। महावीर इन्हीं सब

बातों से खुश है। वह गेहूँ की गुणवत्ता के बारे में नहीं सोच रहा। न गेहूँ में मिली हुयी या मिलायी गयी अशुद्धियों के बारे में। वह कुछ भी नहीं सोच रहा। अब वह अपने भरे हुए मैले-कुचैले झोले के साथ खुशी-खुशी घर जा रहा है।

आज़ादी के बाद से यहाँ आम आदमी ने एक ही बात सीखी है। वह यह है कि किसी न किसी तरह से ख़ुद को 'मैनेज' या 'एडजस्ट' करना। 'वह' नहीं तो 'यह' मिल जाए। 'उससे' नहीं तो 'इससे' काम चल जाए। बात-बेबात मैनेज करने की उसकी ऐसी आदत हो गयी है कि अगर कोई आम आदमी भूले से अपने हक के लिए आवाज उठाता है, तो बाकी कहते हैं, "देखो, मत मारी गई है उसकी! बच्चों की तरह ज़िद्द कर रहा!"

इसमें कोई शक नहीं कि प्रगति की राह में दनादन दौड़ते इस देश में आम आदमी अब तक एक अच्छा मैनेजर सिद्ध हुआ है। वह अपनी संतुष्टि के लिए कोई न कोई कोना खोज ही लेता है और इतने में ही बहल भी जाता है। मगर वह यह नहीं जानता कि कोना खोजते-खोजते आज ख़ुद कोने पर आ गया है या यह कहें कि ख़ुद हाशिये पर आ गया है। लेकिन कमबख़्त समझता ही नहीं!

15

ये हँसने वाले लोग

अभी कुछ दूर चला ही था कि एक अर्थी दिखी। अर्थी के पीछे चलने वाले रोने की जगह हँस रहे थे। मुझे यह मंजर बहुत ही विचित्र लगा। अपने यहाँ तो बड़े से बड़े दुर्जन के मरने पर भी लोग नहीं हँसते हैं (दुर्जन भी), मगर यहाँ तो नज़ारा कुछ और ही था। मुझे लगा, हो न हो, अवश्य यह भारतीय परंपरा की अर्थी होगी; तभी ऐसी उलटबाँसी हो रही है। अर्थी जब पास आ गई, तो उसके पीछे चलते हुए एक हँसते हुए व्यक्ति को मैंने बहुत संकोच के साथ रोका। फिर उन सबकी हँसी के कारण को जानने के लिए यह प्रश्न किया, "क्यों भाई यह किस की अर्थी जा रही है?" यह सुनकर भी उसकी हँसी रुकी नहीं। मगर मैं रुआँसा हो गया। मैंने उससे फिर पूछा, "तुम सब हँस क्यों रहे हो?" इस बार वह ज़ोर से हँसा। मैं भकुए सा उसे देखता रहा। मेरे मना करने के बाद भी उसने मेरा हाथ पकड़ कर जबरन मुझे शवयात्रा में शामिल कर लिया। यहाँ शवयात्रा में जैसा उल्लास का माहौल था, वैसा तो वरयात्रा में भी नहीं होता। मैंने हाथ छुड़ाने की कोशिश की। वह तब पहली बार बोला, "घबराओ नहीं! अर्थी के पास

चलो! मुर्दे के ऊपर से कफ़न उठाकर ख़ुद देख लो कि हम क्यों हँस रहे हैं?'' मैं गिड़गिड़ाया, ''भाई मुझमें इतनी हिम्मत नहीं है कि मैं कफ़न उठाकर मुर्दे का चेहरा देखूँ! तुमें नहीं बताना है तो मत बताओ! मगर मेरी जान साँसत में क्यों डालते हो?''

वह हँसते हुए बोला, ''चलो बता देता हूँ लेकिन तुम अपना कलेजा जरा थाम के रखना!''

''पहले बताईए तो सही!'' मैंने इसरार किया।

''यह जो अर्थी जा रही है...'' अभी वह इतना ही कह पाया था कि शवयात्रा में शामिल कुछ लोग अर्थी के आगे आ गए और शवयात्रा रुक-सी गई। मेरा ध्यान उस ओर गया। मैंने देखा कि दो-तीन लोग अर्थी के सामने आकर अपने मोबाइल से अपनी फोटू उतार रहे थे।

''ये क्या हो रहा है?'' मैंने पूछा।

''देखते नहीं! सेल्फी ली जा रही है!'' उसने मुस्कुराते हुए कहा। सेल्फी की वजह से शवयात्रा में हँसी की निरंतरता पर एक अल्पविराम लग गया था।

''अगर ऐसी ही अमानवीय हरकत करनी है तो पूरे समूह की क्यों नहीं लेते?''

मेरी बात सुनकर वह हँसा। उसके आसपास वाले भी हँसे। जाहिर था उन्होंने भी मेरी बात सुन ली थी। वह बोला, ''अब समूह नहीं केवल अपना मुँह...'' यह कहते-कहते हँसने का अभिनय करते हुए उसने भी अपनी एक सेल्फी अपने मोबाइल में झट उतार ली। समूह में सेल्फी के कर्मकांड के बाद शवयात्रा का अल्प विराम पूर्ण हो चुका था। बहुत ही तन्मय होकर सब फिर से हँसने लगे। हँसते-हँसते शवयात्रा आगे बढ़ने लगी।

चलते हुए मैंने अपना पहले वाला प्रश्न दोहराया, ''यह किसकी अर्थी है?''

''हास्य की भई!'' उसने यह बात हँसते हुए बतायी।

यह सुनकर पहले तो मैं सन्न रह गया। फिर सम्हलते हुए बोला, ''क्या

मजाक कर रहे हैं''

यह सुनकर वह ठठाकर हँसा। मैं बिफर पड़ा। उसने सफाई दी ''तुम्हारे वाक्य में मज़ाक शब्द आया था न! इसीलिए मुझे ज़ोर की हँसी आ गई।''

''तो आप को सिर्फ़ शब्द सुनकर ही हँसी आ जाती है?''

''हमें तो शब्द सुनकर हँसी आ रही है, यहाँ तो हँसी के ऐसे-ऐसे धुरंधर पड़े हैं, जो बिना सुने ही हँस पड़ते हैं। लाफ़्टर शो में तो तुमने देखा ही होगा!'' कई लाफ़्टर शो के कई चेहरे में जहन में आ कर घूम गए। मैंने शवयात्रा पर एक विहंगम दृष्टि डाली। सब हँसते हुए ही जा रहे थे और बारी-बारी बहुत उत्साह से अर्थी को कंधा लगा रहे थे। कंधा लगाने में परस्पर होड़ के साथ जोश भी था।

''उस आदमी को देख रहे हो, जिसने अभी-अभी अर्थी को कंधा दिया है; जानते हो कौन है?'' उस व्यक्ति ने पूछा। इसका जवाब उसने स्वयं ही दिया। ''वह बहुत बड़ा कॉमेडियन है! टीवी का उसका शो बहुत हिट है!''

''तभी वह यहाँ हास्य को कंधा देने आया है!'' मैं बोला।

अपने सिर को वह ऊपर-नीचे हल्के से हिल्लाते हुए बोला, ''इस शवयात्रा में एक से एक बड़ी हस्ती हैं। कोई स्टैंड अप कॉमेडियन है, तो कोई हास्य-व्यंग्य का मशहूर और मारूफ़ लेखक है।''

''तो आप सबका पेशा हँसाने का है?'' मैंने पूछा।

''पेशा न कहो!'' वह मुँह सिकोड़ते हुए बोला।

''अरे भाई तो क्या कहूँ!'' ''धन्धा कहो धन्धा! धन्धा शब्द हम सबको अच्छा लगता है!'' मैंने गहरी श्वास छोड़ते हुए उसके समर्थन में अपनी पलकें झपका दीं।

शवयात्रा में मुझे शामिल हुए काफ़ी वक़्त गुज़र गया था। काफी मालूमात भी हासिल हो चुकी थी, मगर मुझे उसकी बात पर अभी भी यक़ीन नहीं हो रहा था कि हास्य कैसे मर सकता है? मेरी भाव-भंगिमा ने मेरी चुगली कर दी। वह बोला, ''जानता हूँ मेरी बात पर तुम्हें अभी तक विश्वास नहीं हुआ है। चलो मेरे साथ!'' मेरा हाथ पकड़ वह मुझे अर्थी के पास ले गया। कफ़न उठाते हुए बोला,

"कृपया आप इनको बताए कि आप कौन है!" फिर ख़ुद की आवाज़ बदलते हुए महीन आवाज़ में अभिनय करते हुए बोला, "जी मैं हास्य हूँ जी!"

उसकी इस क्रिया को देखकर एक दूसरा शवयात्री भी आ गया और अपने हाथों को माइक बनाते हुए बोला, "हाँ तो आप ज़रा बताएँ कि मरने के बाद आपको कैसा लग रहा है?"

इनकी इन हरकतों ने शवयात्रा में नई जान डाल दी। सारे खिलखिलाकर, अपने-अपने शरीर को हिलाकर हँसने लगे।

मैंने ज़ोर लगा कर बोला, "यह तो शव का अपमान है! आप ऐसा कैसे कर सकते हैं?"

"हँसी आयी कि नहीं?" उसने भौं को चढ़ाते हुए कहा मैं चुप रहा।

"हँसने-हँसाने के लिए साला कुछ भी करेगा!" वह बोला।

मैं अब भी चुप था। "तुम मनहूस हो! अपमान!!! हुँह..." फिर कुछ सोचते हुए बोला, "ग़रीब-सा मुँह न बनाओ अब! हम किसी का न मान करते है न अपमान! वह तुमने सुना नहीं क्या...साला क्या कहते हैं! हाँ याद आया! यश-अपयश सब विधि हाथ..." यह कहकर वह ज़ोर से हँसा। मैं अब भी चुप था। और सिर झुकाए हुए चल रहा था। "जानवर ही नहीं हँसते!" उसने मेरे ऊपर कटाक्ष किया। "मगर जानवर किसी की हँसी भी नहीं उड़ाते! पर यहाँ तो लगता है कि लोग हँसने और हँसाने के चक्कर में जानवर होते जा रहे हैं!" मैंने जवाब दिया। मेरे इस जवाब ने उनके हँसी के शबाब को और बढ़ा दिया।

शवयात्रा अब एक बस्ती से गुज़र रही थी। वहाँ एक नवयौवना सार्वजनिक नल पर पानी भर रही थी। उसके वस्त्र फटे हुए थे। जगह-जगह से उसके अंग-प्रत्यंग दिखते थे। उसकी चोली तंग थी, लिहाजा उसके वक्ष ऊपर की ओर झाँक रहे थे। निर्धनता ने अपना पाश जितना कसा था, कुदरत ने उसको उतना ही सौंदर्य बख़्शा था। शवयात्रा की गति यहाँ पर आकर धीमी हो गई, क्योंकि शवयात्रियों की चाल काफ़ी कम हो गई थी। उनमें से एक अपनी गर्दन घुमाते हुए बोला, "लुक ऐट सेक्सी बेब! उस नल की तरह ही उसके बदन से भी जगह-जगह लीकेज हो रही है!" कहना न होगा कि यह सुनते ही सारे शवयात्री ठठाकर

हँस पड़े। मैंने उस नवयौवना की ओर एक नज़र डाली। नल से ज़्यादा पानी मुझे उसकी आँखों में दिखा। "चलो जल्दी चलो! विलंब हो रहा है!" मैंने उन सबका ध्यान अपनी तरफ खींचना चाहा। उनमें से एक बोला, "साहेब सही कह रहे हैं, लेटे-लेटे मुर्दा बोर हो रहा होगा!" यह सुनते ही सबके ठहाके गूँज गए। और मुझे साँप सूँघ गया। मेरे बगल वाला शवयात्री उस लड़की को देखते हुए बोला, "यार मुझे तो प्यास लग आयी!" "सही है भाई!" आगे चलने वाले एक शवयात्री कहा। "अनाड़ी हो तुम सब! जब झरना दूर हो तो, प्यास ज़ुबान से नहीं आँखों से बुझायी जाती है।" यह कहकर एक अधेड़ शवयात्री ने लड़की को संकेत करते हुए छिछि... की आवाज निकाली। आवाज़ सुन लड़की ने असावधानीवश इस ओर देखा। शवयात्री ने उसको कुछ अजब ही ढंग से देखा। देखते ही देखते लड़की का बदन सिकुड़ने लगा और उसके हाथ वक्ष की ओर चले गए। "देखा? आँखों से ही मैंने उसका रस पी लिया। रस निकलने के बाद उसका फूला बदन कैसे सिमट-सा गया?" सब उसके समर्थन में सिर हिलाकर ज़ोर से हँसे। अब वहाँ रुके रहना मेरे लिए असहनीय था। मैं शवयात्रा से भागना चाहता था। लिहाजा मैंने शवयात्रा से निकलने की बारहा कोशिश की, मगर नाकामयाब रहा। ऐसा नहीं कि मेरी कोशिश में कोई कमी थी। दरअस्ल मैं जब-जब शवयात्रा से निकलने की कोशिश करता, तो उनमें से कोई न कोई मुझे धक्का मार कर अपने बीच शामिल कर लेता था। और इस क्रम में मुझे जब-जब धक्का लगता था, तब-तब उनके ठहाके भी लगते थे। मैं इस शवयात्रा में एक बंधक की भाँति था। साथ में, अब मैं उनके मनोरंजन का साधन भी बन चुका था। कई शवयात्रियों की हँसी जब थमती, तो वे मेरा रुआँसा चेहरा देखकर, फिर से हँसने लगते। कुछ ही देर में मुझे ऐसा लगने लगा कि यह किसी और की नहीं मेरी ही शवयात्रा निकल रही है।

शवयात्रा एक बुज़ुर्गवार के पास से निकली। जिनका सिर स्प्रिंग की नाईं हिल रहा था। वह छड़ी के सहारे मुश्किल से अपना संतुलन बनाकर धीरे-धीरे चल रहे थे। एक युवा शवयात्री उन्हें देखते हुए बोला, "यार यह अपनी मैडम के स्मूच कैसे लेते होगें?" "जब किस करते होगें तो ऐसा लगता होगा कि चलती ट्रेन में किस कर रहे हो!" एक दूसरे युवा शवयात्री ने जो आधुनिक संचार माध्यमों से ही नहीं परिधानों से भी लैस था, ने अपनी तरह से बातों का तड़का

लगाया। इधर तड़का लगा नहीं कि शवयात्रा में हँसी की खुशबू बला की गति से फैल गई। हालाँकि मैं और मेरे साथ अर्थी पर लेटा मुरदा दोनों शांत थे।

आख़िकार आते-आते श्मशान आ गया और मेरी जान में जान आयी। अब हम श्मशान में थे। श्मशान में तो गजब हो गया। अर्थी को आग लगाने के लिए होड़ मच गई। मामला यहाँ तक बढ़ गया कि सिर फुटौवल तक की नौबत आ गई। फिर वहाँ आम सहमति से यह तय हुआ कि जो शवयात्रा में शामिल सारे लोगों को एक साथ हँसा देगा, वहीं हास्य की लाश को मुखाग्नि देगा। इसके बाद इससे ज़्यादा और कमाल की बात हुयी! जिसको यह चुनौती सबसे पहले मिली उसी ने ही बाज़ी मार ली। हुआ यूँ कि पास खड़े एक मरियल कुत्ते पर उसने एक पत्थर सनसना दिया। कुत्ता पें पें करते हुए वहाँ से भागा। यह दृश्य देखकर सारे के सारे हँस पड़े। इस तरह उसने सबको हँसाने की चुनौती को जीत लिया। जब वह हास्यविजेता हास्य की चिता को आग लगाने के लिए आगे बढ़ा, तो मुझे लगा एक बार मुझे मुर्दे का चेहरा देख ही लेना चाहिए। क्योंकि हँसाने की इस घटना के बाद मुझे शक़ हो गया था कि अर्थी हास्य की है भी कि नहीं! उसके आग लगाने से पहले मैंने झट से कफ़न हटा दिया। मुर्दे को देख कर मैं चिल्लाया, "यह क्या? यह तो उपहास है!" उनमें से एक बोला, "नहीं-नहीं-नहीं... यही हास्य है!" उसका यह कहना था कि सारे हँस पड़े। "अब क्यों हँस रहे हो मरदूदो? हास्य तो मर चुका है! यह कहकर मैं रो पड़ा। "अब हम तुम्हारे ऊपर हँस रहे हैं!" उनमें से एक बड़ी मुश्किल से अपनी हँसी को रोकते हुए बोला। वे सब हँसी का कोरस गान करते हुए वापस जाने लगे। उनके गान ने मेरे कान पका दिए। मैंने उन्हें ललकारा, "अब तो तुम्हारा हास्य...भाव...बोध सब मर गया है, जिसे तुमने अभी-अभी आग लगाई है। आगे क्या करोगे हास्य के सौदागरों! अब तो भूखों मरोगे भूखों!" दूर से एक आवाज आयी, "हास्य के मरने से हँसी थोड़ी न मर जाती है! अभी-अभी तो हम तुम्हारे ऊपर हँसे हैं। देखा नहीं!" उनकी हँसी से आसमान गुन्जायमान हो रहा था। तभी मुझे ख़्याल आया कि चिता में आग लगाने से पहले शवयात्रा में भी तो हँस ही रहे थे वे!

हँसने वाले जा चुके हैं। इस वक़्त मैं अकेला हूँ। अपने सामने जलती चिता को देख रहा हूँ। देखते-देखते घंटों बीत गए है, मगर उसकी आग ठंडी होने का नाम ही न लेती है ...

सुबह हो चुकी है। मैं फिर उनींदी आँखों से जलती चिता देख रहा हूँ। तभी मेरे कंधे पर किसी का हाथ महसूस हुआ। मैंने अपनी भारी पलकें उठाई और उसको देखा। "जाओ घर जाओ! आख़िर कब तक बैठे रहोगे यहाँ? किस चिंता में डूबे हो! शायद यह चिता तो मुद्दतों बाद भी न बुझे!" वह बोला।

"तुम कौन हो!" मैंने उठते हुए कहा।

"मैं हास्य हूँ!"

"हास्य!!!" मैं खुशी से चिल्ला पड़ा।

"वह शांत स्वर में बोला, " हाँ, मैं हास्य! विशुद्ध हास्य! निर्मल हास्य!"

"विशुद्ध! निर्मल!" बेसाख़्ता मेरे मुँह से निकल पड़ा।

"मैं यानि हास्य ऐसा ही होता है!"

"लेकिन काफ़ी कमज़ोर दिख रहे हो!"

"किसी पर रोज़ ही वार पर वार हो! किसी को रोज़ ही घाव लगे तो कोई कैसा दिखेगा? तुम ही कहो!"

"तो तुम भी चलो न! यहाँ श्मशान में क्या करोगे?" मैंने आग्रह किया।

"यहाँ रहना मेरी लाचारी है!" वह बोला।

"लाचारी! कैसी लाचारी है?"

"है! है! है! क्योंकि उन सबका हँसना जारी है!" फिर रुककर बोला, "आज हँसना एक बीमारी है!" यह कहकर हास्य की आँखें डबडबा गई। मैं श्मशान में हास्य को रोता हुआ छोड़ कर घर चला आया।

बरसों बाद आज भी जब कभी कोई लाफ़्टर शो या मीडिया में हँसी के नाम पर होने वाला कोई कार्यक्रम देखता हूँ, तो बरबस ही मुझे श्मशान में रोते हुए हास्य का ख़्याल आ जाता है... साथ में ख़्याल आता है उसकी लाचारी का...

16

ज़मीन से जुड़े आदमी से एक मुलाक़ात

"जी बताईए, कैसे आना हुआ?" उन्होंने पूछा।

"एक सवाल पूछना है आप से।" मैंने जवाब दिया।

"क्या आप पत्रकार हैं?" उन्होंने अपनी नज़रें मुझ पर यों गड़ा दीं जैसे कोई भूखा शेर चित पड़े शिकार पर अपने दाँत गड़ाता है।

"जी नहीं!" मैंने स्पष्ट किया। मैंने देखा वह मुझे अभी भी घूर रहे थे। उनकी आँखें धीरे-धीरे लाल हो रही थीं। उनकी आँखें मुझे तौल रही थीं। वे मेरी हैसियत का अंदाज़ा लगा रहे थे। शायद सोच रहे थे कि मुझ जैसे फटीचर को यहाँ अंदर किसने आने दिया?

"मैं आपके निर्वाचन क्षेत्र का मतदाता हूँ..." मैंने हड़बड़ी में उन्हें बताया।

उनकी आँखों की पुतलियाँ नाच गई। चेहरा सौम्य हो गया। अचानक ही वे रबड़ की तरह लचीले हो गए। सोफा पर पहले फैले, फिर सिकुड़ गए। उनके क्षेत्र का मतदाता होना, इसका आंशिक कारण था। वहाँ पर जल्दी ही मतदान होना था, यह उनके सिकुड़ने का मुख्य कारण था।

वे साँस छोड़ते हुए बोले, "चाय-पानी कुछ लीजिएगा!"

"जी नहीं" मैंने ईमानदारी से कहा। उनके चेहरे पर संतोष दिखा।

बहुत विश्वास से बोले, "पूछिए! पूछिए! हम यहाँ आप ही लोगों के ही तो जवाब देने के लिए बैठे हैं।" जिस वक़्त वे यह सब कह रहे थे, ठीक उस वक़्त मैं वहाँ बिछे हुए क़ीमती कालीन को देख रहा था।

"ईरान की है..." उन्होंने उस कालीन के जन्म स्थान से मेरा परिचय करवाया।

"जी क्या मैं इस कालीन को उठा सकता हूँ!" मैंने उनकी आज्ञा माँगनी चाही। वे भौंचक मुझे देख रहे थे।

"जी मैं कुछ देखना चाहता था..." मैंने खुलासा किया।

"आप हैं कौन?" उनके लहजे में अभी भी नरमी थी।

"जी अभी तो बताया न! आपके क्षेत्र का मतदाता।" इस बार उनकी क़ीमती सैंडल को देखते हुए मैं बोला।

"मुझे तो आप सीबीआई वाले लगते हैं!" उन्होंने अपने सिर पर हाथ फेरते हुए कहा। उनका आशंकित होना स्वाभाविक था। कुछेक सालों से आय से ज़्यादा सम्पति की मामले में वे जाँच के घेरे में थे।

"जी, अभी तो आपको बताया कि आप के क्षेत्र का मतदाता हूँ।" मैंने उनकी शंका का समाधान किया।

"फिर आप कालीन को उठाना क्यों चाहते हैं?" उन्होंने मेरी आँखों में झाँकते हुए कहा।

"जी अगर आप को आपत्ति है, तो नहीं उठाते हैं। कम से कम आप अपनी सैंडल तो उतार ही सकते हैं!" मैंने उन्हें विकल्प सुझाया। मगर वे बुरी तरह से उलझ गए।

वे शंकित हो बोले, "आप मेरी सैंडल क्यों उतरवाना चाहते हैं?"

"जी, कुछ देखना है!" मैंने बताया।

वे सिगरेट सुलगाने लगे। आँख बंदकर लंबी कश खींची, फिर मुँह गोल

करके धुआँ उगला। "आखिर आप चाहते क्या हैं?" उनकी आँखें खुली।

"चलिए, आप पैर उठाकर अपने तलवे ही दिखा दीजिए!" मैंने उन्हें एक नया विकल्प दिया। मगर उन्हें शुभिता नहीं लगा।

वे बोले, "अगर आप अँगूठा दिखाने को कहते तो, मैं फौरन आप को दिखा देता!"

"जी वो तो आप बिन कहे ही दिखा देते हैं।" मेरे मुँह से अचानक यह वाक्य कैसे निकल गया, मैं हैरान था। हैरान तो वे भी कम नहीं हुए। उन्होंने सुलगती सिगरेट को, जो अभी काफी बची हुयी थी, को ऐश ट्रे में उसकी गर्दन मरोड़ कर बुझा दी। यह दृश्य देखकर मैंने अपना थूक घोंटा और उन्होंने अपना गुस्सा।

"आख़िर आप चाहते क्या हैं?" वे झल्लाकर बोले।

"जी मैं देखना चाहता हूँ" यह कहते हुए मैंने अपनी नज़रें उनके पैरों की तरफ गड़ा दी।

"क्या?" उन्होंने पूछा।

"जी, जड़" मैंने जवाब दिया।

"जड़...कैसी जड़?"

"जी आपकी।" अब उनकी भावभंगिमा बता रही थी कि वह पूरी तरह से भ्रमित हो चुके थे।

"जी आप ही तो कहते हैं कि आप ज़मीन से जुड़े नेता हैं..." मैंने उन्हें समझाना चाहा।

"हाँ तो!" यह कहते हुए उनका मुँह अपेक्षाकृत अधिक खुला।

"जी अगर आप ज़मीन से जुड़े हुए हैं, तो आपकी जड़ भी तो होगी..." अभी मैं कह ही रहा था कि वे फिच्च से हँस पड़े।

"आप अगर जमीन से जुड़े हुए हैं तो चलते कैसे हैं!" मैंने मूल प्रश्न के साथ उसका एक सहयोगी प्रश्न किया।

वे लोलक की भाँति सिर हिलाते हुए बोले, "अरे भई ज़मीन से जुड़ा हुआ

हूँ, मगर उसमें गड़ा नहीं हूँ...'' यह कहकर वे फिर फिच्च करके हँस पड़े।

''क्या आपने कभी खेती-किसानी की है?'' मैंने प्रश्न किया।

''मेरे बाप-दादाओं ने कभी की थी, हाँ मगर मेरे बड़े-बड़े कई फार्म हाऊस है।'' उन्होंने जवाब दिया।

''फिर ज़मीन से क्या ताल्लुक है आपका?'' मैंने उनको घेरा।

वे दूसरे कूल्हे पर अपना वजन शिफ़्ट करते हुए बोले, ''जमीन से जितना तआल्लुक मेरा है उतना तो किसान का भी न होगा। ज़मीन की ख़रीद-फ़रोख़्त करके ही तो आज इतना बड़ा प्रापर्टी डीलर बना हूँ। शहर के बाहर भी कई जगहों पर मेरी कंपनी की प्लॉटिंग चल रही है... आज जो कुछ भी हूँ, ज़मीन की वजह से ही हूँ। राजनीति तो बाद में देती है, उसके पहले तो अपनी गाँठ से कितना लगाना पड़ता है? ये तो आप भी जानते ...'' बोलते-बोलते अचानक वे रुक गए।

मेरी आँखों में झाँकते हुए बोले, ''अच्छा, अब मैं समझा! अगर ज़मीन ख़रीदनी हो तो कहिए! सस्ते में दे दूंगा। अपने आदमियों का ख़्याल मैं नहीं रखूंगा तो कौन रखेगा? अरे भाई, आख़िर मैं ज़मीन से जुड़ा आदमी हूँ, एक नज़र में पहचान जाता हूँ कि सामने वाले को क्या चाहिए?'' उन्होंने ऑफर के साथ अपनी विशेषता फिर से रेखांकित की।

''बाज़ार में आटे-दाल का क्या भाव चल रहा है, आपको मालूम है?'' मैंने सीधे-सीधे पूछा।

जवाब देने की जगह उन्होंने अपने नौकर को हाँक लगाई। फिर मेरी तरफ मुखातिब हो बोले, ''वो क्या है कि घर का सौदा-सुलफ मेरे नौकर-चाकर ही लाते हैं न! हें! हें! हें! वैसे मैं जानता हूँ कि महँगाई बहुत बढ़ गई है।''

मैंने तत्काल उनसे वहाँ से जाने की अनुमति माँगी। जो उन्होंने सहर्ष दे दी। जाते वक़्त मैंने मुड़कर देखा बगल में खड़ा उनका नौकर उन्हें कुछ बता रहा था और वे अपनी बगले झाँक रहे थे।

17

डांडी भाई

आईये आप को मिलाते हैं डांडी भाई से। लेकिन सवाल यह है कि आप इनसे मिलना क्यों चाहेंगे? मिल लीजिए, हो सकता इनमें आपको अपना अक़्स नज़र आए।

डांडी भाई आपकी तरह ही एक आम इंसान हैं। पेशे से माध्यमिक शिक्षक। अपने जीवन में भी वे मध्य मार्ग का अनुसरण करते हैं। न ज़्यादा तीखा खाते हैं, न ही ज़्यादा मीठा। न तो चुप्पा हैं, न ही तो बहुत बोलने वाले। दिल के भले। आचरण में सधे। विद्यालय के बच्चे उनका भयमुक्त आदर करते है, मगर उनके साथ के शिक्षकगण इन्हें कुछ खास पसंद नहीं करते। डांडी भाई की संगत को ज़्यादा देर तक सहन नहीं कर पाते हैं, क्योंकि डांडी भाई अपने कर्त्तव्यों का निर्वहन बहुत ही ईमानदारी से करते हैं। ऐसे घोर अमानवीय कृत्य के लिए ऐसा होना स्वभाविक है। शादीशुदा हैं। बीवी से बनती है। बीवी खाना अच्छा बनाती है, मगर डांडी भाई खाते कम हैं। इसका रहस्य अभी आपको आगे पता चलेगा। बीवी का नाम लक्ष्मी। अरे हाँ, डांडी भाई का पूरा नाम तो आपको बताना ही भूल

गया। वैसे आपको बता कर भी क्या होगा, जब हमारे डांडी भाई को ख़ुद ही अपना पूरा नाम भूले एक ज़माना हो गया। अब जब कभी अपना मूल प्रमाण पत्र या कोई कागजी कार्यवाही की आवश्यकता आन पड़ती है, तब उनको अपने पूरे नाम की आवश्यकता होती है। कई बार तो वे अपना पूरा नाम पढ़ कर ख़ुद ही चौंक जाते हैं। पूरा नाम उनको उसी तरह से अपरिचित लगता है, जब वह अपने बालों को रंग कर अपना चेहरा दर्पण में देखते हैं।...पड़ोसी से लेकर रिश्तेदार तक सब इन्हें डांडी भाई कहकर ही पुकारते हैं। इन्हें कोई पास से पुकारे या दूर से सब डांडी भाई की हाँक लगाते हैं। ऐसे में इनका पूरा नाम बताने की ज़रूरत भी क्या है? बस यह जान लीजिए आप, डांडी भाई सच्चरित्र और पत्नीभक्त आदमी हैं। यह पत्नी भक्त की पदवी उनके एक मित्र ने दी है। पत्नी भक्त से यहाँ यह मतलब क़त्तई नहीं निकाला जाना चाहिए कि अपनी पत्नी की हर बात मानते हैं। डांडी भाई वही बात मानते हैं, जो उनको याद रहती है।

अब देखिए कल क्या हुआ? कल सब्जीमंडी गए। वही आइटम लाए जो उन्हें याद रहा, बाक़ी को भूलने के लिए हमेशा की तरह पत्नी के हाथ का बना खाना खाते हुए, उसकी मुँह की बनी हुयी डाँट भी खायी। और वह भी बहुत चाव से। बाजार से लौटने के बाद "तुमसे होशियार तो चुन्नू है" की चिरपरिचित घोषणा एक बार फिर कल सुनी उन्होंने। चुन्नू उनकी बिटिया का नाम है। बिटिया के नाम को लेकर उनकी पत्नी लक्ष्मी को शिकायत है कि चुन्नू तो लड़कों का नाम होता है, तब अपने डांडी भाई एक अजब प्रकार से मदमस्त हाथी की छटा लिए हुए कुछ इस तरह कहते हैं "अपनी बेटी लड़कों से कम है क्या?" लेकिन यह तुलना उनकी पत्नी को सख़्त नागवार है। नहीं... नहीं... ग़लत समझ रहे हैं आप! वह लड़के और लड़की में कोई भेद नहीं करती है। मगर उनका कहना है कि हर चीज को उसकी वास्तविकता में स्वीकार करना चाहिए। ऐसा करने से कोई आसमान नहीं फट पड़ेगा।

आसमान फटने से याद आया कि डांडी भाई के घर में जो कि किराए का है, रोज़ सबेरे-सबेरे आसमान फटता है। कब? जब वो नित्यकर्म के लिए शौचालय जाते हैं, तब। आसमान क्यों फटता है? सोच रहा हूँ कि इसकी वजह आपको बताऊँ कि न बताऊँ। वैसे मैं न भी बताऊँ तो डांडी भाई ख़ुद ही आपको बता देगें। वे न बताएँ, तो पड़ोसी ही बता देंगे। फ़र्ज़ कीजिए, यदि वे भी न बताएँ

तो डांडी भाई जैसे ही शौचालय से वापस आएंगे तो उनका मुँह देखकर आप ख़ुद ही समझ जाएंगे कि माजरा क्या है। असल में, डांडी भाई को पाइल्स की शिकायत है। वास्तव में, इस वाक्य को यों कहा जाना चाहिए था कि डांडी भाई को पाइल्स की नहीं बल्कि पाइल्स से शिकायत है। वैसे डांडी भाई की तारीफ करनी चाहिए कि उन्होंने बवासीर को कभी पाइल्स नहीं कहा। कभी नहीं। इसका मतलब यह नहीं हुआ कि वे अंग्रेज़ी का विरोध करते हैं। उन्हें अंग्रेज़ी से नहीं अंग्रेज़ीयत से चिढ़ है। और उतनी ही जितनी अपनी कब्जियत से चिढ़ है। अंग्रेज़ी पर एहसानवश चून्नू बिटिया के जन्मदिन को 'बर्ड डे' कहते हैं, मगर केक की जगह पूड़ी-खीर बनवाते हैं। उनकी नजर में अंग्रेज़ी पर किया गया उनका यह एहसान कम नहीं है। अरे याद आया! इस बार तो चून्नू बिटिया के बर्थडे पर कथा भी करवाई थी।

आज नित्यकर्म जाने से पहले आदतन एक जग गुनगुना पानी पिया। फिर पानीपत के मैदान की तरफ कूच किया। पसीने से तर-ब-तर बाहर निकलते ही सारी आयुर्वेदिक कंपनियों को जमकर कोसा। लगे हाथों एक योग गुरु को भी। फिर एक जग पानी पिया। आयुर्वेदिक कंपनियों को ही क्यों? वह इसलिए कि आजकल वह अपने बवासीर की पीर को हरने के लिए आयुर्वेदिक कंपनी के शरणागत बने हुए हैं। आयुर्वेद की शरण में आए उन्हें लगभग एक महीना हो गया। इससे पहले होम्योपैथी से तगड़ी सिम्पैथी रही थी। बवासीर से मोर्चा लेने के लिए कटिबद्ध हमारे डांडी भाई हर तीसरे-चौथे महीने अपने लड़ने का तरीका और औजार बदल देते हैं। ऐसा करके वह अपने दुश्मन मर्ज बवासीर को चौंका देते हैं। ऐसा करने के पीछे उनकी सोची-समझी रणनीति है। यदि एक ही चाल बार-बार चलो तो आपका दुश्मन फिर आपको समझने लगता है। सो, हर तीसरे महीने वह बवासीर से लड़ने के तरीके में फेर-बदल कर देते हैं। तो, उसी रणनीति के तहत आजकल आयुर्वेद की शरण में हैं। उल्लेखनीय है कि सीने में जलन से होते हुए, खट्टी डकार तक, खट्टी डकार से चलते हुए गैस तक, गैस को पीछे छोड़ते हुए बदहजमी के मुकाम तक पहुँचने वाली-वाले सारे चूर्ण को नौलखा हार की तरह से अपनी पेटी में सँभाल कर रखे हैं आप। यह तो हुयी उनके औपचारिक, ऑफिशियल रणनीति की बात। वैसे इस मर्ज से निपटने के लिए वह किसी की बात को फट से मानने में कोई हर्ज नहीं समझते। अभी ज़्यादा दिन

नहीं बीते होगें कि न जाने कौन सी झाड़ी उठाये घर चले आए थे। उसकी पत्तियों को अपनी पत्नी लक्ष्मी से पिसवाया, फिर निहारे मुँह उसको पी गए। पीते ही भक्क से उल्टी कर मारे। इस पर उनकी पत्नी चिल्लायी थी कि औषधि के रूप में जहर-माहुर कुछ भी खा लेते हो। तब छूटते ही डांडी भाई ने अपनी पत्नी से कहा था कि घायल ही घायल की गति जानता है। अब इस पर उनकी पत्नी भला क्या कहतीं? इसी तरह उनका अपने मर्ज को लेकर तरह-तरह का प्रयोग चलता रहता। कोई अगर कह दे कि गोबर खाने से उनका मर्ज ठीक हो जाएगा तो वे गोबर खाने में भी गुरेज़ न करें। रात को सोने से पहले कब्ज़ की शिकायत और सुबह शौचालय से आने के बाद "आज पेट साफ नहीं हुआ" का खुलासा अटल था, ठीक वैसे ही जैसे पूरब से सूरज का निकलना। ठीक वैसे ही हर सुबह का उनका यह प्रस्ताव कि, *सोचता हूँ कि इस देशी की जगह विदेशी कमोड लगवा लिया जाए। उससे बड़ा आराम रहेगा। बैठते-बैठते पैरों में भी गाँठे पड़ गई हैं।* उनके कमोड वाले प्रस्ताव को उनकी पत्नी उसी गंभीरता से लेती हैं, जैसे इस देश की जनता किसी नेता के भाषण को। लेकिन साथ में उनके मन में यह खटका भी रहता है, कहीं सच में यह मुईं विदेशी सीट लगवा दिए तो मैं उस पर बैठूंगी कैसे। उनकी दूसरी आशंका यह कि उस पर बैठ कर दिन भर ये अख़बार ही पढ़ते रहेंगे। तब एक तरह से शौचालय ही उनका असली आलय हो जाएगा।

अभी तो इबतेदाए डांडी भाई है! आगे-आगे देखिए होता है क्या? डांडी भाई को जहाँ अपने बवासीर से शिकायत है, तो उनकी पत्नी को उनके अख़बार से शिकायत है। या यूँ कहें कि उनके अखबार पढ़ने के ढंग से है। जैसे ही अख़बार घर की चौहद्दी में गिरता है, वैसे ही उनकी पत्नी कहती हैं 'आ गई मेरी सौत' और अख़बार को देखते ही डांडी भाई ऐसे दौड़ते हैं जैसे सौ मीटर की दौड़ का धावक। वह अख़बार को काँख में दबाए सीधे शौचालय में दाखिला ले लेते हैं। और वहीं बाँचते हैं खरामा-खरामा। और बाँचते-बाँचते ही ख़बरों की दुनिया में चले जाते हैं। शौचालय से बीच-बीच में सुर्खियाँ पढ़ने की उनकी आवाज़ सुनाई देती। साथ में कुछ चिरपरचित उनकी कुछ अन्य आवाज़ें भी। जिससे उनकी पत्नी का परिचय शादी के पहले ही दिन हो गया था।

सुहागरात में अमूमन दूध पीने का रिवाज है। जैसा कि हिंदी फिल्मों को देखकर पता चलता है। मगर डांडी भाई ने कब्जनाशक घोल की कई बूँदों के

साथ पानी पिया था उस रात को। उस के बाद तेज़ धमाके के साथ डांडी भाई के शारीरिक विज्ञान और क्षमता का परिचय उन्हें मिल गया था। उस समय उनकी नई नवेली पत्नी ने अपने मन में यही कहा था- "सही कहते है विशेषज्ञ लोग आज हम सूचना विस्फोट के युग में जी रहे है।"

हाँ, अख़बार वाली लत का परिचय ज़रा देर से हुआ। शादी के चार महीने बाद से ही उनकी पत्नी दाँत पीस कर यह कहती आ रही हैं" अरे तुम पढ़ते कहाँ हो, तुम तो शब्दों को पीस कर घोटते हो।" आरोप सही है उनका। डांडी भाई जब अख़बार पढ़ते हैं तो अक्षर इनकी आँखों के सामने तैरने लगते हैं। फिर न जाने कितनी देर वे उनकी दुनिया में गुम रहते हैं। ख़बर को पढ़ते हुए वह ख़बरों में उतर जाते हैं। एक ऐसी दुनिया में जहाँ से ख़बरों को अख़बार तक आने में कई बार उनकी शक्लओं सूरत तक बदल जाती है। अख़बार पढ़कर खो जाते हैं डांडी भाई, और तब तक वापस नहीं आते, जब तक कि उनकी पत्नी शौचालय का दरवाज़ा न पीटें, जोर-जोर से न चिल्लाएँ। शौचालय का दरवाज़ा भी अपने साथ होने वाली ये ज़ोर-जबरदस्ती कब तक सह पाएगा, कुछ कहा नहीं जा सकता! उसकी हालत भी दिनो-दिन डांडी भाई की सेहत की तरह जर्जर होती जा रही है।

डांडी भाई जब शौचालय में मोर्चा सँभाले हुए होते हैं तो बाहर से उनकी पत्नी दाँत-पीसते नया मोर्चा खोलते हुए कहती हैं, "तुम वहाँ करने जाते हो या समाधि लगाने।" कई बार विद्यालय देर से पहुँचे डांडी भाई। अख़बार पढ़ने के इस ढंग की वजह से या बवासीर की हठ की वजह से, फ़िलहाल यह शोध का विषय है। अख़बार को देखते ही जहाँ डांडी भाई की बाँछे खिल जाती है, वहीं उसे देखते ही उनकी पत्नी लक्ष्मी से साक्षात् काली बन जाती है। उनके लिए तो आँगन में अखबार नहीं नागासाकी-हिरोशिमा में गिरा हुआ एटम बम है! अब देखिए न रोज़ की तरह कल क्या हुआ...

दांडी भाई अख़बार लेकर शौचालय की ओर लपके। उनको वहाँ करने का शौक है या पढ़ने का है, यह तय कर पाना मुश्किल है। बहरहाल, वह अख़बार लेकर शौचालय में शोभायमान हो गए। देश का हाल पढ़ने लगे। पढ़ते-पढ़ते एव ख़बर पर अटक गए। ठीक अपनी मौजूदा स्थिति की तरह। वे मन ही मन बुदबुदाए... किसान ने खेत में की आत्महत्या!! और उनको ख़बर ही नहीं रही

कि कब वे ख़बर के अंदर चले गए... और ख़ुद ख़बर का एक हिस्सा बन गए...

इस समय डांडी भाई पटवारी के रूप में खेत में खड़े हैं। "साहब देखो! सारी फसल हमरी बरबाद हो गई! हमरा सुहाग उजड़ गया! सब चला गया!" मृतक किसान की पत्नी ने रोते-रोते कहा। वहाँ का दृश्य देखकर डांडी भाई सहम गए। उन्हें समझ में ही नहीं आ रहा था कि वह ख़ुद सँभलें कि उसे समझाएँ। उन्होंने चारों ओर नज़र घुमाई। मुरझाये चेहरे। बेजान से। बिल्कुल फसल की तरह। गेहूँ और ज़मीन दोनों एकाकार हो गए थे। जैसे आत्मा में परमात्मा का मिलन हो गया हो। किसानों के सपनों की आहुति लेकर फसल मोक्ष को प्राप्त हो चुकी थी। क्या चना, क्या सरसों आलू... सब बर्बाद। ओलावृष्टि और बेमौसम बरसात ने किसान की फसलों को ही नहीं बल्कि उनके अरमानों पर भी पानी फेर दिया था। मड़ई पर उन्होंने एक उड़ती नज़र मारी। सोचने लगे कि अगर आँधी आयी तो क्या गारन्टी यह मड़ई उड़ेगी नहीं। "अरे! मुनइया के बापू हमको काहे छोड़कर चले गए" विलाप की करूण रुदन ने उनको अपने कर्त्तव्यों की याद दिलायी। वे बोले, "घबराओ नहीं, सरकार की तरफ से पूरा मुआवजा मिलेगा!" उनकी बातों को मृतक की विधवा ने गंभीरता से नहीं लिया। डांडी भाई को यह बात बुरी लगी। लेकिन अपने चेहरे पर कोई भाव न आने दिया। उन्होंने इस बाबत कयास लगाया कि बेचारी सदमे में है, इसी वजह से सुधबुध काम नहीं कर रही है उसकी। वह त्वरित गति से खेतों का मुआयना करने लगे। नाप-जोख करने के बाद उसे अपनी डायरी में नोट कर लिया। अपना काम समाप्त करके जब चलने को हुए तो एक फिर मृतक की विधवा से बोले, "घबराओ नहीं पूरा मुआवजा दिलायेंगे।" "लेकिन तब तक हमारे बच्चे क्या खायेंगे साहब?" "हो सके यह बात आप महाजन को भी बता दें, नहीं तो तंग करेगा इन लोगों को..." वहाँ खड़े एक फटेहाल ग्रामीण ने कहा। डांडी भाई कश्मकश में पड़ गए। फौरी तौर पर उन्हें एक ही उपाय सूझा। उन्होंने अपनी जेब से एक पांच सौ का नोट निकालकर विलाप करती हुयी मृतक की विधवा को थमा दिया। लौटते वक़्त उनके हाथ में फसल बरबादी का मंजर, आँखों में नमी, दिल में ग़मी, और मन में एक सवाल था, जब इस देश का एक किसान, प्रधानमंत्री बन सकता है तो किसानों की समस्या इस देश के लिए प्रधान समस्या क्यों नहीं बन सकती? बहरहाल, रात को माथापच्ची और कलम घिसी करके पूरे मनोयोग से रिपोर्ट

तैयार कर ली। किसान का नाम : रामभरोसे। पत्नी का नामः राम कटोरी देवी। परिवार के सदस्यः चार। रिपोर्ट में लिखा गया कि लगभग नब्बे फीसदी फसल बरबाद हो गई। इस नब्बें फीसदी में बीस फीसदी अपनी तरफ से जोड़ दिया था उन्होंने। इस छोटे से झूठ के लिए उन्होंने ख़ुद को यह तर्क दिया कि जब सरकार अपने विज्ञापन में जब अपनी उपलब्धियों को बढ़ा-चढ़ा कर पेश कर सकती है, तो वो ऐसा क्यों नहीं कर सकते? आख़िर वह भी तो सरकार का एक हिस्सा हैं। भले ही छोटा सा सही! भले उसका एक मुलाजिम ही सही! इसी उधेड़-बुन में रात आँखों ही आँखों में कट गयी।

आज तहसील में फरियादियों के आने का तांता और कार्य निस्तारण की गति रोज़ की तरह ही थी। यानी फरियादियों के आने की संख्या मधुमक्खियों की तरह और कार्य निस्तारण की गति घेंघे की तरह। रिपोर्ट एसडीएम को सौंपते वक़्त डांडी भाई बोले, ''सर देखिएगा! मुआवजा जल्दी मिल जाए। खाने के लाले पड़े हुए है, बहुत ही भयावह स्थिति है।'' एसडीएम ने उनको अर्थपूर्ण दृष्टि से देखा। जिसकी वजह डांडी भाई समझ न सके। एसडीएम साहब कुछ न बोले। डांडी भाई को पता नहीं चला कि उन्होंने कब अपनी ही रौ में एक फिर ''सर मुआवजा जल्दी मिल जाए!'' की गुहार लगा दी।

''तुम्हारा क्या इंट्रेस्ट है?'' एसडीएम साहब बोले।

डांडी भाई सवाल की प्रकृति को समझ नहीं पाए। सही भी है जिस विषय पर देश के नीतिनियंताओं का इंट्रेस्ट नहीं है, तो फिर एक आम पटवारी का क्या इंट्रेस्ट हो सकता है। लेकिन यहाँ इंट्रेस्ट का आशय कुछ और ही था। एसडीएम साहब फिर बोले, उन्होंने डांडी भाई के जवाब की प्रतीक्षा नहीं की। प्रतीक्षा करने में उन्हें अपनी अफसरी की तौहीन लगी। ''तुम बहुत बेचैन हो! क्या चक्कर है?''

इस बार डांडी भाई साहब के कहे का निहितार्थ समझ गए। ''सर! मुझसे उनका दुःख देखा नहीं जा रहा, एक तो बेचारे ने कर्ज़ लिया था। सोचा था कि फसल अच्छी होगी तो कर्ज भी चुकता हो जाएगा, और शादी लायक उसकी बिटिया के हाथ भी पीले हो जाएंगे... इसलिए... कह रहा था...''

डांडी भाई की बात सुन एसडीएम साहब को उनसे सहानुभूति हुयी। दूसरे

उनकी अज्ञानता पर रीझे भी। जी हाँ, दया को अज्ञानता ही समझे वे। उनकी बात को बीच में काटते हुए एसडीएम साहब बोले, "क्या लगता है तुम्हें! सबकुछ मेरे हाथों में हैं। हर चीज का एक प्रोसीजर होता है। अब यह रिपोर्ट मैं डीएम साहब को सौपूंगा, फिर डीएम साहब आयुक्त के पास भेजेंगे, आयुक्त साहब सरकार को भेजेंगे फिर मुख्य सचिव के पास, फिर सरकार केंद्र के पास भेजेगी...यदि केंद्र सरकार को मुआवजे पर या फिर कोई और आपत्ति हुयी तो वह अपनी एक टीम प्रभावित क्षेत्र में भेजेगी... फिर..फिर...फिर..." एसडीएम साहब प्रोसीजर की पूरी जानकारी दिए जा रहे थे, और डांडी भाई को "तीतर के दो आगे तीतर, तीतर के दो पीछे तीतर" वाली पहेली सुनायी दे रही थी। पूरे प्रोसीजर के नखशिख वर्णन के बाद एसडीएम साहब ने डांडी भाई को देखा। उनके देखने का अंदाज़ कह रहा था कि इसीलिए मैं इतनी कठिन परीक्षा पास करके अफसर बना और तुम पटवारी ही रहे। "ज्ञान विनम्रता देता है" ऐसे ही किसी संस्कृत के श्लोक की डांडी भाई को याद आयी। एसडीएम साहब अपने टच स्क्रीन वाले फोन पर व्यस्त हो गए। जोकि काफी महँगा दिखता था। शायद कोई चुटकुला आया था। पढ़कर मुस्कुराए। डांडी भाई बाहर आकर अपनी तहसील को देखने लगे। न जाने क्यों सारा दृश्य ठहरा-सा लगा। जबकि रोज़ की तरह आज भी वही चहल-पहल थी। कुछ आवारा कुत्तों पर उनकी नज़र गई। काफ़ी दुर्बल लग रहे थे। इधर-उधर अनायास देखने के बाद वहीं पास पड़ी बेंच पर बैठ गए। रात भर के थके-हारे डांडी भाई को कब झपकी आ गई पता न चला। वे देखते है कि मुआवजा दिल्ली से चल चुका है। दिल्ली की सीमा पर पहुँचते ही उसका "मु" गायब हो जाता है, फिर वह जैसे ही प्रदेश की सीमा के अंदर आता है तो उसका "आ" गायब हो जाता है, फिर वह जैसे ही तहसील में प्रवेश करता है, तो उसका "व" भी गायब हो जाता है। और फिर किसान के सामने "जा" आता है। डांडी भाई चौंक कर जाग जाते हैं। तो क्या यह एक दुःस्वप्न था! एकाएक तहसील उन्हें देश दिखने लगी। उनकी साँसे भारी होने लगी। एक पल को ऐसा लगा कि उनके सीने पर भारी पत्थर रखा हुआ है। ध्यान हटाने के लिए वहाँ आए एक फरियादी से अख़बार लिया। ख़बरें पढ़ने लगे। संस्कृत का एक सूत्र वाक्य 'दुःसाधमपि सुसाधं करोति उपायज्ञः' पढ़ा। जिसका अर्थ नीचे यह दिया हुआ था, "उपायों को जानने वाला कठिन काम को भी आसानी से पूरा कर लेता है।"

इसे पढ़कर डांडी भाई कुछ बुदबुदाए। पढ़ते-पढ़ते उनकी नज़र एक ख़बर पर पैबस्त हो गई। उस जगह पर लिखा था कि सरकार ने उद्योगपतियों के लिए सिंगल विंडो की व्यवस्था की है। सिंगल विंडो यानी कि ऐसी जगह जहाँ उस विभाग-मद से जुड़ी हुयी सारी की सारी औपचारिकता एक ही जगह पूरी कर दी जाए या हो जाए। ताकि बहुमूल्य समय और ढेर सारी दौड़-भाग से बचत हो। इसे पढ़ते ही डांडी भाई मन ही मन बोले, "किसान के लिए सिंगल विडों की व्यवस्था क्यों नहीं हो सकती है?" वे तेजी से उठे। एसडीएम के कक्ष की ओर बढ़े। जिसका अख़बार था, वह इनके पीछे-पीछे दौड़ा। अख़बार का वही पृष्ठ खोले हुए डांडी भाई धड़धड़ाते हुए एसडीएम के कक्ष में घुसे ही थे कि... धड़! धड़! धड़! "चुन्नू के पापा स्कूल नहीं जाना क्या! सो गए क्या! हद है! रोज़ की आदत है इनकी!

सकपका के डांडी भाई की तंद्रा टूटी। "आज पेट साफ नहीं हुआ" का ओपेन सीक्रेट बताते हुए शौचालय से निकले। उनकी पत्नी ने वैसे ही अनुसना किया जैसे विपक्ष का लगाया गया आरोप सत्ताधारी दल करता है।

आज विद्यालय जाते समय डांडी भाई सोच रहे हैं कि अच्छा हुआ कि वह किसान नहीं हुए। वरना उनकी पत्नी और बिटिया का क्या होता? वे अपनी 'औक़ात' पर अफसोस कर रहे थे कि वह किसानों के लिए कुछ नहीं कर सकते। फिर सहसा उन्हें कुछ सूझा। उन्होंने तय किया कि हो न हो आज बच्चों को प्रेमचंद की कहानी "पूस की एक रात" अवश्य सुनाएंगे, न कि किसान पर निबंध लिखवाएँगे। जानकारी से ज़्यादा संवेदनशीलता की आवश्यकता है आज। जिसकी शुरूआत वह अभी से अपने बच्चों से करेंगे। ... कक्ष में घुसते हुए उन्हें ख़्याल आया कि राम कटोरी देवी को क्या मुआवजा मिल गया होगा!!! सपने में ही सही!

18

महँगाई शरणम् गच्छामि

वो दिन गए जब खलील मियाँ फ़ाख़्ता उड़ाया करते थे। अब तो उनके होश ख़ुद ही फ़ाख़्ता है। अब एक और एक ग्यारह नहीं होते। वे आधे ही हो जाए तो बहुत है। कोई गुड़ खा कर, गुलगुले खाने से परहेज नहीं करता। क्या पता कल गुलगुले के भाव बढ़ जाएँ! बेगानी शादी में ही अब्दुला दीवाना हो तो उसका ही भला है। यदि अपनी शादी का खर्चा देखेगा तो पागल हो जाने का डर है। घर में नहीं दाने अम्मा चली भुनाने। अब यह ताना नहीं कईयों के लिए एक हकीकत बन गई है। नये मुल्ले ने प्याज अधिक खाना छोड़ दिया है। यही हालात रहे तो वह जल्दी ही प्याज खाना बंद कर देगा। अंगूर ही नहीं अब सारे फल खट्टे लगने लगे है। अब बूँद-बूँद से घड़ा नहीं भरता है। भरने से पहले ख़ाली हो जाता है। दोनो हाथों में लड्डू कोरी कल्पना बनती जा रही है। अब मन में ही लड्डू फूटते हैं। हलवाई ने अपनी दुकान की मिठाई खानी बंद कर दी है। सोचता है कि इतनी महँगी है, कैसे खाऊँ। ऊँची-नीची क्या, अब तो सभी दुकानों के पकवान फ़ीके लगने लगे हैं। क्या करें, इस निगोड़ी महँगाई ने कई कहावतों के अर्थ बदल दिए

हैं। अब क्या अहल-ए-सुबह बनारस, क्या शाम-ए-अवध। महँगाई इधर भी है और उधर भी।

आज हाथ अपना हाथ मल रहा है, घी के लिए और सिर अपना सिर खुजला रहा है, कढ़ाई में गिरने के लिए। मगर ये निर्मोही महँगाई सब छीने ले रही है। एक अनार न मिलने से सौ बीमार हो रहे हैं। बाज़ार में आज नौ नक़द लेकर जाते है तो तेरह उधार हो जाने की सूरत रहती है। बिना उद्धव के लिए, बिना माधव को दिए काम ही नहीं चलता। गृहस्थों की हालत तो देखो, खड़े है बाज़ार में। किराने की दुकान पर रेटलिस्ट देखकर बेचारों को दिन में तारे नज़र आ रहे हैं। तिल का ताड़ नज़र आ रहा है। राई का पहाड़ नज़र आ रहा है। दाल में मुर्गी दिख रही तो गुड़ गोबर जैसा प्रतीत हो रहा है। हाल-परेशान खड़े है बाज़ार में। सोच रहें है क्या लें और क्या छोड़ें?

इस महँगाई ने कितनों के नीर-क्षीर विवेक को जाग्रत कर दिया है। उन सब से दूध वाला दूध कम करने की वजह जानना चाहता है। वे अपने दूधवाले को जवाब दे रहें हैं कि पाँव भर दूध पर्याप्त है उनके लिए। वास्तव में, महँगाई ने उनको छठी का दूध याद दिला दिया है। इधर बाप बेटे के फ़िज़ूलखर्ची की आदत से परेशान है। वो कह रहा है कि आमदनी अठन्नी, खर्चा रुपैया है। बेटा, ऐसे कैसे चलेगा? उधर बेटा अपने बाप को आमदनी बढ़ाने की नसीहतें दे रहा है। अब बाप अपने बेटे को कैसे समझाए कि अभी तो पिछले महीने ही इन्क्रीमेंट लगी थी। अब महँगाई दिन दूनी रात चौगुनी बढ़े तो वो कर भी क्या सकता है? न जाने कितनों के इन्क्रीमेंट ये महँगाई भाप बना कर उड़ा दे रही है।

इस महँगाई से जहाँ चहुं ओर त्राहिमाम! त्राहिमाम! मचा हो, वहाँ पति जैसा प्राणी कैसे बच सकता है? महँगाई ने पतियों की हालत पतली कर दी है। उनका दिल अपनी पत्नी के हाथ पर तनख्वाह रखते हुए ज़ोर से धड़कने लगता है। कहीं उनकी पत्नी ऊँट के मुँह में जीरा न कह दे। वे अपनी पत्नियों को डार्लिंग, स्वीट हार्ट, भाग्यवान कह कर मना रहे हैं। महँगाई उनसे खुशामद करवा रही है।

महँगाई ने वर्षों से चले आ रहे, रटे-रटाये संवादों को बदल दिया है। कल ही एक प्रेमी अपनी प्रेमिका को इम्प्रेस करने के लिए कह रहा था कि तुम अगर कहो तो तुम्हारे लिए मैं चाँद-तारे तोड़ लाऊँ। प्रेमिका ने कहा, "मेरे भोले प्रेमी,

तू बस दो वक़्त किसी रेस्टोरेंट में डिनर करा दे तो मैं मान जाऊँगी कि तू आसमान से चाँद-तारे तोड़ सकता है।'' प्रेमी ही क्यों, महँगाई युवा कवियों की भी कठिन परीक्षा ले रही है। वे अपना सिर धुन रहे हैं। आख़िर, महँगाई को कौन-सी उपमा दी जाए? डायन वे लिख नहीं सकते। क्योंकि डायन भी सात घर छोड़ देती है। नागिन वे लिख नहीं सकते। नागिन को सपेरा पकड़ कर अपने पोटली में बंद कर सकता है। वे लिख-लिख कर काट रहे हैं। काट-काट कर लिख रहे हैं।

ऐसे में यह अदना-सा लेखक सोचता है कि जनता का प्रतिनिधि बनते हुए क्यों न महँगाई को एक पत्र लिख दें.... पत्र का मजमून कुछ यूँ होगा-

रे महँगाई!

हम यहाँ कुशलतापूर्वक नहीं हैं, मगर हमें पूरा यक़ीन है कि तू मज़े में होगी। होगी क्या, है ही! महँगाई, तू हमे फूटी आँख नहीं सुहाती। फिर भी तू हमारा पीछा नहीं छोड़ती। तूने अर्थ का अनर्थ कर दिया है। अर्थ लेकर बाज़ार में हम जीवन का अर्थ ढूँढ़ रहे हैं। तूने भौतिकतावाद को बढ़ावा दिया है। तुझसे निपटने के लिए हम निन्यानबे के फेर में पड़ गए हैं। तूने हमारी खुशियों में सेंध मारी है। आयोजन में तीन बुलाओ, तो तेरह आते हैं। तूने संबंधों को खोखला कर दिया है। भोजन करते समय भूले-भटके यदि कोई आ जाये, तो वो मूसलचंद ही लगता है। भले ही वो हमारा कितनाढ़खास क्यों न हो! भले ही उसका कोई और नाम क्यों न हो! तूने हमें रूखा बना दिया है। अतिथि अगर दो दिन भी रुक जाए तो, वो हमें ऐरा गैरा नत्थू खैरा लगने लगता है। तूने नैतिकता पर ग्रहण लगाया है। दाल में कुछ काला हो, तो हम कुछ नहीं सोचते। हम उसे गटगट पी जाते हैं। तूने औपचारिकता को बढ़ावा दिया है। हम आप के मुँह में घी-शक्कर बोल कर काम चलाते हैं। दोनों को एक साथ ख़रीदना अब हमारे बस की बात नहीं रही।

महँगाई! तूने बड़ों-बड़ों के आसन हिला दिए हैं। लंबी नाक वाले भी अब निर्लज्ज हो चले हैं। यह मुँह और मसूर की दाल कोई उन्हें कहे, तो उन्हें अप्रिय नहीं लगता, वरन वे मन ही मन प्रसन्न हो जाते हैं। यह सोच कर कि दाल के भाव कितने बढ़ गए हैं। महँगाई तूने कितने मिट्टी के माधवों को बहसबाजी करना

सीखा दिया है। बिना तीन-पाँच किए हुए वे दुकानदार से कोई समान नहीं ख़रीदते और दुकानदार उन पर कटाक्ष करता है। कहता है, ''बाबूजी, तेल देखो, तेल की धार देखो। महँगाई तो सातवें माले से आसमान छू रही है।''

महँगाई! तू कोढ़ में खाज है। तुमने जवान लड़कियों के माँ-बाप के नाक में दम किया हुआ है। वे अब सर्व गुणसम्पन्न वर खोजने के चक्कर में अधिक समय नहीं गँवाना चाहते, क्योंकि कल तुम कई चीजें उनके हद से बाहर कर दोगी। इसलिए लड़की के माँ-बाप लड़की का चट मँगनी पट ब्याह कर देना चाहते है। महँगाई, ज़रा उन कुँवारी लड़कियों का दर्द सोच! तूने उनके सपनों पर कुठाराघात किया है। अरे, दहेज तो पहले से ही बैठा हुआ है दर्द देने के लिए। तिस पर तेरी निरंकुशता।

तुझसे कौन खुश होगा, रे! सिर्फ जमाखोरों, सट्टेबाजों के सिवाय। इन्होंने तुझे सर चढ़ाया है। और तू कमर हम गरीबों का तोड़ती है। तूने हम गरीबों को हरदम मारा है। सब कुछ छीने ले जा रही है। नीतिनियन्ता तो सेंसेक्स की उछाल देखकर उछल रहे हैं, इधर तू हमें पटकनी पर पटकनी दिए जा रही है। निर्दयी, तू कहीं डूब कर मर क्यों नहीं जाती। ऐसा कौन सा यज्ञ करें कि तू स्वाहा हो जाए। तुझसे निपटने के हमने जो-जो यत्न-प्रयत्न किए, वो सब के सब अरण्य रोदन ही सिद्ध हुए। हम डाल-डाल तो तू पात-पात। तुझे कोस कर देख लिया, तुझसे लड़ कर देख लिया, तेरी मनुहार करके हार गए। परन्तु तू वश में न आयी तो न आयी।

महँगाई! तू निर्लज्ज है। नंगे से तो भगवान भी डरता है तो हम किस खेत की मूली हैं। हम तुझसे अपनी हार मानते हैं। हम जान गए है कि तुमसे लड़ना व्यर्थ है। मगर तुझे अपना भी तो नहीं सकते, ऐसी हैसियत भी नहीं हमारी। इसलिए, महँगाई हम तेरी शरण में आ रहे हैं। क्या पता, तब तुझे हमारे ऊपर दया आ जाए। तूने तो यह सुन ही रखा होगा-बाँह गहे की लाज। इसी आशा के साथ, हे महँगाई! हम तेरे शरणागत हुए।

19

शोरूम में जननायक

सेल्समैन अच्छा है, मगर कुछ ज़्यादा ही खुला हुआ है। जिसे आधुनिक शब्दावली में फ्रैंक़ कहते हैं। उसे कल ही हिदायत मिली है कि वह कम बोला करे। इस सच को भली-भाँति जानते हुए कि वह एक सेल्समैन है, उसे अक्सर दुनिया से यह शिकायत रहती कि लोग दिल से कम ज़ुबान से ज़्यादा काम लेने लगे हैं। वैसे, आज वह ठान कर आया है कि चाहे जो भी हो वह अपने दिल की बात दिल में ही रखेगा।

शोरूम अभी खुला ही था कि नेता जी अपने लाव-लश्कर सहित आते दिखे। उन्हें देख कर बाक़ी के सेल्समैन अपने चेहरे पर कदाचित आतंक का साया लिए हुए, इधर-उधर व्यस्त होने की कोशिश-सी करते हुए दिखने लगे हैं। यह वाला सेल्समैन, जो नायक है इस लेख का, अभी कुछ समझ पाता कि नेता जी और उनकी सेना अंदर दाख़िल हो उसके समक्ष खड़ी थी।

"आईए सर! क्या दिखाऊँ?" वह बोला।

अच्छा-सा एक जूता... यह संवाद नेता जी के साथ आए हुए उस व्यक्ति ने बोला था, जिसका अँगूठा खाली था, क्योंकि शायद उसमें अँगूठी नहीं पहनी जाती।

"श्रीमान् जूते का आकार बताईए!"

यह संवाद तो मैंने अपनी तरफ से लिखा है। सेल्समैन ने तो यह कहा था, "सर साइज़!"

"...दस नंबर!" इस बार दूसरा बोला।

अब यहाँ आपके मन में जिज्ञासा उठी होगी कि नेता के पाँव का साइज़ इसे कैसे पता। अंग्रेज़ी में एक कहावत है, लॉयल मोर देन किंग।...तो ऐसे लोग इसी प्रजाति के होते हैं। पाँव का साइज़ तो छोड़िए, इन्हें अपने मालिक के अंडरवियर तक का साइज़ पता होता है।

"ओके! दस नंबर सर..." "दस नंबरी! न...न... तुम्हारा साइज़ तो चार सौ बीस से कम नहीं होना चाहिए!"

प्रिय पाठकों आप ग़लत समझ रहे हैं! यह संवाद मैंने अपनी तरफ से नहीं लिखा है। यह सेल्समैन ने बोला है, हाँ मगर अपने मन में।

"कैसा जूता चाहिए? स्पोर्ट शू या लेदर का?"

"लेदर वाला ही दिखाओ!" इस बार भी दूसरा वाला ही बोला।

"ये देखिए सर!"

नेता जी ने अपने पैर उसमें डाले। इधर-उधर हिलाया। खड़े हुए। थोड़ा चले। कुछ देर बाद नेता को इत्मिनान हुआ।

"चलेगा न?" उसमें से एक ने पूछा।

"अभी कहो तो बेटा, तुम्हारे ऊपर चलाएँ। तुम टें बोल जाओगे, मगर ये नहीं..."

प्रिय पाठको! इस बार आप ने सही पकड़ा। यह संवाद सेल्समैन के मन में ही चला है।

“चलेगा न भाई?”

“शायद नेताजी का दाँयाँ हाथ यही चिपकू है...”

“क्यों भाई?” उसने फिर पूछा।

“आपकी सरकार से ज़्यादा और बेहतर चलेगा सरकार! ...हाँ मगर आपके भाषणों से कम!”

सुधी पाठको! (इस बार प्रिय नहीं) अब आप को कुछ भी बताने की ज़रूरत है क्या? जी हाँ, उपर्युक्त संवाद सेल्समैन ने मन में ही कहा है। आगे से आपको कोई दिक़्क़त न हो इसलिए सेल्समैन के मन की बात कोष्ठक में रहेगी।

“खूब चलेगा सर! कोई प्रॉब्लम नहीं होगी!”

नेता जी के साथ आए लोग एक दूसरे का मुँह देखने लगे। सेल्समैन की कही हुयी बात की प्रामाणिकता परखने लगे। एक-दूसरे से प्रमाण-पत्र लेते और देते हुए।

“काटेगा तो नहीं!”

(कह नहीं सकते... काट सकता है, मगर गारन्टी के साथ पेट नहीं काटेगा हुजूर!)

“क्यों भई! काटेगा तो नहीं!”

“नहीं सर, बिल्कुल नहीं!”

(हाँ तुम्हीं काटो! तुम्हारे लोग काटे। बाक़ी तो सब की कट ही जाएगी!)

नेताजी उठकर चलने लगे। उनके लोग नेताजी की मनुहारी चाल देखने लगे।

“ठुमकि चलत रामचंद्र, बाजत पैजनिया... ” एक बोला।

“पैजनिया कहाँ है?” दूसरा बोला

सब हँस पड़े। अभी जिन दोनों ने अपनी “स्मार्टनेस” दिखाई है। वे मन ही मन अपने ऊपर गर्व कर रहे हैं, क्योंकि उनकी बातों पर नेता जी ने अपनी मुस्कुराहट पास की है। वल्लाह!

"बिना फीता वाला लीजिए दादा!" तीसरा बोला।

ऐसा कहने के पीछे एक ठोस कारण है। वह बाक़ियों से पीछे नहीं रहना चाहता। सो, तीसरे ने भी अपनी क़ाबिलियत दिखाई है।

"क्या दाम है?" चौथा बोला। अब इसे भी तो अपने नंबर बढ़वाने थे न! मगर उसका दाँव उल्टा पड़ गया। यह सुनते ही नेता जी का मुँह बन गया। दाम पूछकर उसने उनकी शान में गुस्ताखी की थी।

(जो बिके हुए लोग है, वे दाम पूछते हैं... कमाल है!)

"फिक्स रेट है सर..."

(जैसे हर विकासकार्य में अपका रेट फिक्स है...वैसे ही)

यह सुनकर नेताजी का मुँह और बन गया। उन्होंने चौथे वाले को कुछ अजब ढंग से देखा। उनके मन में एक हूक उठी। क्यों न इस नये जूते को इस चूतिये की चाँद पर पहुँचाकर यहीं शुभारम्भ कर दिया जाए! चौथा वाला झेंपकर शोरूम में इधर-उधर जूते देखने लगा।

"इसका सोल कैसा है?" पहले वाले ने पूछा।

यह इरादतन बोला गया संवाद है। इसका जूते से कुछ भी लेना-देना नहीं, क्योंकि यह नेता जी के मूड को ठीक करने की एक कोशिश भर है। मगर मामला जमा नहीं।

(सोल! यानि आत्मा... देखो तो सोल के बारे में कौन पूछ रहा है! जो रोज़ अपने बूट से रौंदते हैं।)

"क्यों भई! बताया नहीं?"

"बहुत अच्छा है। चिटकेगा नहीं। छह महीने की गारन्टी है।"

(जूते में भी सोल होती है! इतने साल काम करते हो गया, कभी सोचा न था! हाँ तभी तो जूता चलता है और सरकार चलानी पड़ती है। क्या बात कह दी गुरु!)

"सफेद की जगह अगर काला हो दद्दा तो कैसा रहेगा?" दूसरे वाले ने

पूछा।

यह भी इरादतन बोला हुआ संवाद है, नेता जी के मूड को हल्का करने के लिए।

"नहीं सफेद ही अच्छा लगेगा...क्यों दद्दा!" अचानक से चौथा वाला बोला।

यह संवाद काम कर गया। नेता जी का मूड बदल गया, क्योंकि उन्होंने सफेद रंग की सहमति में अपना सिर हिलाया। जूता चमक रहा था और उससे ज़्यादा उसका चेहरा।

(काला धन पास रखेंगे, मगर पहनेंगे झक सफेद...)

"वो सब तो ठीक है, बस काटे नहीं..." फ़ाइनली नेताजी बोले।

"कोई प्रॉब्लम नहीं होगी सर!"

(हे सखा जूता! तुम अपने साथ हमारे दायित्वों का भी वहन करना! काटना अवश्य!)

"पैक कर दो!"

"श्योर सर!"

(...मैं शर्मिंदा हूँ श्रद्धेय जूते! अब इनकी काट तुम्हीं हो! जाओ! सखा जाओ! जूते से जननायक तक की यात्रा पर...)

सेल्समैन बहुत श्रद्धाभाव से जूते पैक कर रहा है... इस समय उसका मन कर रहा है कि वह जूते को कस के चूम ले...

20

बड़ी प्रगति की हमने!

हम प्रगति कर रहे हैं। कब से? देश आज़ाद हुआ तब से। उधर देश आजाद हुआ, इधर हम दौड़ पड़े। किसलिए? प्रगति करने के लिए और किस लिए! और आज? आज भी हम प्रगति की राह पर सरपट दौड़े चले जा रहे हैं। मगर कुछ लोग "यह कैसी प्रगति है?" का प्रश्न खड़ा कर इरादतन हमारी प्रगति की राह में रोड़ा अटकाने की कुचेष्टा करते हैं। उनकी प्रतिगामी बातों पर ध्यान न देते हुए, प्रस्तुत है हमारी प्रगति का एक मोटा-मोटा लेखा-जोखा-

हमने प्रगति की और हमारे साथ शहरों को भी प्रगति करनी पड़ी। कुछ शहरों ने तो विशेष रूप से प्रगति की। उन्होंने अपने रंग-रूप को खाँटी विदेशी रंग-रूप दे दिया। विदेशी हमारे उन मेट्रोपोलिटन शहर में आकर तो देखें। वेशभूषा वही, खान-पान वही, वैसी ही गगनचुंबी इमारतें, वैसी ही चलती सीढ़ियाँ। विदेशी अगर अमरीकी या अंग्रेज हुआ, तो उसे अपनी वही भाषा भी मिल जाएगी। वो इस बात से डाह कर सकता है कि ये शहर तो उसके देश के शहरों जैसे ही दिखते हैं। तो साहबान, हमारे शहरों ने इतनी प्रगति कर ली कि वे

किसी विदेशी के लिए अपने-से और यहाँ के आम आदमी के लिए विदेश-से हो गए हैं।

हमने सड़क बनाने में बहुत प्रगति की। हर क्षण हमारे यहाँ सड़क बनायी गयी। हमने बरसात से पहले सड़क बनायी और बरसात के बाद भी। हल्के वाहनों के गुजरने से पहले बनायी, भारी-भरकम वाहनों के गुज़रने के बाद भी। हमने मात्र सड़क बनायी ही नहीं, सड़क बनाने की तकनीक में भी प्रगति की। इतनी प्रगति की कि नई-पुरानी सड़क का भेद मिट गया। तकनीकि ही नहीं, सड़कों को बनवाने वालों ने भी प्रगति की। जहाँ-जहाँ सड़कों की लंबाई बढ़ी तो वहाँ-वहाँ उसे बनवाने वाले भारी हुए। सही माने में इसे कहते हैं चहुँमुखी प्रगति।

हमारे पास रेखा के नाम पर रेडक्लिफ, मैकमोहन और कर्क रेखा थी। देखा जाए तो इतनी रेखाएँ काफी थीं हमारे लिए, मगर हम इतने से नहीं माने। क्योंकि हम प्रगति चाहू लोग हैं। हमने प्रगति की और ग़रीबी की रेखा भी हासिल कर ली। अंग्रेजी में जिसे पावर्टी लाइन कहते हैं। दृष्टव्य है कि हमारे पास ग़रीबी थी, मग़र "गरीबी रेखा" नाम की कोई चीज नहीं थी। रेखाओं के खाते में, हमारे पास अब एक ग़रीबी रेखा भी है। गरीबी रेखा से पता चलता है कि देश की तो सीमारेखा है, मगर हमारी प्रगति की न कोई सीमा है, न कोई रेखा। क्या कीजे, हमारी प्रगति की रूपरेखा ही कुछ ऐसी है।

जहाँ हमने रेखाओं के खाते में प्रगति की, वहीं ग़रीबों ने भी बड़ी प्रगति की। चौंकिए नहीं! बात सच है। ग़रीब अपने लिए करोड़पति प्रतिनिधि चुनने लगा। ग़रीबों की प्रगति के कारण ही संसद-विधानसभा में करोड़पतियों की संख्या सैकड़ा पार कर चुकी है। ग़रीब इसी तरह से प्रगति करते रहे, तो वो दिन दूर नहीं, जब संसद-विधानसभा में सारे के सारे करोड़पति उनकी प्रगति के लिए हो-हल्ला मचाते दिखें!

हमने योजना बनाने में बड़ी प्रगति की। जो जहाँ बैठा, उसने वहीं योजना बना डाली। गाँव, ब्लॉक, तहसील, ज़िला... जो बोलो, आज हमारे पास हर स्तर की योजना है। हमने योजना के लिए आयोग, विभाग, अफसर, चपरासी बनाया। पंचवर्षीय योजना ही नहीं, हमने बीस-पच्चीस वर्षीय योजना बनाने में प्रगति कर डाली। एकाध वर्षीय योजना को तो गोली मारिए। हर खड़ी समस्या

के समक्ष हमने एक नई योजना खड़ी कर डाली। योजना को सफल कराने के लिए योजना। योजना के विफल हो जाने पर भी एक योजना। योजना बनाने में हमने इतनी प्रगति की कि "योजना" शब्द को "रोज़ाना" शब्द का पर्याय बना डाला। अगर हमसे कोई पूछे, आगे की क्या योजना है? तो हम कहेंगे कि आगे भी योजना ही है बन्धु।

हमने क्रान्ति के क्षेत्र में बड़ी प्रगति की। इतनी क्रान्ति तो कई क्रान्तिवीर देशों में भी नहीं हुयी। आज़ादी के पहले क्रान्ति के नाम पर हम केवल अठारह सौ सत्तावन की क्रान्ति से काम चला रहे थे। मगर आज़ादी के बाद का इतिहास क्रान्तियों से भरा पड़ा है। हमने जहाँ क्रान्ति नाम से फिल्म बनाई, वहीं क्रान्ति पर भी फिल्में बनाई। आपातकाल के दौरान संपूर्ण क्रान्ति हुयी। देखा जाए तो उसके बाद क्रान्ति की कोई ज़रूरत ही नहीं रह जाती। संपूर्ण के बाद आख़िर क्या बचता है! मगर हम नहीं माने, उसके बाद भी हमने कई क्रान्तियाँ कर डालीं। आज हमारे पास हरित क्रान्ति के अलावा पीली, नीली, गुलाबी, सफेद क्रान्तियाँ है। हो सकता है यहाँ गिनाने में एक-दो क्रान्ति छूट भी गई हों। इतनी क्रान्ति करने के बाद भी हम बेचैन हुए जाते हैं, एक और नई क्रान्ति के लिए। मगर पेंच यह है कि क्रान्ति करने का कोई नया क्षेत्र नहीं मिल रहा हमें। यह अपने आप में क्रान्ति है।

राजनीति में हमने गाढ़ी प्रगति की। इतनी की कि सात समुद्र की मसि करे तो भी लिखा न जाए। हमने रोज एक नये दल को और हर सेकेण्ड में दो नये नेताओं को पैदा किया। गिरहकट, उठाईगीर, चोर, डाकू के लिए जो राजनीति अछूती थी, वही राजनीति इन्हीं के इर्द-गिर्द मँडराने लगी। दूसरे देशों में चाहे राजनीति का अपराधीकरण हुआ हो, मगर हमने अपराध का राजनीतिकरण करके सारी दुनिया के सामने प्रगति की नायाब मिसाल पेश कर दी। हमारी प्रगति ने सत्ता को काँटे की सेज कहने वालों को ग़लत सिद्ध कर दिया। सत्ता को हमने व्यंजन का थाल बना दिया। हम यहीं नहीं रुके, हमने प्रगति की फिर उस थाल को पत्तल बना दिया। मगर खाने की हड़बड़ी में कुछ पत्तल फटी, कुछ पकवान गिरे। हमने और प्रगति की, हम पत्तल का ही नहीं, गिरा हुआ भी खाने लगे। गिरा हुआ भी! जी हाँ, गिरा हुआ भी, क्योंकि आज की प्रगति के लिए खाना बहुत जरूरी है। कुछ तो प्रगति करने की पहली सीढ़ी ही इसे मानते हैं।

हमने तकनीकि में ग़जब की प्रगति की। यूरिया से दूध बना डाला। मुर्दों को संरक्षित रखने वाले द्रव्य को दूध में डालकर दूध की आयु बढ़ा दी। हमारी औसत आयु, जो पहले की अपेक्षा बढ़ी है, उसका रहस्य कहीं यही तो नहीं! हमने ऐसी-ऐसी तकनीक खोज डाली है कि जिसे सपने में भी नहीं देखा जा सकता है। (यहाँ सपने में सोचना लिखना, तकनीकी रूप से ग़लत होगा) ऑक्सीटोसीन इंजेक्शन का इस्तेमाल सिर्फ़ ढोरों पर नहीं किया। हमने उसका सफल प्रयोग सब्जियों पर भी करके दिखा दिया। प्रगति के पीछे हमारी बेसब्री का इससे बड़ा प्रमाण और क्या हो सकता है? हमारे प्रगति खोजी दिमाग को देख दुनिया अपना सिर खुजला रही है।

हमने आबादी को आबाद करने में प्रगति की। और आबादी ने प्रगति कर श्मशानों को भी आबाद किया। मानव संसधान के दोहन के लिए तालाबों को पाट कर वहाँ बिल्डिंग खड़ी कर दी। हमारी चीते जैसी गति को देखकर "ड्रैगन" चूहे की तरह डरा-सहमा है। मगर बकरी की अम्मा कब तक खैर मनाएगी? पूरी दुनिया दम साधे देख रही है कि कब हम चीन से आगे निकलें। तनिक धैर्य रखो दुनिया और दुनिया वालों, इस राह पर भी हम प्रगति पर हैं।

मी लॉर्ड! हमने न्यायप्रियता के क्षेत्र मे ग़ज़ब की प्रगति की। मुक़दमा ठोक-ठोक कर एक विशाल गुंबद बना दिया है। जिसके ऊपर इंसाफ की बाट जोहते वादी-प्रतिवादी नाम के कबूतर, मेरी बारी कब आएगी? मेरी बारी कब आएगी? की गुटर... गूँ गुटर... गूँ किया करते हैं। मुकदमों के भार से कोर्ट की बैंचें चरचरा गयीं, मगर इस चराचर जगत में न्याय पाने की हमारी पिपासा शांत होने का नाम नहीं ले रही। हम अपनी न्याय प्रियता के चलते ही लंबित-विलंबित मुक़दमों की संख्या की दृष्टि से पूरी दुनिया में सबसे आगे चल रहे हैं। आशा है, यदि प्रगति की गति ऐसे ही बनी रही, तो आगे भी हम सबसे आगे ही होंगे।

हमने घोटालों को पकड़ने में खूब प्रगति की। कभी चलते घोटालों को पकड़ा, तो कभी हो चुके घोटालों को। कोई दिशा, कोई क्षेत्र, कोई विभाग शायद ही बचा हो, जहाँ हमने घोटाले को न पकड़ा हो। घोटालों को पकड़ते-पकड़ते हमें उन्हें पकड़ने की ऐसी लत पड़ी कि अगर बीते कुछ दिनों में घोटाला पकड़ने की कोई ख़बर हमें देखने-सुनने को न मिले, तो हम में से कई डॉक्टर के

पास जाने की सोचने लगते हैं, कहीं आँख-कान चुक तो नहीं गए! तो कई इतने अधीर हो जाते हैं कि वे स्वयं ही घोटाला करने की सोचने लगते हैं। उनमें से कुछ अति अधीरतावश ऐसा कर भी देते हैं, ताकि घोटालों को पकड़ने की प्रगति की गति चुकने न पाए। क्योंकि घोटाला जब तक होगा नहीं, तब तक हम उसे पकड़ेंगे कैसे?

हमने बचपन को स्वावलंबी बनाने में प्रगति की। यहाँ के नौनिहाल अपने बचपन में, अपने पैरों पर खड़े हो कर, अपना तथा अपने परिवार का पेट पालने में जुट जाते हैं। बचपन में बचपना नहीं परिपक्वता पाई जाती है यहाँ के नौनिहालों में। एक से एक विषम परिस्थितियों में काम करके हमारे बच्चों ने दिखा दिया कि वे काम करने में बच्चे नहीं हैं। और जिस काम को करना दुनिया ख़तरनाक समझती है, वो करना उनके लिए बच्चों का खेल है। जितनी संख्या में हमारे नौनिहाल आत्मनिर्भर होंगे, उतनी संख्या विश्व के किसी दूसरे देश में नहीं होंगी। निश्चित ही नहीं होंगी। ऐसी प्रगति करने का माद्दा हमारे अलावा और किसके पास होगा?

यों तो हमारी प्रगति का लेखाजोखा अभी बाक़ी है, मगर अब कहाँ तक गिनाया जाए। यहाँ तो हरि अनन्त हरि कथा अनन्ता वाला हाल है।

देश हमारा प्रगति कर रहा है कि नहीं!

अरे, अचानक आप ये क्या पूछ बैठे? जब हम कर रहे हैं, तो देश कर ही रहा होगा!

21

आत्म मंथन बनाम आत्मा मंथन

मैं एक आत्मा के साथ हूँ...

वह कोई पुण्यात्मा नहीं थी। वह सीधे गाँव से निकल कर मेरे पास आयी है। यह बात उसने ही बतायी है। आत्मा मेरा हाथ पकड़े मुझे लिए जा रही है। वैसे तो उसने मेरा हाथ पकड़ा है, पर मुझे लगता है जैसे उसने मेरा गिरेबान पकड़ा हो। वह मुझे ऐसी जगह ले कर आयी है, जहाँ से मैं सामने वाले को देख सकता हूँ, मगर सामने वाला मुझे नहीं। जैसे अंग्रेजी फिल्मों में देखा है। एक शीशेनुमा घर होता है, जहाँ मुलजिम या मुज़रिम से पूछताछ होती है और बाहर खड़े सिद्धहस्त लोग उसकी बातें, भाव-भंगिमा देखकर अंदाजा लगाते और किसी निष्कर्ष पर पहुँचते हैं। यह चैंबर वैसा ही है। मगर आत्मा मुझे यहाँ क्यों ले आयी थी?

वहाँ पहुँचते ही आत्मा उसके अंदर दाख़िल हो जाती है और मैं बाहर खड़ा रह जाता हूँ। मैं अंदर देखता हूँ, तो मुझे वहाँ हर धर्म की किताबें, उनके महापुरूषों की मूर्तियाँ, प्रतीक चिन्ह वगैरह दिखते हैं। मुझे सर्वधर्म समभाव जैसा

कोई मामला लगता है। तभी अंदर एक आदमी का प्रवेश होता है और मैं बाहर खड़े होकर आत्मा और उसकी बातें स्पष्ट सुनता हूँ-

आत्मा - बैठ जाइए!

आदमी - शुक्रिया!

आत्मा - संविधान या भगवान?

आदमी - जी!

आत्मा - तुम भगवान या संविधान... किसको मानते हो?

वह आदमी आत्मा को घूरता है। आत्मा सहम जाती है।

आदमी (चीखते हुए) - ये कैसा बेतुका सवाल है!

आत्मा शांत है।

आदमी - कहाँ पूरी क़ायनात एक अकेले ने बनाई और कहाँ एक किताब को बनाने में थोक भर इंसान लगते हैं... क्या कोई बराबरी की जा सकती है?

आत्मा - संविधान या भगवान?

आदमी - भगवान! भगवान! भगवान!

उसके जाने के बाद अब एक दूसरा आदमी वहाँ पर है, उसने भी वही जवाब दिया है, जो पहले वाले आदमी ने दिया है। फिर तीसरा आदमी आता है...

आत्मा - संविधान या भगवान?

आदमी-दोनों!

यह सुनकर आत्मा पुलकित होती है। फिर उसने स्पष्ट किया कि दोनों में से एक ही चुनना है या यूँ कहे कि दोनों में से एक को ही वरीयता देनी है, तब बताएँ! यह कहकर आत्मा उसे उत्साहपूर्वक देखने लगती है। आत्मा अपना प्रश्न पुनः दोहराती है।

आत्मा - संविधान या भगवान?

आदमी - क्या अभी कोई आपातकालीन स्थिति सन्निकट है?

आत्मा - ऐसा ही समझ लो!

आदमी - हूँ...

आत्मा - संविधान या भगवान?

आदमी - फिर तो भगवान ही!

यह सुनते ही आत्मा बुझ-सी जाती है। मैं सोचने लगता हूँ कि अगर संविधान की आत्मा इस समय यहाँ होती तो क्या होता? मैं खड़े-खड़े थक चुका हूँ। यकायक एक कुर्सी मेरे लिए प्रकट हो जाती है। मैं चौंकता हूँ। तभी मैं क्या देखता हूँ, मेरे इर्द-गिर्द कई आत्माएँ मँडरा रही हैं। गणतंत्र की आत्मा! आज़ादी की आत्मा! भागलपुर की आत्मा! अयोध्या की आत्मा, दिल्ली की आत्मा, गुजरात की आत्मा! मेरठ की आत्मा! मुंबई की आत्मा! कहाँ तक गिनता? मुझे लगा इन्हें गिनते-गिनते कहीं मेरी ही आत्मा न मुक्त हो जाए! 'मुक्त' शब्द मुझे बुरी तरह से अपनी गिरफ़्त में ले लेता है। तो क्या मरने के बाद वाक़ई आत्मा मुक्त हो जाती है! तभी मुझे ख़्याल आता है कि जिस गाँव वाली आत्मा के साथ मैं यहाँ आया हूँ, तो क्या वह गाँव मर चुका है? लेकिन गाँव कहाँ मरते हैं, गाँव तो उजड़ते हैं! आज की परिस्थिति में उजड़ना और मरना क्या एक समान नहीं हो गया है! मेरे आस-पास इतनी आत्माएँ मँडरा रहीं थीं, मगर पहले मुझे क्यों नहीं दिखीं? मैं सोचता हूँ।

उनमें से एक आत्मा बोलती है, "हम अभिशप्त आत्माएँ हैं!"

"अभिशप्त?"

"हाँ अभिशप्त! हम स्वयं प्रकट नहीं होतीं, हमें समय-समय पर प्रकट किया जाता है..."

इसी बीच एक आदमी उस चैंबर में घुस चुका था।

आत्मा - संविधान या भगवान?

आदमी - भगवान!

जवाब सुनकर इधर आत्माओं में खुसर-पुसर होने लगती है। इसके बाद फिर एक आदमी का प्रवेश होता है और वह भी वही जवाब देता है। मैं वहाँ एक बात पर ग़ौर करता हूँ। जैसे कोई व्यक्ति भगवान कहता तो ये आत्माएँ बेचैन हो जाती हैं, जबकि मेरे ऊपर इसका कोई असर नहीं होता है। मैं देखता हूँ कि

आत्माओं में कई ज़ख़्म रिसने लगे हैं। मुझे गीता का वह श्लोक याद आता है जिसके अनुसार आत्मा को कोई शस्त्र छेद नहीं सकता है.... मगर यहाँ तो आत्माएँ छलनी है। मैं अपनी नंगी आँखों से देख रहा हूँ...

इस दिन का यह आख़िरी व्यक्ति है, जो अभी चैंबर के अंदर जा रहा है। इधर आत्माओं के बीच खुसर-पुसर बढ़ गई है। मैं उनकी बातें सुनने लगता हूँ।

''मुझे तो ऐसे ही जवाब की उम्मीद थी'' यह बूढ़ी आत्मा थी।

''हाँ, वरना हमारी हालत ऐसी न होती! लुक एट अस!'' एक प्रौढ़ आत्मा बोलती है जिसके दिल से खून रिस रहा है।

''हैरत किस बात की जनाब! यहाँ मूर्तियाँ और टोपियाँ ज़्यादा बिकतीं हैं...'' एक जर्जर आत्मा बोलती है।

''क्यों धार्मिक ग्रंथ भी तो? शायद ही कोई घर ऐसा हो जहाँ ये न मिलें!'' एक युवा आत्मा बोलती है।

''मगर संविधान कब बिकेगा?'' एक नवजात आत्मा बोलती है।

''देख, संविधान बिकने की बात करता है!'' एक टूटी-फूटी आत्मा बोलती है।

ये सुनकर सभी आत्माओं की आँखें भर आती हैं। अजीब मंजर है, मैं जीवित सशरीर आत्माओं के साथ हूँ। मैं शांत और आत्माएँ बेचैन...

इधर चैंबर में गतिविधियाँ शुरु हो गईं हैं।

आत्मा-संविधान या भगवान?

आदमी-भगवान!

आदमी बाहर आ जाता है। आत्मा मुझे अंदर आने का इशारा करती है। ''मेरा क्या मतलब? यह तुम लोगों का मामला है!'' मैं चैंबर में जाते ही कहता हूँ।

''क्या तुम इस देश के नागरिक नहीं हो?'' आत्मा पूछती है।

''हूँ तो!'' मैं टका-सा जवाब देता हूँ।

''फिर बैठ जाओ!'' मैं बैठ जाता हूँ।

आत्मा-संविधान या भगवान?

मैं - संविधान! संविधान! संविधान!

ये कहकर मैं चैंबर से बाहर आता हूँ।

मेरे बाहर आते ही आत्माओं में खुशी की लहर दौड़ पड़ी है। जिसे मैं साफ़ महसूस कर रहा हूँ। मुझे लगा यदि ये जीवित सशरीर होतीं तो अभी मारे खुशी के हर्ष फायरिंग कर देतीं। सभी आत्माएँ मुझसे लिपट जाती हैं। मेरा बदन उनके लहू से नहीं, अलबत्ता उनके आँसूओं से भीग जाता है। स्पष्ट था कि ये खुशी के आँसू थे।

अब चैंबर पीछे छूट चुका है।

"तुम्हारे चेहरे पर मातम क्यों पसरा है, जबकि मैंने देखा कि सारी आत्माएँ खुश हैं?" मैंने गाँव की आत्मा से पूछा।

"वे मासूम हैं! गाहे-बगाहे किसी घोषणा, आयोग से खुश हो जाती हैं।"

"अच्छा! तो तुम जासूस आत्मा हो?"

"नहीं, दिव्यात्मा हूँ"

"अब मुझे न बनाओ!"

"बनाया तो तुमने है!"

"मैंने क्या बनाया?"

"तुमने पहले अपने मन में भगवान! भगवान! भगवान! बोला, फिर संविधान! संविधान! संविधान! बोला है।"

"तुम झूठी हो!" मैं चिल्लाता हूँ।

यह कहते ही मेरी आत्मा मेरे शरीर से बाहर निकल जाती है और गाँव वाली आत्मा के साथ मैं बिना रुके आगे बढ़ जाता हूँ।

22

सिकन्दर जब चकराया!

सिकन्दर और राजा पुरु के बीच तनातनी होने के बाद फाइनली दोस्ती हो गई, जैसा कि आप सब जानते हैं। मगर इसके आगे क्या हुआ, यह बस मैं एक अकेला जानता हूँ।

अच्छा?

जी!

तो आगे क्या हुआ था?

चलिए, लगे हाथों आज आपको भी बताए देता हूँ...

हाँ तो, सिकन्दर जब अपने मुल्क लौटने लगा, तो राजा पुरु ने भारतीय परम्परा की दुहाई देते हुए, उसे कोई उपहार देने की पेशकश की। तब सिकन्दर ने अपनी दबी इच्छा का प्रकटन किया। उसने कहा कि इस देश पर आक्रमण करने से पहले, उसने यहाँ के जादूगरों के विषय में बहुत सुना है। समझदार को इशारा काफी, यह कहावत तब भी चलती थी, सो राजा पुरु ने तुरंत ताड़ लिया

कि सिकन्दर को अपने वतन ले जाने के लिए यहाँ के जादूगर चाहिए। सिकन्दर की यह इच्छा जान राजा पुरु ने अपनी ठुड्डी पर मुकुट और मूँछों सहित मुँह का सारा वजन टिका दिया। उन्हें देख सिकन्दर को लगा जैसे कि वे किसी गहन विचार के समंदर में गोताखोरी कर रहे हैं।

तब सिकन्दर ने पूछा, "राजन क्या बात है? आप मेरी इच्छा जानकर कुछ परेशान से हो गए।"

पुरु बोले, "नहीं... नहीं... ऐसी कोई बात नहीं। मेरा विचार है एक बार आपको जादूगर की जादूगरी का खेल दिखा देता हूँ। फिर उसे अपने देश ले जाना है कि नहीं, आगे आप फ़ैसला कीजिएगा।"

सिकन्दर चहककर बोला, "तो तय रहा!"

अगले दिन राजा पुरु और सिकन्दर बाज़ार में थे। सिकन्दर बेताब था, वहीं राजा पुरु शांत और स्थिर। सिकन्दर की आँखें चारों तरफ चकमक-चकमक घूम रहीं थीं। दोनों का भेष बदला हुआ था। क्यों? प्राचीन काल में राजा लोगों का भेष बदलना शगल रहा है। मगर इस बार ऐसा इसलिए किया गया था कि कहीं दो महान राजाओं को एक साथ देख कर जादूगर भयभीत न हो जाएँ और अपने जादूगरी के कमंडल से कुछ निकाल ही न सके। अब राजा पुरु ने एक किलो पिसा धनिया ख़रीदा। जिसे सिकन्दर ने उत्सकुता के साथ देखा। कुछ डग भरने के बाद राजा पुरु ने दूसरे दुकानदार से आधा किलो कालीमिर्च ख़रीदी। तत्पश्चात् पाव भर लाल मिर्च का पाउडर ख़रीदा। अब सिकन्दर का धैर्य चुक चुका था। फौरन फरमाया, "राजन आप बावर्ची नहीं है, और न तो हम इस कार्य हेतु यहाँ आये हैं, हम यहाँ किस मक़सद से आये हैं, आप किंचित भूल गए!" राजा पुरु मुस्कुराए और बोले, "भ्राता सिकन्दर! जो आपको चाहिए वह अवश्य मिलेगा, परन्तु उसके लिए हमें कुछ आवश्यक तैयारियाँ करनी है। अतः आप से अनुरोध है कि आप अपना चित्त शांत रखें और चुपचाप मेरे साथ चलते रहें।" राजा पुरु का डायलॉग सुन सिकन्दर चुप मार गया। इधर-उधर घूमने के बाद अब राजा पुरु ने पाँच लीटर दूध खरीदा। घूमते-घूमते यकायक सिकन्दर की तबीयत बिगड़ी। उसे लगा कि वो अभी गश खाकर गिर जाएगा। सिकन्दर ने राजा पुरु से कहा, "राजन अतिशीघ्र राजमहल की ओर प्रस्थान करिए। मुझे

बहुत वीकनेस फील हो रही है।'' राजा पुरु झट समझ गए कि देर तक धूप में रहने और अत्यधिक पसीना बहने के कारण सिकन्दर के रक्त में शर्करा की मात्रा कम हो गयी। उन्होंने फौरन सिकन्दर को जलेबी खिलवायी। जलेबी खाकर सिकन्दर अत्यधिक प्रसन्न हुआ और ख़ुद को तरोताजा महूसस करने लगा। जान वापस लौट आने पर वह बोला, ''राजन इस मिठाई के कारीगर को हम अपने साथ वतन ले जाना चाहेंगे।'' ''जैसी आप की इच्छा'', राजा पुरु ने शॉर्ट-सा उत्तर दिया।

राजमहल में आने के बाद सिकन्दर ने जादूगर वाली अपनी जिज्ञासा फिर प्रकट की। तब पुरु ने कहा, ''चलिए आपको जादू दिखाएँ!'' राजा पुरु ने ताली बजाई। चार सेवक प्रकट हो गए। राजा पुरु ने उनकी तरफ मुखातिब होकर कुछ इशारा किया। उनमें से एक सेवक ने थाली में रखे धनिया को दो भागों में बाँट दिया। फिर वह थाली लेकर सिकन्दर के पास आ गया। सिकन्दर के कुछ समझ में न आया। राजा पुरु ने व्याख्या की, ''देखिए बाज़ार में हमने धनिया ख़रीदा था और यहाँ उस धनिया का एक बड़ा हिस्सा घोड़े की लीद में बदल गया। है न गज़ब का जादू!'' मगर सिकन्दर ने कोई प्रतिक्रिया नहीं दी। शायद उसको इससे बड़े कारनामे की उम्मीद थी! अब दूसरे सेवक की बारी थी। उसने काली मिर्च से पपीते के बीज निकाल दिए। तीसरे सेवक ने लाल मिर्च में से पिसी हुयी ईंट का पाउडर निकाल दिया। चौथा सेवक, दूध से कपड़े साफ करने लगा। अब सिकन्दर से रहा नहीं गया, वो बोल उठा, ''राजन अगर दूध की ऐसी वेस्टेज होती रही तो आपके देश में दूध-दही की नदियाँ कब तक बहती रहेंगी?'' राजा पुरु मुस्कुराए। बोले, ''आप नाहक भावुक हो रहे हैं। यह दूध नहीं दूध की शक्ल में यूरिया और डिटर्जेंट है।'' सिकन्दर विस्फारित नेत्रों से चमत्कार देखने लगा। राजा पुरु ने एक बार फिर ताली बजाई। एक सेवक तराजू लिए प्रस्तुत हुआ। राजा पुरु का इशारा पाकर वह खाद्य वस्तुओं का वजन करने लगा। सिकन्दर का दिमाग सन्न और मुँह खुला का खुला रह गया। वो रह-रह कर अपने सिर के बाल नोचने लगा। जादू! जादू! जादू! सिकन्दर जोर से चिल्लाया। दरअस्ल, हुआ यह कि बाज़ार से लायीं हुयी आधा किलो काली मिर्च पाव भर में और पाव भर लाल मिर्च दो सौ ग्राम में बदल चुकी थी।

खेल ख़त्म पैसा हजम होने के बाद (ऐसा कहने की रवायत उस वक़्त ही

शुरू हो चुकी थी।) सिकन्दर अपने कक्ष में आ गया। रात भर उसे नींद नहीं आयी। ऐसे चमत्कार की तो उसने कभी कल्पना भी न की थी। उसने सोचा यदि जादूगरी की यह कला सीख ली जाए, तो जान ख़तरे में डाले बिना ही अकूत धन बनाया जा सकता है। दूसरे, इस विद्या से तो रक्त की एक बूँद बहाये ही पूरी नस्ल तबाह की जा सकती है और तो और समाज में मान-सम्मान भी कमाया जा सकता है।

इसके बाद आगे क्या हुआ?

राजा पुरु का राजकोषीय घाटा और बढ़ गया।

कैसे?

इस घटना ने सिकन्दर के मन मस्तिष्क पर ऐसा प्रभाव डाला कि जादूगर ले जाने की योजना को स्थगित कर दिया। अब वह भारत में ही रह कर स्वयं ही जादूगरी का खेल सीखने लगा। सो, उसके आतिथ्य के कारण राजा पुरु के राज्य के शाही खर्च में एक अतिरिक्त मद और बढ़ गया।

23

आधी दुनिया, पूरा सच

फ़रिश्ते आसमान छोड़, हवाखोरी करने ज़मीन पर उतरे। संख्या के मामले में वे दो थे। दोनों पार्क में खड़े, क्योंकि दोनों ने डायरेक्ट यहीं लैंड किया था। पार्क में नन्हें-मुन्हें चहक रहे थे, जोकि गौरेया। लहक रहे थे जोकि गेहूँ की बालियाँ। तरह-तरह के भाव, तरह-तरह के करतब, तरह-तरह के खेल खेलने में मगन। मनोहारी! अद्भुत! जिसे देख एक फ़रिश्ता सोच में पड़ गया कि कौन कहता है कि तारे आसमान में रात को चमकते हैं। यहाँ तो दिन की रौशनी में भी तारे साफ चमकते नज़र आते हैं। "जन्नत हुआ करे खूबसूरत, ज़मीं भी कुछ कम खूबसूरत नहीं..." फ़रिश्ता ख़ुद से बोला। "तू यहाँ पहली बार आया है न, तभी..." दूसरा फरिश्ता अधूरा वाक्य बोल कर चुप हो गया। क्योंकि खेलती बच्ची को देखने में तल्लीन फ़रिश्ते ने उसकी बात पर कान न धरा। अपनी तशरीफ बेंच पर टिकाते हुए वह एकटक उस बच्ची को देखता जा रहा था। मासूम! कोमल! निश्छल! जैसे सुबह की शबनम। आहहह...दूसरे फरिश्ते ने देखा कि यह तो उसकी बात पर ध्यान ही नहीं दे रहा, तो वह झल्लाकर झूला

झूलने पार्क के दूसरी ओर चला गया। माशाअल्लाह! उस बच्ची को देखकर फ़रिश्ता निहाल हो रहा था। उसके प्रति स्नेह के बादल उमड़ने-घुमड़ने लगे। फिर क्या था! जाकर बच्ची को उसने उठा लिया गोद में। और बड़े ही प्यार से उसके माथे को चूम लिया। बच्ची यकायक रोने लगी। वह भी ज़ोर-ज़ोर से। बच्ची के रोने से फ़रिश्ता भौचक्का होने के साथ दुखी हुआ। वह तरह-तरह से बच्ची को मनाने की कोशिश करने लगा। मैं घोड़ा बनूँ...बनूँ...बनूँ... अच्छा झूला झुलाऊँ... चॉकलेट खाएगी चॉकलेट... तभी किसी की कड़क आवाज गूँजी। "क्या किया बच्ची के साथ?" फ़रिश्ता घबरा गया। घबराकर बस इतना ही बोल पाया, "कुछ नहीं... कुछ भी तो नहीं..." और वह इधर-उधर अपने सखा फ़रिश्ते को ढूँढ़ने लगा। तब तक उसके आसपास अच्छा-खासा मजमा लग चुका था। "मुझे मालूम है कि तुम क्या कर रहे थे..." "जब मालूम था, तब आप पूछ ही क्यों रहे हैं?" फ़रिश्ता बोला। चटाक! चटाक! चटाक! थप्पड़ों की आवाज़ गूँज गई। पार्क में जीवन की स्वभाविक लय में खलल पड़ी। बच्ची को चूमने वाला फरिश्ता पिटने लगा। मारो साले को! छोड़ना नहीं! की आवाज़ें। तभी पुलिस! पुलिस! की आवाज़ आयी। एक पल को लोग ठिठके। फ़रिश्ते का किसी ने हाथ पकड़ा और तेज़ी से खींचते हुए अपने साथ भगाने लगा। पुलिस! पुलिस! कहने वाला और पिटते हुए फ़रिश्ते का हाथ खींचने वाला और कोई नहीं उसका सखा फ़रिश्ता था। दोनों बेतहाशा भागे।

भागते-भागते दोनों थक कर चूर हो गए। सुरक्षित जान एक जगह रुके। सामने होटल था। जान बचाने के लिए होटल में पनाह ली। शीतल पेय का ऑर्डर दिया। गटक! गटक! गटक! तीन घूँट में ही दोनों ने पूरी बोतल ख़ाली कर दी।

"अहमक! क्या ज़रूरत थी बच्ची को चूमने की... लाड़-प्यार दिखाने की..."

"यार! बच्ची के प्रति प्यार उमड़ रहा था...उसको देखकर मुझे जन्नत की नन्ही परियों की याद आ गई थी.."

"ख़ुदा का शुक्र है कि हम दोनों बच गए... अभी तक तो अधमरे हो गए होते या जेल में सड़ रहे होते..."

"मगर मैंने ऐसा क्या कर दिया?"

"अब तुझे कैसे समझाऊँ?"

"जाहिलों ने मुझे कित्ता मारा, मुझे मेरे फ़रिश्ते याद आ गए, जबकि मेरा कोई कसूर भी नहीं!"

"कसूर तो उनका भी नहीं है.."

"होश में तो है... जानता है न क्या कह रहा तू?"

"जानता हूँ.. क्या कह रहा हूँ मैं... दरअसल उन्हें लगा कि बच्ची महफ़ूज़ नहीं है।"

"वह फूल-सी...गुड़िया-सी... बच्ची गैरमहफ़ूज़...ऐसा वे कैसे सोच सकते हैं?"

"बच्ची... बच्ची ही क्यों... क्या बच्ची, क्या वृद्धा... महिलाएँ कोई सुरक्षित नहीं... मंदिर, मोहल्ला, ऑफिस, स्कूल, बाज़ार, घर, रिश्तेदारी, कहीं भी नहीं... ज़मीं का ऐसा कोई कोना या कोई जर्रा नहीं, जहाँ ख़ुद को वे महफ़ूज़ समझें... इसी एहसासे कमतरी... असुरक्षाबोध का नतीजा है कि महिलाओं को सुरक्षित रखने के लिए तरह-तरह के मशविरे दिए जाते हैं। मार्शल आर्ट सीखने की पैरवी की जाती है। यहाँ तक बलात्कार से बचाने के लिए करंट वाले इलेक्ट्रॉनिक अंतर्वस्त्र बनाए जाते हैं।"

"मैं नहीं मानता..."

"तो मत मान!"

"तो क्या, कोई भी ऐसी जगह नहीं, जहाँ महिलाएँ पूरी तरह से महफ़ूज़ हों!"

"न"

"मैं कहता हूँ कि है।"

"तो तू ही बता!"

"माँ की गोद।"

"गोद से पहले आती है कोख, कमअक्ल!"

पिटा हुआ फ़रिश्ता पूरी बात समझ न सका। बिल चुकाने के बाद दोनों वापस आसमान की ओर रवाना हुए। थोड़ी ऊँचाई पर वे पहुँचे होंगे कि पिटे हुए फ़रिश्ते को बच्ची की याद आयी। बच्ची को देखने के लिए नीचे ज़मीं पर देखा। उसे जो दिखा, उस जैसे फ़रिश्ते के लिए यकीन करना बहुत मुश्किल था। उसने देखा कि कूड़े के ढेर पर एक भ्रूण को कुत्ते बुरी तरह से नोच रहे थे। कहने की जरूरत नहीं है कि वह एक मादा भ्रूण था। पिटे हुए फ़रिश्ते के मुँह से बरबस निकला, "सही कहा था, गोद से पहले आती है कोख..." अब उसका मन पूर्णतः बुझ चुका था। उसने कनखियों से दूसरे फरिश्ते को देखा। वह नहीं चाहता कि जो मंजर उसने देखा है, वह भी देखे। मगर वह यह नहीं जानता था कि दूसरे फ़रिश्ते को यह सब देखने की जरूरत ही नहीं थी, क्योंकि वह पहले भी कई दफा इंसानों की दुनिया में आ चुका था। पिटा हुआ फ़रिश्ता अपने गालों को सहलाते सखा फरिश्ते को लक्ष्य करते हुए बोला, "जबी फूटने से बच गई...कसम है मुझे... ज़मीं पर दोबारा जो पैर रखा, भूले से अगर आया भी... तो... तौबा! तौबा! तौबा! मेरी तौबा क्या बूढ़ी...क्या बच्ची... अब किसी से भी लाड़-प्यार नहीं जताऊंगा।" और दोनों उड़ते-उड़ते दूर आसमान में कहीं खो गए।

कहिए साहब! हम इंसानों ने यह कैसी दुनिया बना डाली, जहाँ फरिश्ते तक प्यार करने से डरने लगे हैं।

24

नीर की पीर

क़िस्सा काफी दिलचस्प है। एक टपोरी ने सज्जन को धमकाते हुए कहा, "दूँ क्या खर्चा-पानी?" सज्जन तपाक से बोले, "खर्चा दे न दे बस पानी दे दे यार। पानी की वजह से मेरी सारी तरलता सूखती जा रही है।" ये सुनते ही उस टपोरी के मनोबल पर घड़ों पानी पड़ गया। जाहिर है, उन सज्जन की हाजिर जवाबी के आगे टपोरी की धृष्टता पानी भरने लगी। इतना पानी-पानी होने के बावजूद भी उन सज्जन की समस्या जस की तस ही रही। कबीर की उलटबाँसी इसे नहीं तो किसे कहेंगे?

रंगहीन पानी कैसे-कैसे रंग दिखा रहा है? जब टोंटी से आता है तो आता है, मगर जब नहीं आता तब आती है, आती है नानी की याद। जब गर्मी ज़्यादा पड़ेगी, तब ही पानी की ज़रूरत तन कर खड़ी होगी और जब तन कर ऐंठ जाएगी, तब ही पानी की किल्लत होगी। इधर हसरतों ने पंख फैलाए नहीं कि उधर सरकारी विभाग द्वारा कटौती का जाल फेंका गया। सरकारी नल शांत ऐसे जैसे जीवन रक्षक प्रणाली पर रखा मरीज। जिसे देख दिल तड़पकर बोल उठता

है कि ये बाढ़ गर्मियों में क्यों नहीं आती। कम से कम पानी प्यारे के दर्शन तो होते!

जल बिना जल रहा आदमी। ऊपर से धरती की तपन। नीचे से घटता जलस्तर। चैन की चादर तार-तार हो गई है। बस एक आरजू कोई तार दे इस जग से। वैज्ञानिक चेतावनी दे रहे, कही पानी के बिना सारे किये कराए पर पानी न फिर जाए! जबकि यह अपातकालीन स्थिति हमारे डिग्री-डिप्लोमा विहीन संतों ने बहुत पहले तड़ ली थी। इसलिए सारे के सारे संतो ने मन की सफाई पर ज़ोर दिया, तन की नहीं। कभी सदा जल में रहने वाली मीन के स्थायी बास की ओर ध्यान आकृष्ट किया, तो कभी मन चंगा तो कठौती में गंगा कहा, मगर आज का आदमी न रहिमन सुनता है न कबीरा।

बिक रहा पानी नदियों के देश में। पानी पिलाना, प्याऊ लगवाना, बावड़ी खुदवाना पुण्य का काम कभी रहा होगा, मगर आज लागत का काम है। बाज़ार में आते ही पानी ने तरक़्क़ी की, वो वाटर हो गया। जिनके पास धनरूपी मिनरल है, वो मिनरल वाटर ख़रीदें। जिनके पास यह अयस्क नहीं है, वे चकोर की तरह ऊपर टकटकी लगाकर बूँदों के टपकने की बाट जोहें। नहीं तो जहाँ कहीं पानी मिले वहीं टपक पड़ें। सभ्यता की शुरूआत नदियों के कगार पर हुयी, तो उसी सभ्यता के कारण अब नदियाँ विनाश के कगार पर हैं। इस बात पर पानीदार लोग बोतलबंद पानी पी-पी कर अफ़सोस जता रहे हैं।

अगर आज भगीरथ आएँ तो शर्तिया उनके पैर काँप जाएँ। यह देख, उस मंदकिनी को अपने सहजरूप से बहने के लिए भगीरथ प्रयास करना पड़ रहा है, जिसे उन्होंने कभी आसमान से उतारा था। तब भगीरथ ने गंगा को धरती पर लाकर अपने पुरखों को तार दिया था। आज यहाँ मात्र दो बूँद पानी के लिए ही भगीरथ प्रयास करना पड़ रहा है। भवसागर में हाथ पैर मारती निरे प्यासों की टोली। पुरखों की कौन कहे, खुद ही तर जाएँ तो मोक्ष जानो।

धरती पर एक गिलास शुद्ध पानी यानि आकाश कुसुम। अभी तक तो शुद्ध पानी बादल ही "होम डिलेवरी" करता है। मगर चाँद पर पानी मिलने से, अब वहाँ से भी शुद्ध पानी की सप्लाई होने की संभावना बन पड़ी है। चाँद पर शुद्ध पानी! पूरी गारन्टी है शुद्धता की जनाब। वहाँ इक्का-दुक्का मानव तो गए हैं, पर

अभी तक मानव बस्ती वहाँ नहीं बसी है! मगर जब तक चाँद से शुद्ध पानी की सप्लाई शुरू नहीं हो जाती, तब तक हम अशुद्ध पानी पीने के लिए अभिशप्त हैं। इसलिए पानी कम से कम पिया जाए और पान ज़्यादा से ज़्यादा चबाया जाए। गला तर रहेगा।

जीनियस कह रहे हैं कि पानी के लिए तृतीय विश्व युद्ध होगा। और मैं मूढ़मति कह रहा हूँ कि विश्व युद्ध तो बाद में होगा, उससे पहले पानी के लिए गृह युद्ध होगा। वो दिन दूर नहीं जब पानी के लिए पसीना नहीं खून बहाना पड़ेगा। प्रेमियों की जगह पानी पर पहरे बिठाये जाएंगे। जल सुरक्षा विशेष बल गठित होगा। बम्बू लिए बम्बे के पास सुरक्षा गार्ड होंगे। शादी में पानी की डिमांड पूरी न कर पाने के कारण धड़ाधड़ शादियाँ टूटेंगी। देश में पानी विवाद से संबंधित मुकदमों की बाढ़ होगी। बूँद-बूँद लफड़ा निपटारा प्रकोष्ठ होगा। एक चम्मच पानी को सुरक्षित रखने के लिए लॉकर उपलब्ध कराए जाएंगे। पानी की तस्करी रोकने के लिए एंटी जल तस्करी विभाग होगा। विलासितापूर्वक जीवन उसका कहा जाएगा, जो शौच के बाद शौचालय में एक लोटा पानी डालेगा। ''जीते रहो'' कि जगह ''पीते रहो'' का आशीर्वाद नौनिहालों को अपने बुजुर्गों से मिलेगा। घाट-घाट का पानी पीने वाले विरले ही मिले! पनघट पर गोपियाँ बोर होंगी और नंदलाल उनसे ज़्यादा बोर होंगे। न गोपियाँ कपड़े बदलेंगी न नंदलाल चुराएंगे। क्योंकि नदी सूखी होगी न!

पानी बचाने के लिए हम केवल पानी मथ रहे हैं। जब आँखों का पानी मर गया हो, तो ''जल ही जीवन है'' जैसे स्लोगन, ''रेन हार्वेस्टिंग'' जैसे उपाय से काम नहीं चलने वाला। कल भैंस पानी में न जाए, उससे पहले ही कुछ ठोस उपाय करने होंगे। जैसे, देश में ऐसे भी रत्न होंगे, जो सिर्फ़ होली दर होली को चमकते होंगे। उन्हें खोज कर निकाला जाए और सार्वजनिकरूप से सम्मानित किया जाए। रोज़ नहाने वालो पर भारी जुर्माना लगाया जाए। बाल कटवाने, दाढ़ी-मूँछ बनवाने वालों को बेइज़्ज़त करने के साथ उन से टैक्स लिया जाए। पूरे कपड़े पहनने वालों पर पूर्ण प्रतिबंध लगाया जाए, न पहनेंगे न धुलेंगे। इसी तरह से कुछ दूसरे ठोस और व्यवहारिक उपाय अविलंब अपनाए जाने की आवश्यकता है। क्योंकि दीगर है चुल्लू भर पानी में डूब मरने वाला आदमी नहाने के लिए पूरी टंकी ख़ाली कर देता है।

अपनी सारी मेधा पेट्रोल का विकल्प तलाशने में भिड़ा रखने वाले आदमी को, फ़िलहाल पानी का कोई विकल्प नज़र नहीं आ रहा। अब उसे महसूस हो रहा कि उसकी स्थिति तो जल बिच मीन पियासी जैसी हो कर रह गई है। चीख कर पूछ रहा है कि जब दाने-दाने पर खाने वाले का नाम लिखा है, तब बूँद-बूँद पर पीने वाले का नाम क्यों नहीं लिखा? यह आदमी की फ़ितरत है, जब पानी सिर के ऊपर से गुज़रता है, तब वो अँगड़ाई ले अपनी आँखें खोलता है। अगर आज हाथ धोने का पानी न मिले, तो कल हाथ धो के पानी के पीछे पड़ेगा। आज प्यासा आदमी चिल्ला रहा, हाय पानी ने मारा मुझे।

दरअस्ल, पानी की चिंता से ज़्यादा चिंता, पानी के पीछे पानी की तरह पैसा बहाने को लेकर है। गुरु दिक्कत प्रबन्धन की है, पानी की किल्लत की नहीं। यक्ष प्रश्न आदमी के गिरने का है, जल स्तर गिरने का नहीं। असल में, सूखा संवेदनाओं का है, पानी का नहीं। अब आदमी चाहे जितना भी गला फाड़े कि पानी ख़त्म हो रहा, तो फाड़ता रहे। पानी पर लाठी मारने से पानी फटता है कहीं!

25

गाँधी-बेवेल वार्ता, स्वर्ग लोक में

(देशभक्त लेखक को माफ़ करे कि बेवेल को भी स्वर्ग में दिखाया है, मगर मैं क्या करता अपने यहाँ कि परम्परा है घोर से घोर पापी भी स्वर्गवासी होता है, सो मैंने अपने यहाँ की उसी महान परम्परा का निर्वहन किया है बस)

बेवेलः मिस्टर गैंडी! अब आप क्या कहेंगे? हमको तो आप सब बहुत ही ब्रूट (जालिम) कहता था। अब! आप क्या ये बताएगा कि जब आपका देश कभी हमारा ग़ुलाम था, तब लाठी चार्ज अधिक हुआ था कि अब जब आपका देश आज़ाद है, तब हुआ है? टेल मी, मिस्टर गैंडी! अब तो आप की सरकार है, कोई इंग्लिशमैन नहीं है फिर ऐसा क्यों... वाई डू सो? जब हमारा रूल था तब कि टाइम पुलिस ज़्यादा नॉटी था कि अब की टाइम का पुलिस ज़्यादा नॉटी है। आपको क्या लगता है? आप ने हमारे अगेंस्ट नॉन कॉपरेशन मूवमेंट किया, आपको याद होगा, मगर अब आपके आज़ाद हिंदुस्तान में क्या हो रहा है? देखिए! गवर्मेन्ट ऑफ़िसेज में कैसा नॉन कॉपरेशन आयी मीन टू से असहयोग

आंदोलन चल रहा है! बिना रिश्वत, सिफ़ारिश, चापलूसी, के आम सिटीजन का कोई काम ही नहीं होता। आपको याद होगा, आप ने डिस ओबीडियेंट मूवमेंट चलाया था। बट आज उसकी क्या ज़रूरत है? जिधर देखो कानून को ब्रेक करता है आपका हिंदुस्तानी। जिधर लिखा है, थूकना मना है, उधर ही थूकता है। कोई भी ट्रैफिक लॉ को फॉलो नहीं करता। आप ने एक नारा दिया था, करो या मरो ...डू और डाई वाला। याद है आपको! याद ही होगा। आयी मस्ट टेल यू... इस स्लोगन ने हमारी नींदें उड़ा दीं थीं। अब क्या हो रहा है? मैं पूछता हूँ, जो सूचना माँगता है, तो उसे गोली से उड़ा दिया जाता है। आप तो देख ही रहा होगा, कितना आर टी आई एक्टिविस्ट मार दिया गया है। एक बात मेरे समझ में नहीं आती मिस्टर गैंडी, आप लोग टेरिरिस्ट को जिंदा रखता है, उसके प्रोटेक्शन में मिलियन रूपी खर्च करता है, उनके लिए मर्सी अपील होता है, मगर ईमानदार को दिन-दहाड़े गोलियों से उड़ा दिया जाता है। यह कैसा सिस्टम है आपके देश का? सिस्टम से याद आया! आप लोग ब्लैक मनी तक वापस अपने कंट्री नहीं ला पाया है अब तक। जबकि आज़ाद हुए कितने इयर्स हो गये हैं आप सबको। कुछ तो बोलिए आप। आप क्यों नहीं बोलते? मिस्टर गैंडी! प्लीज़ से समथिंग!

गांधीः हे राम!

बेवेलः आप लोगों का सैंस ऑफ ह्यूमर कमाल का है। आई मस्ट से। अरबन में फोर्टी सेवन और रूरल एरिया में थर्टी टू, अगर रोज़ कमाता है, तो वो बिलो पॉवर्टी लाइन में नहीं माना जाएगा। हाउ फ़नी! मैं जानना चाहता हूँ, जब आप लोग हर चीज़ के लिए वेस्ट में देखता है, एवरी देसी चीज इंटरनेशन लेवल का बनाने की तमन्ना रखता है, तो क्यों पॉवर्टी के लिए इंटरनेशन पैरामीटर नहीं अपनाता है? बाई दी वे, ये आपका पॉलिसी मैटर है, हमारा कहना कुछ अच्छा नहीं होगा। मिस्टर गैंडी टेल मी वन थिंग... आज आपकी भारतीय सरकार झूठ ज़्यादा बोलती है कि हमारे टाइम की सरकार? हमने यह क्वेश्चन इसलिए पूछा, क्योंकि आप सच बोलता है। आप लोग कहता था कि हम अंग्रेज डिवाइड एंड रूल करता था। आप को यूनाइट नहीं होने देता था। राइट है! एप्सूलूटली राइट! बट आप ये कहो कि हमारे टाइम दंगा अधिक हुआ कि अभी आपके टाइम में

हुआ। अब आप को यूनाइट होने से किसने रोका है? आप ही कहो कि इलेक्शन के टाइम पॉलिटिकल पार्टीज कास्ट को देखकर कैंडिडेट को टिकट क्यों देता है? प्लीज टेल मी! हमने आलमोस्ट टू हैंड्रेड इयर्स रूल किया। और अभी आपको फ्री हुए ऑलमोस्ट सेवेन्टी इयर्स से हो गया है। मिस्टर गैंडी आप क्या कहेंगे? फार गॉड शेक... कुछ तो कहिए!

गाँधीः हे राम!

बेवेलः हम तो विदेशी था, इसलिए आपके कंट्री को लूटा, ऐसे-वैसे लॉ बनाया, ऐसी एजूकेशन पॉलिसी बनायी, जिससे ओनली हमें प्रॉफिट हो और हम अच्छी तरह से आप सबके ऊपर रुल कर सकें। वो-वो किया, जो हमारे लिए अच्छा था। अगर कुछ आप लोगों के लिए अच्छा किया, तो वह एक साजिश और कंपलशन के चलते। बट मिस्टर गांदी! अब आप सब हमारे बनाए हुए क़ानून, पॉलिसी क्यों चलाता है? अब तो आप सब आज़ाद हैं। अपने मुताबिक चीजें क्यों नहीं बनाता? हमें एक बात पर और हँसी आती है। आयी एम सॉरी मिस्टर गैंडी! आप आज़ाद हैं, मगर आपका कोई एक नेशनल लैंग्वेज नहीं। हाऊ इंट्रस्टिंग! आप के देश में जितना पीपल इंग्लिश बोलता है, उतना पीपल तो हमारे कंट्री में भी नहीं होगा। आपको याद होगा आप ने चंपारन मूवमेंट चलाया था। और आज भी आपके कंट्री में किसानों का मूवमेंट चल रहा है। आपकी एक बात याद आ रही है कि असली भारत विलेज में रहता है। हमारे समय में सही था, जो आप ने कहा था। मगर आज के टाइम सही नहीं है। आज पिछड़ा भारत उदर को रहता है। ऐनी वे, आज जगह-जगह लोग धरना कर रहा है, मगर पहले परमिशन लेकर। हमारे रूल में मार्च निकालने के लिए कोई परमिशन नहीं लेता था आप लोग। आप ने चौरी-चौरा कांड के बाद अपना मूवमेंट वापस ले लिया था। मगर आज इतना वॉयलेंस, क्वैसू (अराजकता) क्यों दिखता है? तब अंग्रेजों भारत छोरो चिल्लाता था, क्योंकि हम बाहरी था, करप्ट था, बट आज करप्शन भारत छोरो चिल्ला रहा है। स्टेट सेंट्रल पर विश्वास नहीं करता, सेंट्रल स्टेट पर। इन अ नट सेल, आज किसी भी पब्लिक से पूछो वो कहेंगा कि नेता नहीं सुनता, अफसर नहीं सुनता, इवेन सरकार नहीं सुनता। यही

तो हमारे टाइम भी था। वेन आज भी सेम कम्प्लेन, प्रॉब्लम सेम, मूवमेंट भी ऑलमोस्ट सेम और आप सब ख़ुद को आजाद कहता है! राजसत्ता के रूप में तो हम निकल ही गए हैं, लेकिन क्या आप के देशवालो ने हमें "प्रवृत्ति" आयी मीन टू से टेंडेंसी के रुप में नहीं पाल रखा है? नॉओ अब तो आपको कुछ कहना ही परेगा ...।

गांधीः हे राम!

26

कभी मिले तो पूछिएगा!

अभी मैं लिखने बैठा ही था कि अचानक अँधेरा छा गया। कुछ नज़र नहीं आता था। जबकि लाइट आ रही थी। आँखों को कई बार मींचा। ट्यूब लाइट की तरह लपलपाया। मगर कोई फ़ायदा नहीं। क्या हो रहा है? बीपी की प्रॉब्लम तो नहीं? घबराहट में दरवाज़ा टटोलने लगा। अरे ये क्या! मुझे लगा दीवार की जगह मैंने पानी भरे किसी पात्र में हाथ डाल दिया हो! तभी किसी ने मेरा हाथ पकड़ा। मैं काँप गया। "डरो नहीं! आराम से बैठो यहाँ!" एक आवाज़ गूँजी। आवाज एक महिला की थी। "तुम कौन हो! इतना अँधेरा क्यों है? कमरे में कैसे घुस आयी!" मेरे मुँह से एक के बाद एक सवालों की बौछारें निकलीं। "उई दइया! मैं तो सर से पाँव तक भीग गई!" यह कह कर वह हँसने लगी। "मैं....मैं पुलिस को बुलाता हूँ.." इतनी देर में मैं पसीने से तरबतर हो गया था। यथासंभव अपने डर पर काबू पाने की कोशिश की। "पुलिस...वह भी तम्हारे बुलाने पर..." वह ज़ोर-ज़ोर से हँसने लगी। "तुम हो कौन और क्या चाहती हो!" मैंने आवाज़ कड़क की। थोड़ी देर चुप्पी के बाद वह बोली, " मुझे मुक्ति चाहिए

मुक्ति! मैं छुटकारा चाहती हूँ!'' ''क्या तुम कोई आत्मा हो?'' मैं शंकित हुआ। ''माफ़ करना, मेरा इरादा तुम्हें डराने का बिल्कुल नहीं था।'' उसकी आवाज में नरमी के साथ एक लय भी थी। ''पहले यह बताओ! तुम हो कौन?'' ''ठीक है बाबा, बताती हूँ...मैं बरसात हूँ..'' ''बरसात???'' बरबस मेरे मुँह से निकल पड़ा। ''हाँ ठीक सुना तुमने। बरसात हूँ मैं। मैं अपना दुख-दर्द तुम से बाँटने आयी हूँ।'' ''वो सब तो ठीक है, मगर बिना बताए यूँ किसी के घर घुस आना कोई अच्छी बात नहीं।'' मैंने नाराज़ होने का अभिनय किया। दरअस्ल उस वक़्त मैं सुखद आश्चर्य से लबरेज था। यह क्या अजूबा हो रहा है! मगर उस पर अपना रौब ग़ालिब करने के लिए मुझे ऐसा करना पड़ा। ''अब माफ़ भी कर दो! कहा न गलती हो गई!'' अब मैं संतुष्ट था। दृष्टि साफ़ हो गई चुकी थी। भय-आशंका के बादल छँट गए थे। उसकी जगह उत्सुकता की घटा छा गई थी। ''तुम्हें कैसा दर्द'' मैंने पूछा। ''हूँऽऽऽ यही तो! किसी को मेरे दर्द के बारे में पता ही नहीं!'' ''बताओ तो सही!'' ''सबसे ज़्यादा भला-बुरा मुझे ही सुनना पड़ता है।'' ''नेताओं से भी ज़्यादा!'' ''हाँ नेताओं से भी ज़्यादा!'' ''नेता तो हर दिन कोसे जाते हैं। तुम्हारे साथ भी ऐसा है क्या?'' ''सही कह रहे हो! मगर मेरा दर्द उनसे बढ़ कर है।'' यह कहते हुए उसकी आँखें नम हो गईं। ''वह कैसे भला?'' ''उनसे कोई उम्मीद नहीं करता और मुझसे सब उम्मीद लगाए रहते हैं।'' ''यह तो अच्छी बात है!'' ''यही तो सबसे बड़ी मुसीबत है!'' ''मैं समझा नहीं!'' ''समझना चाहते हो?'' ''हाँ क्यों नहीं! आख़िर कुछ सोचकर ही आयी होगी यहाँ।'' ''तो चलो मेरे साथ!'' ''मैं मोटर साइकिल ले लूँ?'' ''हाँ ये ठीक रहेगा! वैसे भी मेरा सफ़र हवा के साथ होता है।'' ''चलो अपन दोनों हवा से बातें करेंगे!'' हम दोनों हँस पड़े।

मैं और बरसात; अब दोनों साथ-साथ चलने लगे। कुछ दूर चलने के बाद उसने मुझे रुकने के लिए कहा। फिर एक घर की खिड़की के पास कान लगा कर सुनने के लिए कहा। हालाँकि मुझे यह ठीक नहीं लग रहा था, मगर मैं कान लगा कर सुनने लगा। अंदर कोई कह रहा था, ''बरखा रानी ज़रा जमकर बरसो, दिलवर मेरा जा न पाए, ऐसे बरसो!'' यह सुनते ही मैं उत्साह के अतिरेक में बोला, ''देखो वह तुम्हें रानी कह रहा है और तुम हो कि...'' वह चुप रही। उसने आगे बढ़ने का इशारा किया।

कुछ दूर चलने के बाद में उसने मुझे रुकने को कहा। वह एक फ्लैट के आगे मुझे खड़ा करके हाउसिंग सोसाइटी में घूमने लगी। "इस बारिश में तो प्याज की पकौड़ियाँ हो जाएँ!" "मैं थकी हुयी हूँ, फिर कभी!" "अरे कितनी मस्त बारिश हो रही है! बारिश का मज़ा लिया जाए!" "हाँ बरसात का मज़ा लो और मैं किचन में खटूं!" "अरे यार सुना क्या रही हो..." "अब सीन मत क्रियेट करो!" तभी वह मेरे पास भागते हुए आयी। उसकी साँस फूल रही थी। "तुम भाग क्यों रही हो?" "निकलो यहाँ से अब गृहयुद्ध होने ही वाला है! देखा नहीं कैसे बरस रहे थे दोनों? बस बिजलियाँ गिरनी ही बाक़ी हैं!" वह हड़बड़ी में बोली। "जैसे कुत्ते और बिल्ली लड़ने वाले हों! मैंने बात जोड़ी।" मगर यह बात तो मेरे लिए बोली जाती है न! इटस रेनिंग कैट्स एंड डॉग्स!" मैं अवाक् रह गया।

वहाँ से हम आगे बढ़े। दोनों जहाँ से गुज़रते जाम लगता जाता। राहगीरों के तीखे स्वरों से परस्पर होड़ लेती हॉर्न की आवाज़ें सुनाई देतीं। "देख रहे हो मंजर-ए-आम!" "हाँ ..." "वो तो आजकल मेरी तबीयत ख़राब चल रही है।" "क्या हुआ है तुम्हें!" मैंने सहानुभूति दिखाई। "अरे मुवा बड़ा जबरदस्त रोग है अलनीनो! देखो, सूख के काँटा हो गई हूँ...और तब यह हाल है!" यह सुनकर मुझ पर घड़ों पानी पड़ गया।

बह्रहाल, हम दोनों फिर निकल पड़े थे। आवारा बादलों की मानिंद। थोड़ी दूर उड़ने के बाद उसने एक ऊँची बिल्डिंग के पास रुकने को कहा। और देखते ही देखते वह उसमें चली गई। जाते वक़्त उसने कहा था कि थोड़ा रुक कर मेरे पीछे आना। मैंने वैसा ही किया। "मेहरा बहुत लकी है! स्याला! सही समय पर निकल गया!" "ये साली बरसात रुके तो हम भी निकलें!" "इसे भी अभी आना था!" थोड़ी देर बाद ही वह वहाँ से निकल आयी और उसके पीछे-पीछे मैं भी। वह बोली, "समय क्या हुआ है?" "साढ़े पाँच!" वह मुस्कुरायी और मैं झेंपा। मैं यह क़तई नहीं बताऊंगा कि अभी कुछ देर पहले जहाँ हम दोनों गए थे, वह एक सरकारी कार्यालय था।

हम आगे बढ़े। वह बोली, "चलो एक चीज दिखाती हूँ!" उसने इशारा किया और मैंने मोटरसाइकिल उस ओर मोड़ दी। अब हम हाल ही में बनी एक

सड़क के ऊपर थे। उस सड़क का नाम एक साहित्यकार के नाम पर रखा गया था। इस से पहले मैं कुछ पूछता वह बोली, " चुपचाप देखते जाओ!" वह सड़क से जैसे ही गले मिली नवनिर्मित सड़क बोली, "मैं नीर भरी दुख की बदली/ उमड़ी कल थी मिट आज चली"। "माहौल काफी भावुक हो गया था। बरसात को मैंने वहाँ से चलने के लिए इशारा किया। वहाँ से निकलते वक़्त मेरी हिम्मत नहीं हुयी कि मैं मुड़कर उस नवनिर्मित सड़क का हाल देख लूं।

हम दोनों काफी देर तक बेसबब इधर-उधर घूमते रहे। मैं अब उकता चुका था। मैंने उसे वापस घर चलने को कहा। उसने अपनी सहमति सहर्ष दे दी। मैं गाड़ी मोड़ने लगा। वह बोली, "उधर से चलो न!" "नहीं उधर से नहीं, इधर से ही चलते हैं!" "क्या दिक़्क़त है! उधर से ही चलो!" "तुम जानती नहीं बहुत कूड़ा है उधर! बरसात के महीने में बहुत बदबू आती है!" मेरे यह कहते ही वह गायब हो गई। जैसे आयी थी, वैसे ही चली गई। अचानक!

इस समय बरसात हो रही है। मगर कह नहीं सकता कि वह बरस रही है या रो रही है! कभी आप को मिले तो पूछिएगा!

27

त्रासदी से पहले की त्रासदी

यह एक शवगृह था। कई लाशें लेटी थीं। निश्चिंत। शांत। मगर कुछ को देखकर लगता था कि अभी वे बोल उठेंगी। अभी-अभी एक के बाद एक तीन लाशें पोस्टमार्टम के लिए लायी गयी है। मगर इन्हें अपने पोस्टमार्टम की अभी प्रतीक्षा करनी होगी, क्योंकि इस वक्त शवगृह में कोई नहीं सिवा लाशों के। मौका देखकर इन में से एक लाश वहाँ पहले से मौजूद पास में लेटी हुयी लाश से बात करने लगती है।

"तुम कैसे आए?"

"अरे भाई आया कहा हूँ... लाया गया हूँ।"

"सही कहा, न हम अपनी मर्ज़ी से आते हैं, न जाते हैं।"

"तुम्हारा तो पोस्टमार्टम हो गया है, न..."

"हाँ घण्टों पहले..."

“फिर यहाँ से गए क्यों नहीं?”

इस सवाल के जवाब में शवगृह में कुछ देर के लिए सन्नाटा मुखर हो गया। हाँ, बीच-बीच में कॉक्रोच, चूहे ज़रूर खलल डालते रहे थे।

“क्या अभी तक कोई लेने नहीं आया! क्या तुम... ईश्वर न करे... लावारिस हो!”

“नहीं भई! ऐसी कोई बात नहीं है।”

“फिर इतनी देर से यहाँ क्यों पड़े हो?”

तभी शवगृह की शांति एक बार फिर भंग हुयी। मगर इस बार चूहे-कॉक्रोच वजह नहीं थे। इस बार वजह बने थे जीते-जागते इंसान। शवगृह के बाहर किसी बात को लेकर हो-हल्ला मचा हुआ था। और हल्ला इतना ज़ोर का था कि शवगृह की लाशें सहम गयीं। जी हाँ, वहीं लाशें जो कभी ऐसे शोर-शराबे की अभ्यस्त थीं।

“ये..बाहर इतना हल्ला क्यों?”

“यह मेरे लिए ही हो रहा है।”

“तुम्हारे लिए?”

“हाँ, तभी तो मैं यहाँ घण्टों से पड़ा हूँ...”

“मैं कुछ समझा नहीं?”

“मुझे यहाँ से आज़ाद कराने के पैसे माँगे जा रहे हैं।”

“अरे!”

दूसरी लाश, जिसका अभी पोस्टमार्टम होना बाक़ी था उसका मुँह खुला का खुला रह गया। वहीं क्यों वहाँ सभी लाशें ये सुनकर हैरान-परेशान हो गयीं थीं। जो लाशें ग़रीब थीं यानि कि ग़रीब की थीं, वे मन ही मन ईश्वर से प्रार्थना करने लगीं। आख़िर उन्हें भी तो यहाँ से मुक्त होकर श्मशान जाना था। जीवन से तो कब के मुक्त हो गए थे वे!

“जीते-जी कभी सोचा न था कि मरने के बाद भी मुए भ्रष्टाचार का समाना करना पड़ेगा।”

“मरने के बाद एहसास हो रहा है कि मरने के बाद भी अपनी मुक्ति के लिए मरना पड़ता है। पहले जीते-जी घुटो, फिर मरने के बाद भी घुटो। वाह रे तेरी ख़ुदाई!”

“जग मरिहै हम न मरबे... बंधु क्या यह लाइन भ्रष्टाचार पर सूट नहीं करती!”

“लो फिर यह सुनो! माया मुई न मन मुआ मरि मरि गया शरीर...”

“और लो! ख़ाली हाथ आए हैं ख़ाली हाथ जाएंगे!”

“हाँ, मगर देखो तो! यहाँ अंतिम संस्कार के लिए भी मुट्ठी गरम करनी पड़ती है।”

“हूँ...जन्म से मरण तक सोलह संस्कार होते हैं, मगर पहला और अंतिम संस्कार तो बेईमानी ही है।”

“संस्कार कहो या कहो क्रिया-करम...”

शवगृह के बाहर हो-हल्ला बढ़ चला था। इतना कि दोनों लाशों को चीख-चीख कर अपनी बातें एक दूसरे तक पहुँचानी पड़ रहीं थीं, जबकि दोनों एक-दूसरे से ज़्यादा दूर लेटी हुयी नहीं थीं। बाहर से आती कुछ आवाज़ें तो रह-रह कर पूरी धमक के साथ शवगृह के अंदर दीवारों के कान सुन्न किए जाती थीं, जिसे सुन कई लाशें सन्न थीं।

“जब तक यह ड्रामा चलता रहे, क्यों न तब तक हम अपने दिल की बातें कर लें। इस कोलाहल से ध्यान तो हटेगा!”

“हाँ, वैसे भी पड़े-पड़े बोर ही होंगे”

“चलो, पड़े-पड़े ही गड़े मुर्दे उखाड़ते हैं। तुम बताओ तुम्हारी मौत कैसे हुयी?”

“मैं सो रहा था कि एक कार मेरे ऊपर चढ़ गई और मैंने वहीं दम तोड़

दिया।''

"एक बात मेरे समझ में नहीं आयी!''

"क्या?''

"कार घर में कैसे घुस आयी?''

"मैं... मैं फुटपाथ पर सो रहा था''

"ओह...''

"यहाँ मेरे साथ-साथ जो दो लाशें और आयी है, वे भी मेरे साथ वहीं सो रहे थे। और देखो न अभी भी ये मेरे पास ही लेटे हुए हैं।''

पोस्टमार्टम हुयी लाश अपनी नज़रें जितनी घुमा सकती थी, यथासम्भव घुमायी। मरने के बाद उसमें अकड़न आ गयी थी। मगर वो वाली अकड़न नहीं, जो जीते-जी होती है। उसने देखा उन क्षत-विक्षत लाशों को। देखकर उसका कलेजा मुँह को आ गया।

"बहुत बुरा हुआ तुम लोगों के साथ!''

"हम ग़रीबों के साथ अच्छा कब होता है?''

"जी छोटा न करो... आख़िर उस रात हुआ क्या था?''

"दिनभर के थके हम सब रोज़ की तरह उस रात भी फुटपाथ पर सो रहे थे कि आधी रात को धड़ाम से आवाज़ हुयी, और एक तेज रफ़्तार कार ने हम लोगों को रौंद दिया।''

"बुरा हुआ! बहुत बुरा हुआ!''

"जानते हो ऐसा क्यों हुआ?''

"क्यों?''

"क्योंकि चालक ने शराब पी रखी थी और वह नशे में धुत्त था।''

"ओहो! तो यह बात है! उस चालक का क्या हुआ?''

“चालक का चालान हुआ और क्या!” “यानी वह बच गया!”

“हाँ...”

शवगृह के बाहर उठा शोर अब थम गया था। लाशें समझ गईं थी कि “डीलिंग” हो चुकी है। किसी भी व़क्त अब उनके बिछड़ने की घड़ी आ सकती है।

“दोस्त! चला-चली की बेला आ गई है!”

“मुझे भी ऐसा लगता है।”

“तुम्हारी दुःख भरी कहानी सुन कर वाक़ई बहुत दुःख हुआ। कसम से!”

“जानता हूँ तुम सच बोल रहे हो।”

“काश! उस रात तुम लोग वहाँ न सोते!”

“अब क्या...मालूम है, जिस रात मेरी मौत हुयी, उसके अगली ही सुबह मैं गाँव निकलने वाला था।” ”अच्छा!”

“हाँ, छह महीने की कमाई जोड़ी थी, वही देने के लिए।”

“अरेरेरेरे...” “अभी तो दर्द के क़िस्से और हैं..”

“रहने दे मेरे भाई... रहने दे! नहीं तो मैं रो दूंगा।”

“तो फिर नहीं सुनाता! तुम रोओगे तो मैं भी रो दूंगा!”

इनकी बातों की प्रतिक्रिया में शवगृह में दर्द से भरी हुयी सहसा दो पंक्तियाँ गूँजी, *‘फुटपाथ बना बिछौना, चादर बना आसमान है/सोया इनका भाग्य या सोया हुक्मरान है।’* कहना न होगा कि वहाँ एक शायर की लाश भी मौजूद थी। आज शवगृह में कुछ अजब ही घट रहा था। कहाँ मरने वाले के लिए लोग रोते हैं और कहाँ मरने के बाद लाश ख़ुद रोने को कह रही थीं। और उधर शवगृह के बाहर कुछ “ज़िंदा लाशें” किसी के मरने के बाद भी उसकी मजबूरी का फ़ायदा उठा रहीं थीं।

“चलो, बता ही दो! सीने में दफ़्न अपने सारे दर्द आज सुना दो!”

“वैसे भी मरने के बाद लाश भारी हो जाती है। तुमसे अपना दर्द साझा करके कुछ हल्का हो जाऊंगा।”

“ठीक बिल्कुल ठीक! आगे सुनाओ। कितने लोग मारे गए और कितने घायल हुए?”

“तीन लोग मरे और क़रीब दर्जन भर से ज़्यादा घायल हुए।”

“बाप रे बाप! तुम लोग फुटपाथ पर सोते ही क्यों थे?

“क्या करता! तुमसे मरने के बाद दोस्ती हुयी, नहीं तो तुम्हारे घर में ही सोया करता।”

इसी बीच शवगृह में किसी के आने की पदचाप सुनाई दी। दोनों लाशें शांत हो गईं। और अगल-बगल की जो लाशें बहुत चाव से इनकी बातें सुन रहीं थीं, वे भी चुपचाप पड़े होने का नाटक करने लगीं। एक व्यक्ति आया पोस्टमार्टम हुयी लाश को देखा, फिर तेज़ी से वापस चला गया।

“जल्दी बताओ! अब हमारे पास वक़्त बहुत कम है।”

“हमारे मरने के बाद सब कह रहे थे कि दुर्घटना हो गई... दुर्घटना हो गई... टीवी वाले...अख़बार वाले, बड़े बड़े ज़िम्मेदार लोग...सब यही कह रहे थे कि दुर्घटना हो गई। यह सुनकर मुझे बहुत दुःख होता था...ऐसी बातें मेरे दर्द को और बढ़ाती थीं...”

“ठीक तो कह रहे थे वे... इसमे दुःख देने वाली क्या बात...”

“दुःख की ही तो बात है! बहुत दुःख की बात!”

“माफ़ करना, तुम्हारी बात मैं समझ नहीं पा रहा हूँ!”

“मर जाने तक फुटपाथ पर हमारा मजबूरीवश सोना क्या दुर्घटना नहीं? तुम्हीं कहो!”

तभी पोस्टमार्टम हुयी लाश को कोई लेने आ पहुँचा। और थोड़ी ही देर में दोनों लाशें भारी मन से जुदा हो गईं।

अब शवगृह में शांति छा गयी है।

...उघारे बदन... मौसम से लोहा लेते हुए... पथरीले फुटपाथ पर सोना... ऐसा दृश्य, जो देखने में दुःखद, शर्मनाक, अरुचिकर हो, उसके घटित होने को क्या माना जाए... मात्र घटना या दुर्घटना...

बची लाशें सोच रही हैं!

28

कोई बैठा हुआ है

डिब्बा खचाखच भरा था। मैं उसमें घुसा। यह बताने की आवश्यकता नहीं है किस तरह से। सब जानते है, भारतीय रेल के जनरल डिब्बे में किस तरह से घुसा जाता है। मैं भी उसी तरह से घुसा। डिब्बे में खचाखच भीड़ देखकर आश्चर्य नहीं हुआ। मेरे आश्चर्य का ठिकाना उस सीट पर जाकर ठिकाने लगा, जो ख़ाली थी। जहाँ तिल रखने की जगह न हो वहाँ पर एक सीट ख़ाली हो, यह किसी चमत्कार से कम नहीं था। जैसे ही, मैं उस सीट पर बैठने का उपक्रम करता हूँ, बगल में बैठा एक यात्री मुझे बैठने नहीं देता। ''कोई बैठा है'' ये कहते हुए वह सीट और मेरे पिछवाड़े के बीच झट से अपना हाथ अड़ा देता है। मैं अचकचा जाता हूँ।

''सीट तो ख़ाली है!'' मैं कहता हूँ।

''नहीं बैठे हैं'' वो बेरुखी से बोलता है।

''सीट तो ख़ाली है!'' मैं ज़ोर देकर कहता हूँ।

"इस पर कोई बैठा है..." वो लगभग पहले वाली बात दोहराता है।

"भूत है क्या?" मैं खीझ कर बोलता हूँ।

"क्या मजाक है?" वो माथे पर बल देते हुए मुझे घूरता है।

"और नहीं तो क्या? कोई दिख भी नहीं रहा और आप कहते है कि कोई बैठे हैं।" मैं उसे घेरने की कोशिश करता हूँ।

"वे मेरे मित्र हैं।" वो जवाब देता है।

"कोई" अब आप के मित्र हो गए!" मैं पूछता हूँ।

"तो क्या सबसे पहले आपको उनका परिचय देता मैं!" वो उखड़ जाता है।

"ठीक है, फ़िलहाल अभी मैं बैठ जाता हूँ!" मगर वो मुझे बैठने से रोक देता है।

"पानी लेने गए हैं!" वह अपना बचाव करता है।

"हाँ, तो आप हुए न झूठे, जबकि अभी आप कह रहे थे कि कोई बैठा हुआ है।" मैं उसके मनोबल को तोड़ने का प्रयास करता हूँ।

"आप वक़ील है क्या?" वो सवाल करता है।

"नहीं तो!" मैं सक्षिप्त जवाब देता हूँ।

"फिर काहे बाल की खाल निकाल रहें है!" वो चिल्लाकर बोलता है।

"नहीं, ऐसी कोई बात नहीं, मैं तो ज़रा स्थिति स्पष्ट कर रहा था।" मैं सुरक्षात्मक रवैया अपना लेता हूँ।

मगर अब वो लड़ने पर उतारू था। मैनें फिर भी अपनी हार नहीं मानी। मैंने उसे बहलाने की कोशिश की। मुझे सीट जो हासिल करनी थी।

"बस थोडी दूर तक जाना है, ज़रा बैठने दीजिए!" मैं उसकी चिरौरी करता हूँ।

"थोडी दूर तक जाना है तो क्या तकलीफ़ है! खड़े रहिए आराम से!" वो

ज़रा भी नहीं पिघलता है।

"यहाँ साँस लेने में कठिनाई हो रही है, आप कहते है खड़े रहिए आराम से!" मैं प्रतिकार करता हूँ।

"बैठेंगे तो भी साँस लेने में तकलीफ़ होगी!" वो कटाक्ष करता है।

"अच्छा, जब तक आप के "कोई" नहीं आते तब तक तो बैठ सकता हूँ न!" मैं आज्ञा माँगता हूँ।

यह सुनते ही उसने झट से अपने जेब से रूमाल निकाल कर सीट पर रख दिया। उसके संकेत स्पष्ट थे। मैं उस ख़ाली सीट पर नहीं बैठ सकता हूँ।

मैं अगला वार करता हूँ, "सीट पर रूमाल बैठ सकता है, मैं नहीं?

वो कुछ नहीं बोलता है।

बड़ा घाघ है... मानता ही नहीं... मैं मन ही मन उसको कोसता हूँ। रूमाल को देखकर ख़ून के घूँट पीता हूँ। मन में आया कि रूमाल को खिड़की से बाहर फेंक दूं। मगर पिटायी का ख़्याल आते ही, फ़ौरन यह विचार त्याग देता हूँ। तभी उसने खिड़की की ओर जाकर ज़ोर की आवाज लगायी। मैं समझ गया, सीट पर बैठने वाला आ गया है। "कोई" अपना सूटकेस लेकर डिब्बे में घुसता है और सीट पर बड़े इत्मीनान से विराजमान हो जाता है।

"क्यों भाईसाहब आप तो कह रहे थे कि पानी लाने गए हैं। जबकि ये सज्जन तो घर से आ रहे हैं।" मैं उसे झूठा सिद्ध करने का प्रयास करता हूँ।

वो मेरी बातों को अनसुना कर देता है। मेरी बातों को सुनना, उसके लिए अब फ़िज़ूल था। वो अपने मक़सद में कामयाब हो गया था।

"ये अच्छी बात नहीं है। जितनी देर से मैं खड़ा हूँ कम से कम उतनी देर तक तो बैठ ही सकता था।" मैं गुस्से में बोलता हूँ।

इस बार दोनों ने मुझे एक साथ देखा। वे मुझे घूर रहे थे। अब वे दो थे। मैं भीड़ में अकेला। मैं समझ गया कि सफ़र मुझे खड़े-खड़े ही तय करना होगा। मुझे तब तक प्रतीक्षा करनी होगी, जब तक कोई अपनी सीट स्वेच्छा से ख़ाली नहीं कर देता या मेरे गंतव्य से पहले किसी दूसरे यात्री का गंतव्य नहीं आ जाता।

कुछ ऐसा ही है! जो है वो खड़ा है, जो नहीं हैं उसके लिए सीट घेरी जा रही है। हक़दार खड़े-खड़े ही सफ़र तय कर रहा है। उसकी सीट पर किसी ने अपने मित्र, रिश्तेदार, जाति वाले, क्षेत्रवाले के लिए पहले से ही अपना रूमाल रख छोड़ा है। जिसका "कोई" है, उसकी सीट सुरक्षित है। जिसका कोई नहीं, वो खड़ा है। कईयों ने तो अब अपनी सीट के लिए बहस करना ही छोड़ दिया है, क्योंकि रख छोड़े रूमाल को देखने के वे अभ्यस्त हो चले हैं।

कई प्रतीक्षारत हक़दारों को लेकर भारतीय लोकतंत्र की गाड़ी ऐसे ही चल रही है, दोस्तो!

29

मूर्तियों का जीता जागता बाज़ार

लक्ष्मी जी साक्षात् आए न आयें, मगर उनकी एक दर्शनीय मूर्ति तो घर लाई ही जा सकती है। छोटी ही सही। छोटी-मोटी औक़ात तो हम भी रखते हैं। तो बंदा भी बाज़ार में आकर वहाँ पर खड़ा हुआ है, जहाँ पर लक्ष्मी और गणेश जी की मूर्तियाँ बिक रहीं हैं। बीस में लक्ष्मी! बीस में गणेश! आईए! इधर आईए! बेचने वाले हाँक लगा रहे हैं। लक्ष्मी कितने में! गणेश कितने में! ख़रीदारों की भी ऊँची आवाज़ें सुनाई दे रहीं हैं। क़द के हिसाब से मूर्तियों के अलग-अलग दाम रखे गए हैं। छोटे वाले गणेश जी के दाम कम तो बड़े वाले गणेश जी के दाम ज़्यादा हैं। यही बात लक्ष्मी जी की मूर्ति के साथ भी लागू है। क़द के हिसाब से मूल्य! भगवान का सामाजिक वर्गीकरण! इन सब बातों से अनजान मूर्तियाँ सजी-सवरी मूक खड़ी हैं। कुछ मूर्तियों के अप्रतिम सौंदर्य को देखकर मैं दंग हूँ। अभी एक-एक करके दुकान और मूर्तियों का मुआयना कर रहा था कि सहसा मैं ठिठका।

"अरे महेश्वर? यह महेश्वर ही है! मगर महेश्वर यहाँ कैसे हो सकता है?

हो न हो... ये महेश्वर ही है। "महेश्वर! महेश्वर तुम यहाँ?" ग्राहकों से घिरे महेश्वर के कानों तक मेरी आवाज़ नहीं पहुँची। ख़रीददारों की आवाज़ बाज़ार झट सुनता है, ज़रूरतमंदों की नहीं। क्या महेश्वर का बाज़ार में रूपांतरण हो गया है! नहीं-नहीं... शायद महेश्वर ने मुझे सुना नहीं। मैं महेश्वर के पास जाता हूँ। उसके कंधे पर हाथ रखकर उसको हिलाते हुए बोला, "महेश्वर तुम यहाँ?" वह मुझे अवाक् देखता रहा। थोड़ी देर देखने के बाद वह बोला, "अरे भईया आप?" महेश्वर तपाक से गले लग गया। जड़ें कैसी ख़ुद ब ख़ुद जुड़ जाती है! कई ग्राहकों की निगाहें भरत मिलाप वाले इस दृश्य से एकाकार हो गईं।

यह वही महेश्वर है, जो हमारे गाँव का एक अति चर्चित चलता हुआ चलचित्र था। यह वही महेश्वर है, जो परीक्षा में मिले थोक अंडों का घनघोर संग्रहकर्ता था। यह वही महेश्वर है, जब मास्साहब ने कक्षा में उसे मुर्गा बनाया, तो उनके न कहने के बावजूद भी वह ज़ोर से कूकड़ूकूऽऽऽ बोला था, जिसके बदले में मास्साहब ने छड़ी से इसका पिछवाड़ा लाल कर दिया था। जिसके बाद हम सब बच्चे उसे लल्लबंदर-लल्लबंदर कहकर चिढ़ाते थे। यह वही महेश्वर है, जो हमारे बीच बगिया में आम तोड़ने का सबसे अनुभवी मास्टर था। यह वही महेश्वर है, जो गाँव का इकलौता सबसे ज़्यादा उम्रदराज कुँवारा था।। जिसकी शादी के लिए कोई रिश्ता आ ही नहीं रहा था। "रंडुवा महेश्वर" "रंडुवा महेश्वर" के नाम से अपने गाँव में ही नहीं आसपास के गाँवों में भी प्रसिद्ध हो गया था महेश्वर। यह वही महेश्वर था।

"वाह भईया! खूब भेंटाए!" महेश्वर के स्वर में उत्साह था। "हाँ मगर तुम यहाँ कैसे!" मैंने पूछा। मेरे सवाल का जवाब देने से पहले उसने दुकान पर बैठे एक बालक को हाथ से इशारा करते हुए कहा, "जा गनेसवा दौड़ के चाय ला तो!" यह सुनते ही बच्चा फुर्र हो गया। "चाय-वाय छोड़ो! यहाँ कब से हो? बताया भी नहीं!" मैंने अपने हाथ से उसका हाथ दबाया। "बस भईया मत पूछिए! पेट जो न करवाए! पिछले एक साल से यहीं हूँ।" "अबे लल्ल बंदर तेरी शादी हो गई!" सहसा मुझे याद आया। इस सवाल से वह थोड़ा सकुचा गया। उसने दुकान पर बैठे एक रूपवती को आँखों से इशारा किया और मुझे किनारे ले आया। महेश्वर के इशारे के निहितार्थ समझते ही उस रूपवती ने पूरी मुस्तैदी से दुकान सँभाल ली।

"यह कौन है महेश्वर?" मैंने पूछा। " इ... हम...री लुगाई है" महेश्वर शरमाते हुए बोला। साक्षात खजुराहों की मूर्ति! कच्ची कली कचनार की! पंखुड़ियाँ ये गुलाब-की सी हैं! महेश्वर कितना भाग्यशाली है! देर से पाया मगर दुरूस्त पाया! "क्या बात है? उसकी लुगाई को देख के मेरे मन में भावनाओं का तूफान आ गया था। किसी तरह ख़ुद को सम्हालते हुए बोला, "तुम्हारी शादी आख़िर हो ही गई। चिर रंडुवे!" महेश्वर अभी भी शरमा रहा था। "काफी कम उम्र की है..." मैंने उसे देखते हुए कयास लगाया। "तबे तो ज़्यादा पैसा लगा है!" वह बोला। "शादी-ब्याह में तो बेहिसाब खर्चा होता ही है..." तभी गनेसवा, वह बालक प्लास्टिक के कप में चाय ले आया। चाय देते ही वह दुकान पर झट बैठ गया।

"तुम्हारा लौंडा है क्या?" "बक! अभी तो घरैतिन के आए एक साल भी न हुए भईया।" महेश्वर थोड़ा शर्माते हुऐ हुए बोला। "तो यह कौन है!" "इ दखिन टोला वाले डेबर बाबा का पोता है। ले आए इसे भी। हमारे साथ ही रहता है। दुकान-दौरी में मदद कर देता है। बदले में हम खाना-कपड़ा दे देते हैं। पड़ा रहता है यहीं पर।" मैंने गनेसवा को देखा। स्कूल जाने की उम्र। चहकने की उम्र। खिलने की उम्र। खाने की उम्र। मगर पेट के वास्ते उसका भविष्य यहाँ गिरवी रखा गया था। या हमेशा के लिए बेच ही दिया है उसके घर वालों ने!

"क्या सोच रहे हैं भईया?" महेश्वर ने मुझे झकझोरा। मैंने ख़ुद को सहज दिखाने का प्रयास किया। बोला, " अरे...तुम अपनी शादी के बारे में क्या बता रहे थे?" "बहुत खर्चा हुआ है भईया...गाँठ से काफी लगाना पड़ा, तब जा कर बात बनी।" यह सब कहते समय उसका मुँह देखने लायक था। वह आगे बोला,"...पूरे पचास हज़ार खर्च किए, तब जाकर बात बनी।" "तब तो तुम बहुत सस्ते में निपट गए महेश्वर!" मैंने उसको तसल्ली दी। "भईया अब समझ नहीं रहे हैं...पचास हज़ार रोकड़ा खर्च करके ख़रीदा है इसे।" "ख़..री..दा..." मेरा मुँह खुला का खुला रह गया। "हाँ भईया! आप तो जानते ही है, कितना ज़ोर लगाने के बाद भी हमरी शादी हो ही नहीं रही थी, उमर गुज़री जा रही थी, सो ख़रीदना पड़ा! और क्या करता... आसपास के गाँवों के बहुत से रंडुवे इसी तरह से ही अपने रंडुवेपन से छुटकारा पा रहे हैं..." उसने अपनी मजबूरी बतायी। कट! कटाक! खाना खाते वक़्त कोई कंकड मुँह में आ गया हो जैसे। मैंने अपने

भाव छुपाने की बेतरह से कोशिश की, लिहाजा एक सवाल उसकी तरफ उछाला, "सोनपुर के मेले से खरीदा क्या!" उसने ठहाका लगाया। बोला, "क्या भईया... आप भी न! वहाँ तो ढोर-डंगर बिकते हैं।" "क्या नाम है उसका!" मैं यों ही पूछ बैठा। "वह चहककर बोला, "लक्ष्मीऽऽ..."

मैं मूर्ति की तरह खड़ा उसकी बातें सुन रहा था। "अपना मोबाइल नंबर दीजिए! एक मिनट भईया!" यह कहकर वह दुकान की तरफ कलम लेने के लिए लपका। पलक झपकते ही कलम के साथ वह लक्ष्मी और गणेश जी की मूर्ति भी ले आया। मोबाइल नंबर लिखने के साथ मैंने उसे घर आने के लिए कहा, तो उसने धंधे की मजबूरियाँ गिनाईं। "अच्छा त्योहार निपट जाने दीजिए फिर आऊँगा!" कहके उसने मुझे फिर आश्वस्त किया। महेश्वर ने इन मूर्तियों के दाम लाख चिरौरी करने के बाद ही मुझसे स्वीकार किए। उससे विदा लेते समय मैंने उसकी लक्ष्मी और गनेसवा को एक बार फिर से देखा।

अब मैं बाजार में नहीं घर में फुस्स पड़ा हूँ। मगर मेरे कानों में कई आवाज़ें रह-रहकर टकरा रही हैं। लक्ष्मी कितने में! गणेश कितने में! लक्ष्मी इतने में! गणेश इतने में!

चलूँ कि लक्ष्मी-गणेश की पूजा का शुभ मुहूर्त निकला जा रहा है!

30

आँसू बहाने का अखिल भारतीय महोत्सव

एक ढेला उठाईए और उसे सनसना दीजिए! जिसे लगा देखिए वह आँसू बहा रहा है। अरे न न... अपराधबोध से ग्रसित न हों! मेरा यक़ीन करें, उसे आपके ढेले से बिलकुल भी चोट नहीं पहुँची है। वह तो आपके ढेला लगने से पहले ही आँसू बहा रहा था...

आप पूछ रहे हैं क्यों?

अब आप को क्या बताऊं? आप को बताते हुए मेरी आँखें भर-भर आती हैं कि यहाँ आँसू बहाने वाले बहुतायत से पाये जाते हैं और यह ढेले वाला भी उन्हीं में से एक था।

आज जिधर नज़र घुमाइए, उधर ही कोई न कोई आँसू बहाता दिख जाएगा। अगर नज़र न भी घुमाईए तो भी, जो आपके सामने खड़ा नजर आएगा, वो शर्तिया आँसू बहा रहा होगा। और ऐसे आँसू बहा रहा होगा कि उसे देख कर न चाहते हुए भी, मारे सहानुभूति के उसके बोलने से पहले, आप बोल देंगे, '' भाई! सब कुशल मंगल तो है न?'' और जब आप उसका जवाब सुनेंगे तो, तो

आपके आँसू निकल जाएंगे। जिसे आप अब तक उसका प्राइवेट मामला समझ रहे थे, अरे वो तो जनहित का निकला! आपके सामने वाला स्वयं को लेकर नहीं देश को लेकर रो रहा है। देश को लेकर मतलब देश की दुर्दशा को लेकर। तब आप को उसके जैसा आँसू बहाना होगा, क्योंकि देश का मामला है। और आप... आप भी देशभक्त है। मगर चाहकर भी आप उसके जैसा आँसू न बहा पाएंगे। क्योंकि सामने वाला आँसू बहाने में अभ्यस्त है।

देश की दुर्दशा पर आँसू बहाने वाला कहीं भी रहे, हमेशा आँसू बहाते मिलता है। देश की दुर्दशा पर आँसू बहाने वाला जब आँसू बहाना शुरू करता है, तो जल्दी रुकने का नाम नहीं लेता। वह चौबीसों घण्टे आँसू बहा सकता है। देश की दुर्दशा सोच कर उसकी नींद नहीं उड़ती, अलबत्ता वह तो आँसू बहाते-बहाते सो भी सकता है और सो कर उठते ही आँसू बहाना शुरू भी कर सकता है। देश की दुर्दशा पर आँसू कुछ ऐसे बहाता है कि वह स्वयं भारत दिखने लगता है। आप उसकी अवहेलना चाहकर भी नहीं कर सकते, क्योंकि आप "भारत दुर्दशा" के "भारत दुर्देव" नहीं बनना चाहते हैं। इतना ही नहीं देश की दुर्दशा पर आँसू बहाने वाला कई बार तो ऐसे आँसू बहाता है कि देश से ज़्यादा उस पर दया भाव जाग्रत होता है। लगता है देश तो फिर भी मज़े में है, बेचारे की हालत ज़्यादा पतली है। ऐसा जीवट होता है, देश की दुर्दशा का जीवंत वर्णन करते हुए, आँसू बहाने वाला!

यहाँ आप से मिलने वाला हर दूसरा व्यक्ति देश की दुर्दशा के नाम पर आँसू बहाता आता है और आपकी दुर्दशा करके, किसी तीसरे की दुर्दशा करने निकल जाता है। इन आँसू बहाने वाले प्राणियों को देख कर आप को स्वयं के प्रति विरक्ति भाव पैदा होने लगता है। हाय! एक उसको देखो देश के लिए मरा जा रहा है, एक हम हैं कि पेट के लिए मरे जा रहे हैं। आप के मन में "मर गया देश, अरे जीवित रह गये तुम" वाला भाव पैदा होता है। आँसू बहाने वाला यकायक आपको मुक्तिबोध का ब्रह्म राक्षस दिखने लगता है, और आप स्वयं को अँधेरे में पाते है। उसके सजल नैनों को देखकर "मैं ब्रह्म राक्षस का सजल-उर शिष्य होना चाहता" की इच्छा जाग्रत हो उठती है। आपके के मन में प्रबल वेग से यही भाव उठता है कि देश की दुर्दशा पर अगर हम हर समय आँसू नहीं बहा सकते, तो अपन कम से कम रुआँसे तो दिख ही सकते है यार?

दिन प्रति दिन देश की दुर्दशा को लेकर आँसू बहाने वालों की संख्या में बेतहाशा वृद्धि हो रही है। यदि ये ऐसे ही बढ़ते रहे, तो डर है कि कहीं देश में आँसुओं की बाढ़ न आ जाए। देखिए इस वक़्त भी देश की दुर्दशा पर कितने आँसू बहा रहे हैं-

बड़े बाबू अपनी कुर्सी छोड़ पान की दुकान में, आला अधिकारी दफ़्तर छोड़ नेता जी के आलीशान आवास में, सत्तारूढ़ दल का नेता मंत्रालय छोड़ टीवी चैनल के स्टूडियो में, विपक्षी पार्टी का नेता पार्लियामेंट हाउस क्षेत्र छोड़ फार्म हाउस में, दरोगा अपराधी छोड़ बार में, एनजीओ बस्ती छोड़ अख़बार में, रिपोर्टर ख़बर छोड़ बाज़ार में, देश की दुर्दशा पर आठ-आठ आँसू बहा रहे है। देश की दुर्दशा पर आँसू बहाने का अखिल भारतीय महोत्सव चल रहा है, ऐसे में आप क्यों-कैसे दूर है? झिझकिए नहीं। कूद जाईए। आप भी देश की दुर्दशा पर मोटे-मोटे आँसू बहाईए।

देख नहीं रहे हैं! जो देश की दुर्दशा पर आँसू बहाता है, कुछ दिन बाद स्वतः मोटा हो जाता है।

31

एक कहानी ऐसी भी

एक नदी थी। जो न जमी थी, न तो सूखी थी। वो बहती थी। उसका वेग ठीक-ठाक था। नदी के कई घाट थे। जैसे होते ही हैं। उन घाटों पर कुछ लोग बैठा करते थे। जैसे बैठे ही रहते हैं। नदी का पानी गँदला हो चुका था। जैसे अपने देश की नदियाँ है। नदी में पानी भी कम हो चला था। कभी-कभी ऐसा लगता कि कीचड़ ज़्यादा पानी कम है। फिर भी उसमें मछलियाँ रहती थीं। पलती थीं। बड़ी होती थीं। आपस में किलोल भी करती। उनके उमंग-तरंग को देख कर कोई नहीं कह सकता था कि वे नदी के मौजूदा हालात पर सीरियस हैं। हालाँकि मौजूदा हालात को देखते हुए उनकी सेहत और नन्ही मछलियों का भविष्य आश्वस्तकारी नहीं कहा जा सकता था। जो भी हो, कुल मिलाकर वे खुश थीं। या फिर खुश रहना उनकी आदत होगी। घाट पर बैठे कुछ लोग मछलियों को देखते रहते। जिस भाव-भंगिमा-मुद्रा में वे बैठे दिखते थे, उसको देखते हुए यह कतई नहीं कहा जा सकता कि वे मछलियों की ताक में रहते हैं। नदी को गंदला करने में इनका योगदान किसी से कम नहीं था। कई बार तो ये जान-बूझ कर नदी में

गंदगी डालते थे।

उस नदी की एक विशेष बात थी। जो कुछ लोगों को घाट पर बैठने की प्रेरणा देती थी। दिनोंदिन पानी कम होने के बावजूद मछलियों की संख्या बढ़ रही थी। जी हाँ, उस कीचड़ भरी नदी में। वह भी अप्रत्याशित रूप से। घाट पर बैठे कुछ लोग मछलियों से भरी नदी में जाल फेंकते। कीचड़ से सनी मछलियाँ जाल में फँसती। ऐसा रोज़ होता। जाल डाला जाता, मछलियाँ फँसती। रोज़-रोज़ होते साल हो गए। और साल होते-होते दशक। अगर कुछ बदला तो घाटों पर बैठे लोगों की संख्या बढ़ी। इसके अलावा यदि और कुछ बदला तो कीचड़ की मात्रा ज़्यादा हुयी। इसके अतिरिक्त कुछ और बदला तो वह थी मछलियों की संख्या में बेतहाशा वृद्धि। हाँ, घाटों की संख्या में भी श्रीवृद्धि हुयी। प्राकृतिक घाटों के अलावा लोगों ने अपने-अपने छोटे-मोटे घाट भी बना लिए।

एक दिन घाट पर बैठे कुछ लोगों ने (मछलियों की संख्या के बनिस्बत वे बहुत से लोग मछलियों के सामने कुछ ही थे। इसलिए उनको यहाँ कुछ लोग ही कहा जाएगा।) प्रतिदिन की तरह नित्य कर्म से निवृत्त होने के बाद अपने नित्य कर्म में रत थे। सो, उन्होंने नदी में अपना-अपना जाल डाल दिया था। किसी के जाल पुराने थे। किसी के नये जमाने के नये जाल थे। जाल डालने वालों में कुछ पुराने फेंकू थे। कुछ नये थे, मगर उनका यह पुश्तैनी काम था। सो, वो पूरी तरह से नये-नवेले भी नहीं थे। कुछ के लिए जाल फेंकना नया-नया था। क्योंकि उनके लिए सचमुच यह काम नया-नया था। अपना-अपना जाल फेंकने के बाद कुछ गप्पें लड़ाने लगे। कुछ आपस में लड़ने लगे। ये सब भी उनका रोज़ का काम था। मछलियाँ तैरते-तैरते देखती। वे इनकी गप्पों-लड़ाईयों के चर्चे आपस में करतीं भी। कभी-कभी तो इस चक्कर में वे घाट के बिल्कुल पास आ जाती थीं। वे समझती थीं कि लड़ाई और गप्पों की वजह से वे उन पर ध्यान नहीं दे रहें। मगर ऐसा था नहीं। जाल डालने वाला जाल डाल के कभी भूल सकता है क्या! इस चक्कर में बहुतेरी ख़ुद-ब-ख़ुद जाल में फँस जाती थीं। रोज़ की तरह जब जाल को समेटा जा रहा था कि सहसा एक आवाज़ आयी। वो आवाज़ एक छोटी मछली की थी। उसने जाल समेटने वाले से सवाल किया, '' तुम हमें क्यों फाँसते हो?'' आवाज सुन पहले तो वो चौका। वो सोच ही नहीं सकता था कि मछली भी उससे कुछ बोलेगी। याद नहीं आने पड़ता था कि इससे पहले किसी

मछली ने कुछ बोला हो! वास्तविकता को स्वीकार कर उसने उत्तर दिया, '' मेरी प्यारी नन्हीं मछली, तुम लोगों को फँसाए बिना हमारा काम नहीं चलेगा।'' मछली बोली, '' अगर तुम लोगों को हम लोगों को फँसाना ही तो काँटा डाला करो। जाल डाल कर गैरलोकतांत्रिक कार्य क्यों करते हो?'' सुनकर वो हँसा। खिलखिला कर हँसा। हँसता गया। किसी तरह उसने अपनी हँसी रोकी, जो रोके न रुकती थी। वो बोला, ''ओ मेरी भोली नन्ही मछली, काँटा डालने से एक ही तो मछली अटकेगी न। समय की बबार्दी जो होगी, सो अलग। और मैं... मैं तो लोकतांत्रिक ढंग से ही कार्य करने में यकीन रखता हूँ, यकीन जानो। इसलिए तो मैं काँटा नहीं जाल डालता हूँ और एक-दो का नहीं पूरे समूह का शिकार करता हूँ...''

अभी यह कहानी अधूरी हैं। इस कहानी को मुक़म्मल करने के लिए कुछ सुझाव आप सबसे अपेक्षित है। कृपया मेरी मदद करें।

नदी का नाम क्या हो?

क्या नदी का नाम भारत नहीं रखा जा सकता!

क्या नदी के घाटों को लोकतंत्र का घाट कहा जाए?

या फिर घाटों को विभिन्न राजनीतिक दलों के नाम से संबोधित करना उचित होगा?

घाट पर बैठे लोगों को जनसेवक क्यों न कहा जाए?

और अंत में, मछलियों की तुलना किससे की जाए?

32

पाषाणों का आधुनिक काल

अलग-अलग दिशाओं से आए हुए तीन पत्थर पड़े हुए थे। उनमें से एक गोल, एक चौकोर और एक नुकीला था। थोड़ी ही देर में उनमें दोस्ती हो गई। दो पत्थरों का शरीर भारी-भरकम था। ये थे गोल और चौकोर वाले। तीसरे पत्थर का शरीर कमज़ोर और अपेक्षया छोटा था। यह बताने की ज़रूरत नहीं है कि यह है नुकीला वाला। इन तीनों पत्थरों का अपना-अपना इतिहास भी था। यहाँ आने से पहले गोल पत्थर... अजी मैं क्यों बताऊँ? पत्थरों की कहानी, पत्थरों की ही ज़ुबानी सुनिए न आप!

पत्थर क्या बोल सकते हैं! बिल्कुल बोल सकते हैं। आप लकीर के फकीर मत बनिए। मैं जो कह रहा हूँ उसे पत्थर की लकीर समझिए। अरे, जब "गीत गाया पत्थरों ने" "पत्थर के सनम" नाम से फिल्म बन सकती हैं, तो पत्थर अपनी गाथा क्यों नहीं सुना सकते? जब "किसी पत्थर की मूरत से मोहब्बत का इरादा है" गीत लिखा जा सकता है, और कोई पत्थर की मूरत से मोहब्बत का इरादा भी रख सकता हैं तो फिर पत्थरों के जज़्बात भी हो सकते हैं! जब हमारे

अक़्ल पर पत्थर पड़ सकता है, तो पत्थरों के अक़्ल क्यों नहीं आ सकती? जब पत्थर के भगवान हो सकते हैं, तो वही भगवान पत्थरों में जान क्यों नहीं डाल सकते हैं? (अहिल्या वाला प्रकरण तो याद ही होगा?) जब हम ईंट का जवाब पत्थर से दे सकते हैं, तो पत्थर हमसे सवाल क्यों नहीं कर सकते? इतनी लंबी भूमिका के बाद भी अगर आप के मन में लघु या दीर्घ कोई भी शंका बची रह गई हो, तो इन पत्थरों की ख़ातिर भूल जाईए। अभी मैं इनके बोलने के प्रति आपको आश्वस्त कर रहा था कि ये पत्थर बोलने भी लगे-

"दोस्तों, मेरा इतिहास बहुत भयानक रहा है। सुनकर तुम्हारा हृदय पिघल जाएगा।" गोल पत्थर बोला। "बताओ तो!" चौकोर पत्थर ने हौसला बढ़ाया। गोल पत्थर मुँह बनाते हुए बोला, "बताते हुए मुझे घिन आ रही है... एक युवक ने मुझे एक वृद्ध के चेहरे को कूचने में इस्तेमाल किया और कूच-कूच कर उसे जान से मार दिया।" थोड़ी देर ख़ामोशी छायी रही। चौकोर पत्थर बोला, " तुम्हारे साथ तो बहुत बुरा हुआ..." तभी नुकीला पत्थर बोला, "मेरे साथ भी कुछ कम बुरा नहीं हुआ है!" "तुम तो छोटे से हो, भला तुम्हारे साथ क्या बुरा हो सकता है?" गोल पत्थर ने आश्चर्य व्यक्त किया। नुकीला पत्थर बोला, " मैं ग्लानि से मरा जा रहा हूँ। मुझे बताने में दुख के साथ अफसोस भी हो रहा है कि मैं वही पत्थर हूँ जिसे ताजिया का जलूस निकलते समय फेंका गया था। परिणाम स्वरूप दंगा हो गया। न जाने कितने बेकसूर मारे गए।" दोनों पत्थर मुँह बाए उसे देखते रहे। इत्ता... इत्ता छोटा-सा पत्थर कित्ते लोगों को मौत के मुँह में ले जाने का एक ठोस बहाना बन सकता है! कभी सोच भी नहीं सकते! नुकीले पत्थर का इतिहास जानकर दोनों पत्थर सकते में थे। "चलो हम दोनों की हो गई, तुम अपनी राम कहानी बताओ!" नुकीले पत्थर ने चौकोर पत्थर की तरफ इशारा किया। चौकोर पत्थर ने गहरी साँस छोड़ी। बोला, " आज तुम सब के सामने लावारिस पड़ा हूँ, वहीं कल तक मैं एक महापुरुष के शरीर का हिस्सा था। मैं अपने भाग्य पर इतराया करता था। मेरा जीवन बहुत पावन था..." यह कहते-कहते चौकोर पत्थर का गला रुंध गया। दोनों पत्थरों ने उसको ढाँढस बँधाया। गोल पत्थर बोला, " अगर बताने में तुम्हें तकलीफ हो रही हो तो रहने दो!" चौकोर पत्थर ने हिम्मत दिखायी। बोला, "नहीं नहीं... सुनो। अब हम दोस्त बन

गए है। दोस्तों से क्या छुपाना!'' ''यह हुयी न बात!'' नुकीला पत्थर चहककर बोला। ''एक दिन रात को कुछ लोगों ने उस महापुरुष की मूर्ति तोड़ दी। उस महापुरुष की जिसने इनके देश के लिए अपना सारा जीवन होम कर दिया। और जो सदैव सामाजिक न्याय का प्रबल पक्षधर रहा। सोचो, उसके साथ इतना बड़ा अन्याय!'' वातावरण बहुत गंभीर हो गया। तीनों ने मौन धारण कर लिया। थोड़ी देर बाद नुकीले पत्थर ने चुप्पी तोड़ी, '' इस देश में महापुरुषों के साथ उनके जीते जी अन्याय होता है, मूर्तियों की बात तो जाने ही दो! क्या तुमने वह वाला शेर नहीं सुना?'' ''कौन सा?'' चौकोर पत्थर ने जिज्ञासा जतायी। नुकीला पत्थर याद करते हुए बोला, '' हर धड़कते पत्थर को लोग दिल समझते हैं/उम्र बीत जाती है दिल को दिल बनाने में।'' गोल पत्थर के मुँह से बरबस वाह!वाह! निकल पड़ा। लेकिन चौकोर पत्थर अभी भी उदास था। शायद उसे अपना बीता कल याद आ रहा था। ''चलो, रात गई बात गई। अच्छा, अब तुम दोनों यह बताओं कि भविष्य में क्या बनना पसन्द करोगे?'' नुकीले पत्थर ने चौकोर पत्थर से पूछा। मगर उसके बोलने से पहले गोल पत्थर बोल पड़ा,'' मैं तो किसी पाठशाला का हिस्सा बनना पसन्द करूंगा।'' फिर चौकोर पत्थर आसमान की तरफ देखते हुए बोला, '' मैं तो वतन पर मिटने वाले किसी शहीद की मूर्ति का हिस्सा बनना पसन्द करूंगा।'' ''तुम क्या बनना पसन्द करोगे?'' दोनों पत्थरों ने एक साथ नुकीले पत्थर से पूछा। नुकीला पत्थर बोला, ''बन्धु, मैं तो गाँव जाने वाली किसी सड़क का हिस्सा बनना पसन्द करूंगा।'' तीनों ने एक-दूसरे की आँखों में देखा, फिर एक-दूसरे से चिपट गए। उनकी साँसे तेज हो गईं। वे एक-दूसरे की धड़कनों को साफ़ सुन सकते थे। ''पाषाण काल से ही आदम और हमारा रिश्ता आज तक अटूट बना हुआ है। कमाल है न! '' गोल पत्थर किसी दर्शनशास्त्री की तरह बोला।'' वो कैसे?'' चौकोर पत्थर ने स्पष्टीकरण चाहा। गोल पत्थर बोला, '' देखो न! आदमी ने सभ्यता की शुरूआत में हम पत्थरों के सहारे ही आग जलाना सीखा....'' गोल पत्थर अभी बोल रहा था कि नुकीला पत्थर बीच में ही बोल पड़ा, ''और अब वह हमारे सहारे आग लगा रहा है'' तभी चौकोर पत्थर अपने सीने पर हाथ रख बोला, '' कौन कह सकता है भला कि पाषाण काल इतिहास का हिस्सा है?'' गोल पत्थर भी इस विषय में कुछ बोलने

वाला था कि तभी कुछ हाथों ने तीनों को उठा लिया।

इस समय तीनों पत्थरों का दिल जोर-जोर से धड़क रहा है। न जाने उनके साथ क्या होगा? क्योंकि अब वे खुले में नहीं आदमी के हाथों में थे।

33

जापानियों! कुछ हमसे सीखो!

अभी अख़बार खोलता हूँ कि एक ख़बर पर मेरी नज़र टिक जाती है। ख़बर जापान से आयी हुयी है। जी भूकम्प की नहीं है! भूकम्प के अलावा एक क्षेत्र और है जिसके कारण जापानी चर्चा में रहते हैं। ख़बर है कि एक बहुत ही उन्नत किस्म का रोबोट बनाया है जापानियों ने। मैं उत्साहित हो कर यह ख़बर पढ़ ही रहा था कि तभी भाई साहब आ गए। मेरे चेहरे की चमक को भाँपते हुए वे बोले, "क्या बात है बहुत चमक रहे हो? तुम्हें कोई पुरस्कार मिलने की ख़बर छपी है क्या?" मैं कोई उत्तर देने के बजाए उनको अख़बार का वह पृष्ठ पकड़ा देता हूँ जिसमें रोबोट वाली ख़बर निकली हुयी है। वे गंभीरता से पढ़ते हैं। फिर एक ठंडी साँस छोड़कर अपने ज्ञान का फुव्वारा मेरे छोटे से कमरे में छोड़ने लगते हैं। "ऐसा लगता है कि जापानियों को आदमी से प्यार ही नहीं होता। उन्हें आदमियों से ज़्यादा तो मशीनों से प्यार है। मशीन पर काम करते-करते जो कि वहाँ का आदमी मशीन हो गया हो! लेकिन इसी तरह से चलता रहा तो एक दिन वहाँ रोबोटों की संख्या ज़्यादा होगी और लोगों की संख्या कम...कौन जाने?" यह कहकर वे हँस

पड़े। मैंने भी उनकी हँसी में अपनी मुस्कुराहट की संगत बैठायी। अभी उनकी बात पर कोई प्रतिक्रिया देता कि वे अपना मुँह बनाते हुए बोले, "जापानी जब देखो तब रोबोट बनाया करते हैं। ख़ाली बैठे हैं, तो रोबोट बना रहे है। बिज़ी हैं, क्योंकि रोबोट बना रहे हैं। ये क्या है? कोई और काम-धंधा नहीं है क्या? रोबोट बनाते-बनाते बोर नहीं होते क्या?" "पहली बात वे रोबोट बनाते-बनाते बोर नहीं होते। चलिए एकबारगी मान भी लिया कि बनाते-बनाते बोर हो गए, तब वे अपने द्वारा बनाए हुए दक्ष रोबोट से खेलकर बोरियत दूर कर लेते होंगे। फिर जुट जाते होंगे एक नया पहले से बेहतर रोबोट बनाने में। कितनी अच्छी बात है कि हमारी तरह जापानी कभी खाली नहीं बैठता।" मैंने काउंटर किया। तब तक हमारे लिये चाय आ गई थी। वह चाय की चुस्की लेने में मशगूल हो गए। मैं बोला, " जानते हैं आप! जापानी सेकेंडों में भी रोबोट बना सकते हैं।" वे चुस्की लेते हुए लापरवाही से बोले, " अमाँ यार, जब हर सेकेंड रोबोट बनाया करते हैं, तो ऐसा कर लेना बिलकुल मुमकिन है।" मुझे लगा कि वे रोबोट बनाने को एक साधारण-सा काम समझ रहे हैं। शायद वे नहीं जानते कि इसके लिए कितनी तकनीकी दक्षता, मेहनत, कल्पना की ज़रूरत होती है। मैं उन्हें समझाने की गरज से बोला, " मानना पड़ेगा जापानियों को! एक से एक उन्नत मॉडल के रोबोट बनाया करते हैं। साइंस-टेक्नोलॉजी में बहुत तरक़्क़ी कर ली है उन्होंने जिसका सबूत अभी हाल में एक ऐसा रोबोट बनाया कि हम-आप सोच नहीं सकते, वह रोबोट सोच सकता है।" ये सुनकर वे उचक पड़े, बोले, "रोबोट सोच सकता है!" मैं चहकता हूँ, " जी सही सुना आपने! वह रोबोट सोच सकता है। यह रोबोट महाशय सोच कर छोटा-मोटा काम कर सकते हैं। जिन्हें करने के लिए उसे बनाया ही नहीं गया। यानी प्रोग्राम्ड नहीं किया है। इसे विकसित करने वाली टीम को उम्मीद है कि जैसे बच्चा धीरे-धीरे चीजों को सीखता है, वैसे ही यह रोबोट समय के साथ चीजों को सीखने और अपनी क्षमताएँ विकसित करने में सक्षम हो जाएगा।" वे कप को एक तरफ रखते हुए बोले, " सिर्फ़ अपनी पीठ थपथपाने के सिवा ऐसे रोबोट को बनाने से क्या फ़ायदा?" मैं उन्हें समझाता हूँ," रोबोट होने से बहुत फ़ायदे हैं। कई रोबोट तो घरेलू काम करने में सक्षम हैं। सबसे बड़ा फायदा तो यह है कि रोबोट को उन क्षेत्रों मे भी काम कराया जा सकता है, जहाँ हम मनुष्यों के लिए काम करने में जोखिम है, जैसे..." मुझे

अपनी बात बीच में रोकनी पड़ी, क्योंकि मेरी बात सुन कर वे हँस पड़े थे। मेरे कारण पूछने से पहले वे बोले, '' अरे, अपने यहाँ तो ऐसे कार्य चाहे वह घरेलू हों या चाहे ख़तरनाक किस्म के...कितने सस्ते में छोटे-छोटे बच्चे कर देते हैं। धत्! इतने से काम के लिए इतना पैसा और मेहनत बरबाद करते हैं ये जापानी। बेवकूफ हैं सारे के सारे।''

मैं आगे कुछ न बोल सका, क्योंकि तब तक चाय का कप उठाने के लिए मेरे घर का ''छोटू रोबोट'' आ चुका था।

34

लोकतंत्र के लड्डू

लोकतंत्र के फ़ायदे ही फ़ायदे है। फ़ायदे तो इतने कि गिनाने लगो, तो मुँह बंद ही न हो। सुनने लगो, तो मुँह खुला का खुला ही रह जाए। ऐसा क्यों भाई? क्योंकि जब चाहो, तब बोलो। जो चाहो, वो बोलो। जितना चाहो, उतना बोलो। जिसको चाहो, जहाँ चाहो, वहाँ तौलो। जब जी चाहे मंडन करो। जब जी चाहे खंडन करो।

अपनी बकवास को बात कहिए। दूसरे की बात को बकवास कहिए। हवा हवाई बातें करिए। कहिए, मैं ज़मीन से जुड़ा आदमी हूँ। जब कोई आपको बोलने से टोके, तो लोकतंत्र का हवाला देते हुए कहिए, अभिव्यक्ति की स्वतंत्रता का सवाल है भई। जब आपके विरुद्ध कोई बोले, तो झट उससे यह कहते हुए पिल पड़िए, आपके ऐसा कहने से हमारी भावनाएँ आहत होती हैं। और जब उन्हीं सज्जन के विरोध में आपको बोलना हो, तो कहिए, लोकतंत्र में सबको बोलने का हक़ है। जब आपको कोई ऐसा करने से रोके, तो कहिए फासीवाद इस देश में नहीं चलेगा जनाब। यहाँ लोकतंत्र है लोकतंत्र। और जब आपको किसी को

टोकना हो तो कहिए, लोकतंत्र का मतलब यह नहीं, जो मुँह में आए बक दीजिए। लोकतांत्रिक देश में रहते हुए लोकतंत्र का पूरा-पूरा फ़ायदा न लिया, तो फिर किया क्या आप ने?

लब्बोलुआब यह कि, लोकतंत्र एक लचीला रबर है। आप जितना चाहें उसे खींच सकते हैं। जिधर चाहें घुमा सकते हैं। जैसे चाहें मोड़ सकते हैं। कोई रोकने-टोकने वाला नहीं है। इत्तफ़ाक़न ऐसा करने से कोई रोके, तो लोकतंत्र में दिए हुए मौलिक अधिकार की दुहाई दे दीजिए। रोकने वाला ख़ुद रुक जाएगा। इतना ही नहीं, वो आपकी लोकतांत्रिक निष्ठा के आगे नतमस्तक हो जाएगा। क्योंकि वह जानता है मौलिक अधिकार की बात अधिकारपूर्वक कहना ही, हमारा मौलिक कर्तव्य है। और जिसे अभी-अभी आप ने बखूबी अंजाम दिया है।

लोकतंत्र का असली फ़ायदा उठाने का विशेष समय चुनाव। (इसे परस्पर गलियाने के उत्सव की संज्ञा भी दी जा सकती है।) लेकिन निष्ठुर चुनाव आयोग द्वारा आचार संहिता लागू कर देने से प्रत्याशी पूरा फ़ायदा उठाने से वंचित रह जाते हैं। इसके बावजूद भी, खरी-खोटी से लेकर अपने विरोधियों की ऐसी की तैसी तक कर डालने, जैसे को तैसा से लेकर ईंट का जवाब पत्थर से देने तक बात चली जाती हैं। नेता रात को कुछ बोलता है। सुबह होते ही कुछ और बोलने लगता है। और उसकी पार्टी कुछ और ही बोलती है। चुनाव में चुन-चुन कर झूठ बोलता उम्मीदवार। अमूमन बड़ा झूठ बोलने वाला चुन लिया जाता है। चुने जाने के बाद, वो और लंबे-चौड़े झूठ की झड़ी लगाते हुए लोकतंत्र के नाम का झंडा फहराया करता है। लोकतंत्र के नाम पर सब चलता है!

आप वहाँ खड़े-खड़े क्या सोच रहें हैं जनाब? यदि आप के दिल में, रत्ती भर भी हिट होने की चाहत दबी है, तो आप भी लोकतंत्र का फ़ायदा उठाइए न! फ़ौरन पकड़ लीजिए किसी महापुरूष को। कुछ बोल दीजिए। क्या-व्या सोचने की आवश्यकता नहीं है। क्यों? लोकतंत्र है न! अनाप-शनाप कुछ भी बोल दीजिए। यानी बक दीजिए। आप बकेंगे लोग समझेंगे कि आप बोल रहे हैं। वर्षों का उनका अनुभव बताता है कि बकने को ही सुसंस्कृत तरीके से भाषण, वक्तव्य, चुनावी घोषणा पत्र वगैरह कहा जाता है। आप सौ फ़ीसदी हिट होंगे। आप को शायद ही कोई हिट करे। यदि कुछ लोकतंत्र विरोधी मानसिकता वालों

से हिट होने का चांस बनता है, तो कह दीजिए मेरे बयान को तोड़-मरोड़ कर पेश किया गया है। सारा दोष मीडिया पर मढ़ दीजिए। ज़ुबान को कसूरवार ठहरा दीजिए। कह दीजिए फिसल गई। कोई बुरा नहीं मानेगा। यहाँ सब की फिसलती है। लोग मान जायेंगे। जहाँ राजनीति ही फिसल रही हो, वहाँ जुबान का फिसलना कोई मुद्दा ही नहीं। जब बयान का बयाना भारी हो जाए, तब ऐसा ही करिए। यहाँ ऐसा ही किया जाता है। तोड़-मरोड़ करने से भला कैसी गुरेज़! तोड़-मरोड़ तो लोकतंत्र का ख़ास लक्षण बन चुका है। चुनाव जीतने-हराने के लिए तोड़-मरोड़। सरकार बनाने-गिराने के लिए तोड़-मरोड़। कुर्सी पाने-बचाने के लिए तोड़-मरोड़। सच पूछो तो लोकतंत्र को ही तोड़-मरोड़ कर चलाया जा रहा है। आज राजनीति में जो जितना ज़्यादा तोड़-मरोड़ करने में सिद्धहस्त है उसे "किंगमेकर" जैसी पदवी से अलंकृत किया जाता है।

तो आप... जितना जी करे अपने बयान को तोड़िए। जितना जी करे उतना मरोड़िए। आपको न तोड़ा जाएगा, न मरोड़ा जाएगा। लोकतंत्र के धनुष की प्रत्यंचा से शब्दभेदी बाण खूब छोड़िए। निशाने पर लगा तो ठीक, चूक गया तो भी ठीक। लोकतंत्र आपके दोनों हाथों में लडडू देता है। मन हो तो खाईए। मन हो तो चलाईए।

35

समय-समय की बात है भाईसाहब!

दोपहर का समय है। मैदान में मेघनाद और रावण दोनों खड़े हैं। निरापद। खड़ा तो कुम्भकर्ण भी है। मगर उसे देखकर लगता है कि वह वहाँ हो कर भी वहाँ नहीं है। गोकि कुम्भकर्ण न होकर हमारे देश की कोई योजना हो। जबकि इन दोनों को देखकर स्पष्ट था कि वे जलने के लिए मैंटली प्रीपेयर हो चुके हैं। जैसे कभी हम छुटपन में "समय बिताने के लिए करना है कुछ काम, शुरू करो अंत्याक्षरी लेकर हरि का नाम" कहकर अंत्याक्षरी खेलते थे, ठीक उसी तरह से दोनों बाप-बेटे टाइमपास करने के लिए अंत्याक्षरी खेलने लगे।

मेघनाद ने अंत्याक्षरी का शंखनाद किया, "रामचंद्र कह गए सिया से ऐसा कलियुग आएगा, हंस चुगेगा दाना कौवा मोती खाएगा...पिता जी "ग" से..."

"गोली मार भेजे में भेजा शोर करता है..डिंचकांउ...गोली मार .. "र" से गाओ वत्स।" रावण पुलकित हो बोला।

"र से कहाँ! पापा आप चीटिंग कर रहे हैं..." मेघनाद ने आपत्ति की।

"तो नया क्या कर रहा हूँ...हा हा हा... खेल छोड़ो या पराजय स्वीकार करो!" रावण ने अट्टहास किया।

मेघनाद तुनककर बोला, "नो नेवर, पापा आप ही का ख़ून हूँ हार न मानूंगा! "र" से गाना है न! तो लीजिए...राम जी की निकली सवारी, राम जी की लीला है न्यारी-न्यारी...पापा "र" से.."

"र" से पापा "र" से!" मेघनाद ने गुहार लगाई। मगर रावण चुप रहा।

"क्या हुआ पापा... हार मान ली क्या?" मगर रावण ने कोई जवाब नहीं दिया।

"टिक टिक वन...टिक टिक टू...टिक टिक..."

"बंद करो ये टिकटिक..." रावण ने गर्जना की।

रावण का अंदाज़-ए-बयां देखकर मेघनाद की सिट्टी-पिट्टी गुम हो गयी। मेघनाद सोच में पड़ गया कि अचानक से पापा जी क्या हो गया? यहाँ तो विभीषण चाचा भी नहीं है जो पापा की कॉउंसिलिंग कर सके। मेघनाद सोच रहा था कि अपनी नाराज़गी का भेद स्वयं रावण ने खोला, "यह अंत्याक्षरी जो तुम खेल रहे हो, वह समय व्यतीत करने का उपाय है या मुझे जलाने की युक्ति... जलने से पहले मुझे क्यों जला रहे हो वत्स?"

"पुत्र ही तो पिता को जलाता है, पापा। परन्तु मेरा हतभाग्य कि मैं आपको मुखाग्नि न दे सका..." मेघनाद भारी आवाज़ में नहीं भारी मन से बोला। जिसे सुनकर रावण का मुँह लाल हो गया। तेज मिर्च खा ली हो जैसे। अब उसके मुख से वाणी नहीं अग्नि निकलने वाली थी, "मूर्ख! तब से मैं देख रहा हूँ कि तुम राम का ही गाना गा रहे हो! क्या इसे मैं संजोग मानूँ या षड्यंत्र!"। अब जाकर मेघनाद को बात समझ में आयी।

लज्जित होने की जगह वह चुलबुलाया, "कूल डैड कूल! जस्ट चिल!" मेघनाद समझ गया था कि कोई सीरियस इश्यू नहीं है।

"ये तुम क्या-क्या बोलने लगे हो! तुम्हारी भाषा भ्रष्ट हो गई है? प्रतीत होता है कि तुमने अपनी संस्कृति को पूर्णतया बिसरा दिया है! तुम्हारी बातें

सुनकर सिर में दर्द होने लगता है।''

''किस वाले में पापा?'' मेघनाद मेमने की तरह उचका। यह सुनकर रावण चुप हो गया। हालाँकि उसका गुस्सा सातवें आसमान पर पहुँच चुका था। अब यहाँ एक प्रश्न आपके मन में आया होगा कि जब रावण को इत्ता गुस्सा आया तो फिर चुप क्यों रहा? इसका-सीधा सा उत्तर यह है कि दुनिया अपनी औलाद से ही हारती है।

''क्या पापा! आप भी न! आप मेरी भाषा-संस्कृति को लेकर पड़े हैं! आयी मीन टू से... खड़े हैं। संस्कृति छोड़िए..यहाँ तो पूरा देश... उसका वर्तमान... उसका भविष्य... उसका इतिहास चौपट करने पर तुले हैं भाई लोग... ''

''वर्तमान का तो समझ में आता है, परन्तु इतिहास कोई कैसे भ्रष्ट कर सकता है?'' रावण ने अपनी चुप्पी तोड़ते हुए जिज्ञासा जतायी।

''...मैं बताता हूँ आप को...जैसे कहें कि माँ सीता को लक्ष्मण रेखा के पार जाने की मनाही थी, फिर वह रेखा क्यों पार की?'' रावण बहुत ध्यान से मेघनाद की बातें सुन रहा था।

''मैं कहना शुरू करूँ कि आप ने साधू का भेष नहीं राम का भेष धरा था इसलिए... या लक्ष्मण रेखा में इतना दम ही न था... वगैरह-वगैरह!''

''मूर्ख! मिथ्याचारी...वाचाल! उदण्ड! तेरा वध कर दूंगा यदि ऐसी ओछी, अप्रमाणिक बातें की! रावण चिल्लाया।

''कूल! मैं तो बस आपको एक्जाम्पल यानि उदाहरण दे रहा था। इतिहास भले ही न बदला जा सके उसकी व्याख्या तो बदली जा सकती है न पापा? उसको समझने की दृष्टि में तो परिवर्तन तो हो सकता है न?''

''चुप करो!'' रावण ने मेघनाद को डपटा।

''क्या पापा! जब देखो तब आप मुझे डाँटते रहते हैं! आपका टोन पुलिसिया है।'' मेघनाद ने बिसुरते हुए कहा। रावण कुछ न बोला। अच्छा, इन सब बातों से कुम्भकर्ण अनजान था। कारण वह अभी भी खड़े-खड़े सो रहा था। गोकि लोकतंत्र का कोई स्तम्भ हो!

मेघनाद बोलने के लिए कोई प्वाइंट तलाश रहा था। प्वाइंट मिलते ही बोला, "जानते हैं पापा! आप ने सबसे बड़ी ग़लती क्या की?"

"हाँ, सीता का अपरहण।" रावण ने साँस छोड़ते हुए कहा।

"न पापा न!"

"फिर!"

"आपका ग़लत टाइम में पैदा होना आपका सबसे बड़ा अपराध है। यू नो!"

"मूर्ख! मुझे प्रतीत होता है... तुझे पैदा करके मैंने सबसे बड़ा अपराध किया!"

"पापा आप समझे नहीं!"

"तुम कहना क्या चाहते हो?"

"देखिए पापा, आप आज के समय में पैदा होते तो न आपका नाश होता, न ही आपके वंश का! और न ही हम आज यहाँ मैदान में खड़े-खड़े अपने जलने की प्रतीक्षा कर रहे होते!"

"अद्भुत!"

"हाँ पापा! फ़र्ज़ किजिए, आज आप ने किसी की वाइफ का किडनैप किया तो क्या होता?"

"वाइफ नहीं! धर्मपत्नी! और किडनैप नहीं अपहरण!"

"हाँ वही!"

"हूँ..."

"तो जानते है गुमशुदगी की रपट ही नहीं लिखी जाती।"

"हाँय!"

"और क्या पापा! आपको अपहरण करते किसी ने देखा ही नहीं था। चलिए माना आपने किसी हाई प्रोफाइल आदमी की पत्नी को उठा लिया। जैसे

भगवान राम सत्ता से जुड़े थे, वैसे। तो क्या होता, दबाव डाल कर रिपोर्ट तो लिख ली जाती, मगर कुछ होता-हवाता नहीं। वैसे आपका प्रोफाइल भी किसी से कम नहीं है।''

''क्यों नहीं होता वत्स? दिन-दहाड़े अपरहण!'' यह कहते हुए रावण के सारे सिर हिल गए।

''अरे पापा! पुलिस कुछ न करती। चलिए मान लेते हैं कि केस सत्तारूढ़ व्यक्ति से जुड़ा है, तो भी पुलिस इधर-उधर हाथ-पैर मारती बस, उसके अहम् को संतुष्ट करने के लिए।''

''अच्छा, मार्ग में सीता ने अपने गहने गिराए थे, क्या वे सूत्र का कार्य नहीं करते!''

''पापा कितने भोले हो आप! पुलिस को आप नहीं जानते। एक से एक सुन्दर काण्ड में माहिर है वह। अरे वे सारे गहनें पुलिस के पास से होते हुए उनकी पत्नियों को सुशोभित करते। मार्ग में मिलते ही नहीं। ''

''मैं नहीं मानता!''

''चलिए आपका मन रखने के लिए मान लेता हूँ कि गहनों से उन्हें पार्टी के गायब होने का क्लू मिल जाता है... तो!''

''तो क्या? मैं पकड़ा जाता।''

''बिल्कुल नहीं! अभी भी आप दूर की कौड़ी हो! क्योंकि कोई चश्मदीद गवाह नहीं है। एक था जटायु जिसे आप ने खलास कर दिया था।''

''हूँउ...जटायू! अफसोस है मुझे! परन्तु मैंने सुन रखा है कि कानून के हाथ बहुत लंबे होते हैं!''

''फाइन! होते हैं। मगर पापा कानून के हाथ जितने लंबे होते हैं न, उसकी जेबें भी उतनी गहरी होती हैं। फिर भी मान लेते हैं कि कानून के हाथ आपके पीछे लग गए। तो भी कुछ न होता!''

''क्यों!''

''यहाँ पर लोकल पुलिस ही सीमा विवाद में उलझी रहती है। कई बार तो

पुलिस अपनी सारी सीमाओं के पार चली जाती है। यहाँ लाश पड़े-पड़े सड़ जाती है, उसकी खाद तक बन जाती है, तब भी इनका सीमा विवाद नहीं सुलझता। यहाँ विवाद की कोई सीमा ही नहीं। छोड़िए पापा, सीमा विवाद के बारे में अगर आप को और बताया तो अलग से एक रामायण लिखनी पड़ जाएगी। और आप के केस में तो अन्तरराष्ट्रीय सीमा आती है। ''

''मान लो सीमा विवाद न हो तो! या सुलझ गया हो! तो!''

''लगता है पापा आप अपने को पकड़वा कर ही दम लेंगे! आप जिनको बहुत काबिल, दक्ष समझ रहे हैं उनकी असलियत मैं आपको बताता हूँ... भारत के कई मोस्टवाण्टेड अपराधी जिन्होंने देश पर हमला किया, वे तो बाहर फरारी काट रहे हैं, उन्हें तो ला न पाए अब तक... आप को क्या लाते। वह भी इतने हल्के केस में।''

रावण को अब कोई तर्क सूझ नहीं रहा था। वह अपना सिर घुमा कर कुम्भकर्ण को देखना चाहता था, मगर वह ऐसा कर न सका। अगर वह अपना सिर घुमाता तो कुम्भकर्ण के साथ मेघनाद भी गिरता, क्योंकि उनके बीच की दूरी कुछ ज़्यादा नहीं थी। इसलिए रावण ने कनखियों से कुम्भकर्ण को देखा।

''क्यों पापा! क्या सोच रहे हैं!''

''कुछ भी तो नहीं!''

''मैं कह रहा हूँ न कि अगर आप गलत टाइम पर पैदा न होते तो न मारे जाते! मगर आप बेवजह ज़िद कर रहे है! अगर आप आज पैदा होते तो क्या पता आप चुनाव लड़ रहे होते! या कोई मठ चला रहे होते! क्या पता!''

''क्या तुम अपने पिता की प्रकृति से अवगत नहीं हो?''

''ओके चलिए! आप जिद करते रहे हैं तो मान लेते है कि आप पकड़े गए। आपका प्रत्यर्पण भी बिना किसी समस्या के हो गया। तो क्या इतने में आप को सज़ा मिल जाएगी!''

''अब किस बात का विलंब!'' रावण ने आश्चर्य प्रकट किया।

''अब वक़ील का रोल शुरू होता है।''

"अच्छा!"

"हाँ पापा! मेरे पास तो एकाध ही ब्रह्मास्त्र था, इनके पास हज़ारों होते हैं।"

"सहस्त्रों!"

"यस! हमारे पास तो अग्निबाण, जलबाण, तूफानबाण होते थे, इनके पास न जाने कैसे-कैसे बाण होते हैं। ये नल-नील से कही ज़्यादा कुशल अभियंता होते हैं। झूठ, कुतर्क, कल्पना से पगी बातों का कुशल पुल बनाकर बहुत आराम से सच की नदी को पार कर लेते हैं।"

"हयँ!"

"हाँ पापा! आपको बेल ही नहीं जेल से भी छुड़ा देते। आपका बाल बाँका भी न होता।"

"मैं नहीं मानता! किये का तो फल मिलता ही है वत्स!"

"इक्ज़ैक्टली! इन्होंने क़ानून की इतनी बारीक पढ़ाई की है, इन्हें तो फल मिलेगा ही मिलेगा।"

"क्या आशय है तुम्हारा?"

"इनकी दलील के आगे प्रमाण को टिकना मुश्किल हो जाता है। यह कह देंगे कि मौका-ए-वारदात पर आप थे ही नहीं। आप अपने शांतिदूतों के साथ अन्तर्राष्ट्रिय आतंकवाद के मुद्दे पर विचार-विमर्श करने अमरीका गए हुए थे।"

"क्या माया है!"

"यह आप से अधिक मायावी हैं। उस समय तो आप ही मायावी थे, आज तो पुलिस, वकील, गवाह, न्यायालय समेत पूरी दुनिया ही मयावी है।"

"सहसा विश्वास नहीं होता!"

"आप बहुत भोले हैं पापा! आपके पक्ष में यह कह देते कि पार्टी पहले अपनी मर्जी से गई थी, बाद में पलट गई...ऐसी ही न जाने कितनी ही दलीलें..."

"कितना झूठ बोलता है रे तू!"

“इसी झूठ बोलने को आज प्रोफ़ेशन कहते हैं। समाज में इनकी बहुत प्रतिष्ठा है। आपने प्रतिशोध में जो किया सो किया। कोर्ट में लक्ष्मण को भी तो आना पड़ता अपना पक्ष रखने के लिए। मुमकिन है कि कोर्ट के बाहर ही मामला सैटल हो जाता आख़िर उन्होंने भी एक स्त्री यानी मेरी बुआ, आपकी बहन के साथ हिंसा की थी।”

“हूँ...”

“चलो मान लेते है कि कोर्ट के बाहर मामला नहीं सैटल हुआ। तो वकील ऐसे-ऐसे सवाल करते कि पार्टी वहाँ से भाग खड़ी होती। आज जो अपराध करने में आपके बाप हैं, वे तक साफ़ बच जाते है। आप ख़ुद को बोनसाई समझें और इन्हें साक्षात् वटवृक्ष। वैसे भी आप का केस तो बहुत हल्का है। आई टेल यू!”

“मेघनाद! मर्यादा का उल्लंघन न करो!” रावण ने यह बात इतनी ज़ोर से कही थी कि उसके सारे सिर हिल गए।

“सॉरी पापा! अधिक से अधिक आप पर आई.पी.सी. की आठ-दस धाराएँ लगतीं जैसे 120 बी, 323, 346 वगैरह-वगैरह...”

“अरे हाँ! जिसने न्याय पाने की ठान ली उसे न्याय मिल कर रहेगा, ऐसा मेरा विश्वास है।”

“किस ज़माने की बात कर रहे हैं पापा! इसे आप का अनुमान नहीं आप का विश्वास मान लेते हैं। चलिए, पार्टी कोर्ट में डटी रहती, मगर आपके केस की सुनवायी कब पूरी होती, स्वयं राम भी नहीं जानते। इतनी तारीख़ें मिलती कि आप का केस ख़ुद ही एक तारीख़ बन जाता।”

“तारीख़ अर्थात”

“इतिहास पापा इतिहास!”

“अविश्वसनीय!”

“हाँ पापा, यहाँ तो हर केस अंगद का पाँव है।”

“अकल्पनीय!”

“पापा, जिस देश में हम जलाए जाते हैं, उस देश में कई बार यहाँ न्याय

पाने के लिए लोगों को तहसील, कोर्ट-कचहरी में आत्मदाह करना पड़ता है, कैंडिल मार्च निकालना पड़ता है।''

''अनिर्वचनीय!''

''आप ने वेश बदल कर चीट किया था, आज के पेशेवर वेश पहनकर चीट करते हैं...''

रावण को मेघनाद की चालू बातों से विरक्ति-सी होने लगी। वह सोचने लगा कि हमारे ज़माने में जब भालू-बंदर तक न्याय-सत्य के लिए लड़ सकते हैं, तो आज का इंसान क्यों नहीं लड़ेगा भला! क्या वह इन से भी गया-गुजरा हो गया है! उसने अपना मूड बदलने के लिए कुम्भकर्ण की ओर ध्यान लगाया। कुम्भकर्ण! ओ कुम्भकर्ण! रावण ने हाँक लगाई। मगर कुम्भकर्ण की ओर से कोई उत्तर न आया। इस वजह से रावण थोड़ा विचलित हुआ। अपने पिता की सहायता हेतु मेघनाद मेघ के समान गरजा, ''चाचा! चाचा! जो सोवत है, वो खोवत है चाचा! उठो! अरे चाचा! चाचा ही रहो, यहाँ का सिस्टम न बनो! उठो चाचा! उठो!'' मगर कुम्भकर्ण नहीं उठा।

''गोधूलि की बेला है, शनैःशनैः हमारे जलने का समय आ चला है वत्स!'' रावण के स्वर में मायूसी थी।

''फिकर नॉट पापा! जल तो जाएंगे हम, मगर ख़ाक़ में न मिलेंगे।'' मेघनाद के स्वर में उत्साह एवं कॉन्फिडेंस था।

''हूँउ...''

''पापा ग़लत टाइम पर पैदा होकर आप खेत तो ज़रूर हुए, मगर आप के साथ हम भी अमर हो गए। भले ही हमारी मूर्तियाँ न लगती हों, मगर हर साल हमारे पुतले तो लगते हैं। क्या यह कम है!''

''तुझे इसमें अमरता दिखती है, मुझे तो ऐसा देखना अपमानजनक लगता है।''

''पापा आप कितने भोले हो? हाऊ स्वीट! आजकल तो हम से ज़्यादा यहाँ नेताओं के पुतले फूँके जाते हैं। मुझे लगता है कि ग्लोबल वार्मिंग का एक कारण

यह भी है!''

''ग्लोबल वार्मिंग!''

''आप इन सब चक्करों में न पड़ो पापा तो ही अच्छा!''

''मेघू सही कहता है भाईसाहब! उसकी भाषा में यदि कहूँ तो ग़लत टाइम पर पैदा होने का अपराध मिला है हम सबको! समय-समय की बात है भाईसाहब!'' कुम्भकर्ण कसमसाते हुए बोला। इधर कुम्भकर्ण जागा तो उधर रावण की सोई हुयी चेतना जैसे जाग उठी।

''काश! हमारे समय भी पुलिस, वक़ील, न्यायालय होता, तो इस तरह हर साल पुतला बन कर यों जलने का अपमान न सहना पड़ता।'' रावण ने यह बात बहुत धीरे से कही थी, मगर मेघनाद और कुम्भकर्ण ने स्पष्ट सुन लिया था, क्योंकि रावण के दाँये एवं बाँये छोर वाले मुखों ने मुख़बिरी कर दी थी।

36

वह अभी सोच रही है...

जाऊँ कि न जाऊँ? करूँ तो क्या करूँ? जाने दो, छींटाकशी तो रोज़ की बात है। हाँ, मगर कल तो छेड़खानी हुई है, बाक़ायदा छेड़खानी! टच करने की भी कोशिश की! अगर ऐसे ही चुप रही तो कल को बात और बढ़ जाएगी! तो फिर क्या करूँ, चली जाऊँ क्या?

क्या जाऊँ? इस बात की क्या गांरटी कि वे भी इसे गंभीरता से लेगें? आजकल छेड़खानी को कौन गंभीरता से लेता है? अगर वे लोग गंभीरता से लेते तो ऐसी घटना आम न होती। नहीं... नहीं... सहने की एक सीमा होती है। वैसे भी आँखों देखी मक्खी नहीं निगली जाती। मगर यहाँ तो कई निगल रही हैं। लेकिन मैं ऐसा क्यों करूँ? मैं क्या उनसे स्पेशल हूँ? हाँ हूँ, बिल्कुल हूँ...तो चली जाऊँ!

जाने से भी क्या फायदा? होना-हवाना कुछ तो है नहीं। लेकिन कोशिश करने में क्या जाता है? वहाँ जाने पर कहीं आसमान से टपके और खजूर पर अटके वाला हाल न हो जाये! एक गयी तो थी, उसके साथ क्या हुआ! आज के

अख़बार में वह हेडलाइन बन कर रह गयी है। उसके साथ तो वही वाली मसल हो गयी कि गये थे नमाज बख़्शवाने, रोज़े गले पड़ गये। थोड़ी देर के लिए वह केन्द्रबिंदू, से भटक कर अपने शब्दों के ज्ञानकोष से मुहावरों को टटोलने लगी।

हाय राम! मैं ऐसा सोच भी कैसे सकती हूँ? अकेले जाने का ख़्याल आया भी तो आया कैसे? क्यों न ऐसा करूँ कि किसी को अपने साथ ले चलूँ! कौन साथ देगा मेरा? सारे के सारे शरीफ़ हैं। कल सरेराह जब मैंने अपने साथ हो रहे दुर्व्यवहार का विरोध किया था, तो वहाँ कौन बोला था। अगर लोग बोलने लगें, तो हम जैसों को क्या जरूरत है, वहाँ जाने की? इत्ते बेवकूफ़ तो नहीं हैं हम कि बैल से कहें, आ बैल मुझे मार।

कौन जायेगा मेरे साथ! हर किसी को अपनी जान प्यारी होती है। फिर कोई वहाँ क्यों जाना चाहेगा? वैसे भी घटना मेरे साथ हुई है उनके साथ नहीं। तो क्या हुआ? इंसानियत के नाते तो जाना ही चाहिए। यही सवाल मैं ख़ुद से करूँ कि अगर उनके साथ कुछ ऐसा-वैसा हुआ होता, तो क्या मैं इंसानियत के नाते वहाँ जाती! उफ़्फ़ क्या मुसीबत है!

इस शहर में मेरा है कौन? माँ-बाप, गाँव सब तो कहीं पीछे छूट गये हैं। नौकरी हमारी मेहनत की क़ीमत देती है, तो नौकरी करने की बड़ी क़ीमत भी हमें चुकानी पड़ती है! केवल दफ़्तर में ही नहीं, घर से दफ़्तर और दफ़्तर से घर आने-जाने के बीच में भी। कैसा समाज है, कैसे लोग हैं? जहाँ जाना है, वे भी तो इसी समाज से आए हुए लोग हैं, तो क्या वहाँ जाना ठीक होगा?

घर वापस चली जाऊँ? क्या रखा है यहाँ? दिनभर खटने के बाद आख़िर मिलता ही कितना है? घर वापस जाकर करूँगी भी क्या? क्या करूँ? अगर मैं वहाँ गई और माँ-बाप को पता चल गया, तो मेरा घर वापसी का टिकट कटना तय है। छोड़ो यार क्या जायें? अब कहाँ तक दौड़-दौड़ जाया जाये। एक चाय पीती हूँ, मूड फ्रेश हो जाएगा।

मगर ऐसे कैसे चलेगा? कितने दिनों तक चलेगा? वहाँ जाना तो पड़ेगा ही। अरे कोई ज़बरदस्ती है क्या भाई? जाओ नहीं जाती! हाँ मगर कल को फिर कोई ऐसी-वैसी घटना हो गई तो! तब मैं क्या करूँगी? कहीं कोई कांड हो गया तो कल को यही लोग कहेंगे कि आप हमारे पास आयी क्यों नहीं? सही बात है,

तो चली जाती हूँ और कोई चारा भी नहीं है। चली ही जाती हूँ!

क्या जाऊँ? उफ़्फ़ उनका बिहैवियर! कई बार तो लगता है कि उनसे अच्छा बिहैब तो गुंडे करते हैं। वहाँ चली तो जाऊँ, मगर न जाने कैसे-कैसे सवाल पूछेंगे? किस-किस तरह से पूछेंगे? कैसी-कैसी नज़रों से देखेंगे? मेरे बारे में क्या-क्या सोचेंगे? वहाँ जा कर पछताना न पड़े? कहीं वहाँ मेरे साथ ऐसा-वैसा कुछ हो गया तब? तब कहाँ जाऊँगी?

मैं आज की नारी हूँ। पढ़ी-लिखी हूँ। अपने अधिकारों को अच्छी तरह से जानती हूँ। मैं नहीं लड़ूंगी तो कौन लड़ेगा? वहाँ गर कुछ ऐसा-वैसा मेरे साथ हुआ तो मुँह तोड़ जवाब दूँगी। मगर ऐसी नौबत ही क्यों आये? जब यही करना है, तो वहाँ जाने की जरूरत ही क्या है? कल जब वही लोफर दुबारा मिलें तो उनके साथ ऐसा ही करना! हाँ तो वे अपनी तनख्वाह भी हमें दें, जब उनका भी काम हमें ही करना है! अरे यार मैं वहाँ जाने की सोच ही क्यों रही हूँ? वह ख़ुद से गुस्से में बोली।

ऐसा करती हूँ बॉडी गार्ड रख लेती हूँ। तब वहाँ जाती हूँ कम्प्लेन लिखाने। सेफ़ रहूँगी। जब बॉडी गार्ड रख लूँगी, तो कम्प्लेन लिखने की ज़रूरत ही क्या है? वहीं ठीक कर दिया करेंगे लफंगों को। हाँ यह भी सही है। फिर ऐसा करती हूँ कि पहले एक गन खरीदती हूँ, फिर जाती हूँ वहाँ कम्प्लेन लिखाने। अपने इस ख़्याल पर मन ही मन वह हँसी।

क्या करूँ? अकेला जाऊँ या किसी को ले जाऊँ! पहले किसी से फोन करवा देती हूँ। मगर किससे? मेरे जानने में इतने रुतबे वाला कौन है! छोड़ो यार! कल फिर देखते हैं। कल अगर ऐसा हुआ तो चलेंगे थाने में रपट लिखाने। नहीं यार कल कहीं फिर छेड़खानी न हो जाए! रपट लिखाने जाऊँ तो कहीं रपट ही न जाऊँ! उफ़्फ़! यहाँ तो समझ में ही नहीं आ रहा कि छेड़खानी समस्या है कि छेड़खानी की रपट लिखवाना?

वह न जाने कब से थाने जाने के बारे में सोच रही है और न जाने कब तक सोचती रहेगी...?

37

साहित्य की दुनिया उफ़्फ़...

साहित्य की दुनिया में प्रवेश करना चाहते हो? मेरी आश्वस्ति पाने के बाद वे मुझे अपने साथ ले गए। मगर उससे पहले उन्होंने अपने और मेरे बाजू पर एक ताबीज बाँध दिया। ताबीज बाँधने का क्या सबब है? उन्होंने चुप रहने का इशारा किया। ताबीज बँधते ही हम दोनों गायब हो गए। फिर इसका सबब मुझे समझते देर न लगी। वे ताबीज बाँध कर नज़र लगने से नहीं, बल्कि लोगों की नज़रों में न आने से मुझे बचा रहे थे। मगर ऐसा क्यों? गायब होने के बाद वे मुझे जगह-जगह घुमाते रहे और मैं साथ उनके घूमता रहा।

घूमते-घूमते हम यहाँ आकर रुके - "सर आप तो जानते ही है...वर्षों से इतना लिखने के बाद भी मैं जम नहीं पा रहा हूँ!"

"हूँ..."

"कई कहानियाँ तो आप को भी बहुत पसन्द आयी है...जबकि आप का

मापदंड कितना सख़्त है।''

''सो तो है...''

''अब मुझे किसी प्रमाण की जरूरत है क्या...''

''नहीं ...''

''आप तो स्वयं में विश्वविद्यालय हैं... आप बताएँ सर, फिर मैं स्थापित क्यों नहीं हो पा रहा हूँ?''

''क्योंकि तुमने आज तक किसी को ख़ारिज़ नहीं किया...''

अब हम एक दूसरी जगह पर थे-

''समीक्षा ग़ज़ब की होनी चाहिए!''

''ज़रा प्लेट बढ़ाईए..''

''लिखिएगा, लेखक ने ज़मीन तोड़ दी है। विश्व का अनूठा उपन्यास...और...''

''बस!बस! आप तो समीक्षा नहीं अपनी इच्छा लिखवा रहे हैं...''

''तो आजकल समीक्षा और किसे कहते है?''

अब हम एक नई जगह पर थे-

''तुम्हारी कितने में छपी?''

''पच्चीस में...''

''कितनी प्रति?''

''पांच सौ...''

''बहुत महँगा है यार!''

''..................''

“मेरा तो पंद्रह में हो गया...”

“कितनी प्रति!”

“साढ़े तीन सौ...”

“इतनी कम क्यों!”

“यार, जब इतने में ही छप कर लेखक बन सकते है, तो फ़िज़ूल में ज़्यादा पैसा क्यों लगाना?

अब हम एक अनजान जगह पर थे-

“कौन है?” गर्द जमी एक किताब बोली।

“यहाँ कौन आएगा?” नई नवेली किताब इठलाकर बोली।

“फिर किताब...” गर्द जमी किताब बड़बड़ायी।

“क्या बोली? क्या बोली?”

“माफ करना! अरसा हो गया मेरी आँख नहीं खुली न! इसलिए साफ-साफ दिख नहीं रहा...”

हैंए...वो क्यों भला? बहुत आलसी हो बुढ़िया!”

“अच्छा...तो तुम नई किताब हो!”

“अब कैसे पहचाना?”

“तुम्हारे तेवर से!”

“ओहो! वैसे तुम्हारे तेवर भी कुछ कम नहीं...”

“स्वागत है तुम्हारा!” गर्द जमी किताब अस्फुट स्वर में बोली।

“स्वागत! माई फुट! यहाँ इतना अंधेरा क्यों है? यह पुस्तकालय है कि कोई मुर्दाघर!”

“मुर्दाघर”

अब हम कहीं और थे-

"मूर्ति कैसी लग रही है?"

"खूब गढ़ा है आलोचक ने!"

"आलोचक! हूँड...वह तो अपनों के ही गढ़ते हैं...और गढ़ी भी, तो खंडित..."

"ट्रू सर! मगर सर जिसे आलोचक नहीं बनाते उसे पाठक बनाते हैं..."

"करेक्ट! हैंड्रेड परसेंट करेक्ट!"

"मानना होगा, अप्रतिम मूर्ति बनाई है आपके पाठकों ने..."

"अब यार तुम से क्या छुपाना..."

"क्या सर?"

"मैंने आप ही बनाई है..."

"सर आप..."

"एक तो मैं मूर्ति बड़ी चाहता था। दूसरे, भव्य चाहता था। तीसरे, अपने मन मुताबिक चाहता था...चौथे, उस स्याले से बड़ी चाहता था... समझ रहे हो कौन"

"जी, बिल्कुल"

"अच्छा, एक बात बताओ!"

"जी पूछें सर!"

"कोई कमी तो नहीं रह गई है न?"

"मूर्ति में तो कोई कमी नहीं है...सर"

"लो, इसी बात पर अपना मुँह मीठा करो!"

"जय हो! जय हो!"

अब यह एक नयी जगह थी

"वह जुग कब का बीत गया/नैतिकता का प्याला रीत गया/ "लॉबी" आगे पीछे किताब के डोलेगी/ अब हम नहीं शराब बोलेगी।"

"देखो, पी के बहक रहा है!"

"बहकने दीजिए! खुशी का मौक़ा है..."

"छोटे भाई को पुरस्कार मिलने पर..."

"चीयर्स! चीयर्स!

"मैंने एक लघुकथा लिखी है..."

"अब यार मूड की ऐसी-तैसी न करो!"

"छोटी सी है सुन लीजिए! मारक बन पड़ी है।"

"ऐसा करो कि मार ही दो हमें! मारक्कक..."

"सुन लो यार! नहीं तो यह उद्दंड बालक चैन से पीने नहीं देगा!"

"जीने भी..."

"हा हा हा..."

"अच्छा सुनाओ!"

"चलो सुना दो!"

"तो कथा यूं है कि....

एक शायर बदनाम, महफिल से नाकाम जा रहा था। अचानक उसको ठोकर लगी। किरर...चिरर...किरर...चिरर... करते हुए बोतल सड़क पर इधर-उधर डोलने लगी। उसने बोतल को देखा तो आश्चर्य का ठिकाना न रहा। उस बोतल में कोई बंद था। पहले-पहल उसे विश्वास ही नहीं हुआ। उसने अपनी आँखें मीचीं। कई बार। थोड़ा डरते हुए उसने फिर बोतल को देखा। वाक़ई उस बोतल के अंदर कोई बंद था और उसके हाव-भाव से ऐसा लगता था कि वह

मदद के लिए पुकार रहा हो। शायर ने झट से बोतल खोल दी। वह व्यक्ति जैसे ही बाहर निकला उसने दौड़ लगा दी। शायर को कुछ समझ में नहीं आया। वह उसके पीछे-पीछे हाथ में बोतल लिए हुए दौड़ा। आख़िरकार वह व्यक्ति एक जगह जाकर रुका। जहाँ वह रुका था, वहाँ एक साहित्यिक भवन था। वह धड़धड़ाते हुए अंदर घुस गया। शायर वहीं खड़े होकर उसके बाहर आने की प्रतीक्षा करने लगा। कुछ देर प्रतीक्षा करने के बाद वह व्यक्ति बाहर आ गया। थका। निढाल। अचानक से वह बूढ़ा लगने लगा। वह पास आकर धीरे से बोला, "डूब गया मेरा पुरस्कार..."

शायर हिम्मत करके बोला, "वह सब जाने दो! पहले एक बात बताओ! तुम बोतल में कैसे? यही जानने के लिए मैं तब से बेचैन हूँ..."

"बंद किया गया था मुझको..."

"एक बोतल में किसी को कैसे बंद किया जा सकता है?" उस व्यक्ति ने कोई जवाब नहीं दिया। शायर की दोबारा पूछने की हिम्मत भी नहीं हुयी। अब दोनों जुदा हो गए है। शायर अपना अनुत्तरित प्रश्न लिए और वह व्यक्ति उसका उत्तर लिए हुए। कुछ दूर चलने के बाद सहसा शायर को ख़्याल आया कि बोतल तो उसके हाथ में अभी तक है जिसमें वह व्यक्ति बंद था। उसने बोतल को फेंकने के लिए अपना हाथ उठाया ही था कि उसकी नज़र बोतल पर गई। उसने देखा कि बोतल एक बहुत ही महँगी दुर्लभ विदेशी शराब की थी।"

"गुड, अच्छी कहानी बन पड़ी है।"

"वाक़ई...तुम में बहुत सम्भावनायें हैं!"

"आये थे हँसते खेलते मयखाने में "फ़िराक़"/ जब पी चुके शराब तो संजीदा हो गये..."

"इस बात पर तो पटियाला पैग बनाओ!"

"लीजिए!"

"चीयर्स!"

"चीयर्स!"

अब हम कहीं और थे-

"ठीक से खुजा न!"

"तू भी!"

"पहले तू ठीक से खुजा..."

"अब ठीक है!"

"हाँ, अब तू बता!"

"मस्त! अच्छा है।"

"ये दोनों कौन है?" मैंने दबे स्वर में पूछा।

"ये दोनों लेखक है!" उन्होंने बताया।

"लेखक!!"

"हाँ, एक लेखक कम आयोजक है। दूसरा, आयोजक कम लेखक है।" उन्होंने वहाँ से चलने का इशारा किया।

अब हम यहाँ पर थे-

"सुना है सर आपकी किताब आ रही है!"

"ठीक सुना है..."

"तो क्या सर... यह भी सही है कि एक साथ आपकी तीन किताबें आ रही हैं!"

"सही सुना है..."

"किस नाम से आ रही हैं सर!"

"मेरी चुनिंदा कहानियाँ, मेरी सर्वश्रेष्ठ कहानियाँ, मेरी प्रतिनिधि कहानियाँ"

अब हम अन्यत्र थे-

एक सुनसान राह पर। उन्होंने ताबीज खोल दी। मेरा तो मन नहीं था, मगर मुझे उनका अनुसरण करना पड़ा।

"क्या सर मज़ा आ रहा था?" मैं बोला।

वे मुस्कुराए, "अभी जी नहीं भरा तुम्हारा?"

"न!"

"ये तो एक झाँकी थी बस! उम्मीद है तुम्हारी आँख खुल गई होगी!"

"पर सर मेरा मन साहित्य में ही रमता है..."

"हिन्दी साहित्य में आज लेखक ज़्यादा हो गए है और पाठक...."

अभी वह बोल ही रहे थे कि एक आवाज़ आयी "जी!" हम दोनों चौंके। तब तक वह व्यक्ति हम दोनों के पास आ गया।

"जी आप कौन?" वे बोले।

"जी"

"अभी आप ने पाठक बोला..."

"जी!"

मैंने सर को गर्व से देखा। मैंने पास आकर उनके कान में बोला, "सच्चे और अच्छे लेखकों के लिए आज भी पाठकों की कमी नहीं है सर..."

वे ख़ुद को सहज दिखाने का प्रयास करते हुए बोले, "बड़ी खुशी हुयी आप से मिलकर!" वह हम दोनों को बारी-बारी से देखने लगा।

"कौन-कौन सी किताब पढ़ी है आपने सर की!" मैंने सर की तरफ संकेत करते हुए कहा।

वह सर को देखते हुए बोला, "तो क्या आप लेखक हैं?"

अब स्थिति विस्फोटक थी हम दोनों के लिए। मैंने सर को एक नज़र देखा। वह ज्वलनशील पदार्थ में तब्दील हो रहे थे। इससे पहले सब स्वाहा हो, मैं बोला, "लेखक हैं क्या... से क्या मतलब है आपका? आप सर को नहीं जानते क्या?"

उसने अपना सिर हिला दिया। मतलब साफ़ था कि वह वाक़ई उन्हें नहीं जानता था।

"फिर स्वयं को पाठक क्यों बताया?" मैं अपना गुस्से को पीकर बोला।

"जी, वह तो मेरा सरनेम है जी..."

www.ingramcontent.com/pod-product-compliance
Lightning Source LLC
LaVergne TN
LVHW100324181026
850499LV00039B/981
* 9 7 8 9 3 8 6 0 2 7 3 1 3 *